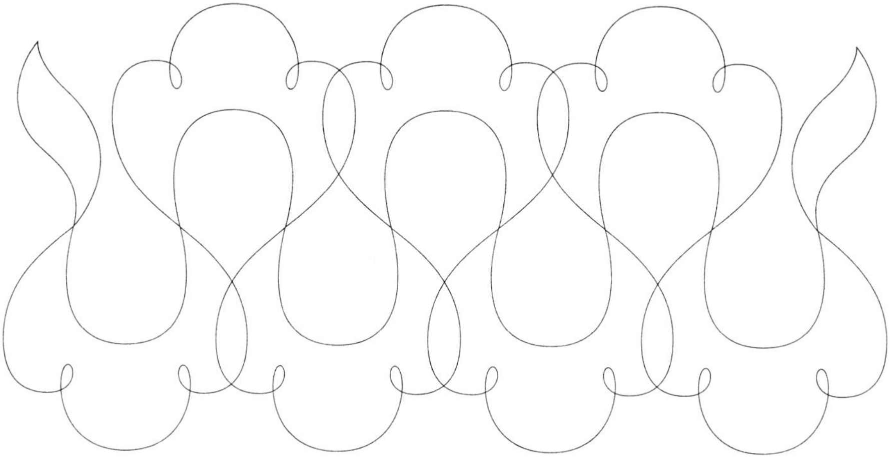

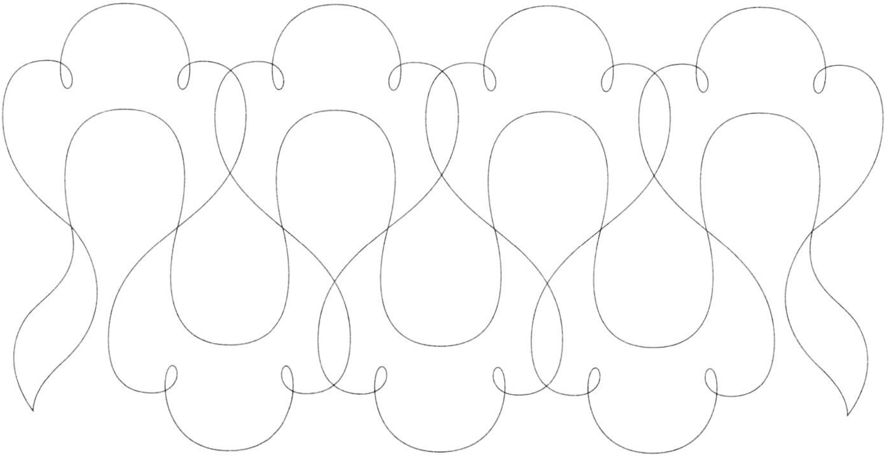

沈從文研究

吉首大学沈从文研究所 编

第一辑

北京联合出版公司
Beijing United Publishing Co.,Ltd.

发刊词

凌宇

人类历史发展的某个时代会出现该时代的一些重要时段，由时段而生发出的某些时间节点当会有极其重要的存在和昭示价值，历史的书卷也因之而呈现出特别的彩页。就 2018 年和 20 世纪中国文化名人沈从文的关系而言，无疑就是一个重要事实发生的时间节点，并且由此生发出一个后续时段的丰富内涵，因为——2018 年是沈从文逝世 30 周年祭年。此后的 2019 年是影响了沈从文人生发展的“五四”新文化运动100周年纪念之年，2022年是沈从文诞辰120周年纪念年，2023年是沈从文离开湘西实现人生重大转折的第100年，2024年是沈从文从事文学创作100年回顾之年，2026年是沈从文故乡吉首大学开展对这位本土名人学术研究整整40周年，2028年则是沈从文逝世整40周年的祭年。由此观之，从2018到2028年，和沈从文发生重要关联的时间节点将先后相迎和跟进。这预示着对沈从文开展的全面深入研究和纪念活动既是一个难得的回顾，也期待着沈从文研究走向进一步的掘进。

自20世纪20年代以来近百年的中国文学史上，沈从文经历了多年的浮沉。从30年代蜚声文坛，被视为自从新文学运动开始以来所出现的最好的作家之一（见尼姆·威尔士《现代中国文学运动》），到40年代末因政治原因退出文坛、80年代又声名鹊起，直至21世纪的今天，沈从文被称誉为“大师级”的作家和学术风格独具的物质文化史研究大家。作为对故乡湘西边地人事的叙述者和歌者，沈从文主要的贡献是用看似轻淡的笔触和独特的方式，以小说、散文两大主要文体建构起中国现代文学史上独特的文学世界即“湘西世界”。他虽身处于虚伪、冷漠和自私的都市，却醉心于书写人性之美，展示看似田园牧歌背后更深沉悲悯的生命体验，他是具有现代特殊意义的乡村世界的主要表现者和反思者，他的作品丰富了 20 世纪 30 年代中国文学的多样、多元的特征，其《边城》《长河》《湘行散记》《湘西》《从文自传》等在国内外有重大的影响。此外，1949 年以后淡出文坛后的沈从文成为一名文物研究者，他撰写出版了《中国丝绸图案》《唐宋铜镜》《龙凤艺术》《战国漆器》《中国古代服饰研究》等学术专著，尤其是《中国古代服饰研究》影响极大，填补了我国物质文化研究史上的一项空白。

面对沈从文个体取得的巨大人生成就和他对国家、对社会乃至世界作出的重要文化贡献，国内本因建立起相应的重要学术平台，对其作出全面、深入和重要的研究。但鉴于一些原因，自沈从文从 20 世纪 70 年代末 80 年代初被重新关注和研究开始，到现在还没有一个影响持续、口碑相传、风格独具并能凝聚起国内外学人之心的专门研究园地。其间尽管也出现过《吉首大学学报 · 社科版》“沈从文研究”专栏和吉首大学沈从文研究所前后共编辑出版过七期的《从文学刊》，但总体上它们在人们期待视野里就沈从文研究应取得的学术地位与影响相比，还不匹配，并且据闻这两块学术园地也已淡出和停办。而横观同时期对中国现当代其他一些文学（文化）名人的研究，其学术平台早已经建立并常态化和经典化。因此，创办一个更合适、能持续、有影响的沈从文研究学术园地，对于继续全面、纵深开展沈从文的学术研究则是一种特别的需要。

基于如上的陈述和理解，吉首大学作为创立在沈从文故乡湘西之地已经整整六十年的综合性地方高校，应有特别的必要对沈从文学术研究的开展承担一份更大的责任。同时，北京联合出版公司则出于一份学术文化的自觉担当和深远的传播视野，主动与吉首大学进行了深度沟通。双方经全面研讨交流，达成了战略合作协议，决定共同创办一个能引起国内外广泛关注、能产生较大学术影响、能为所有沈从文的研究者和学习者提供一块可持续发展的学术平台《沈从文研究》。这应是当代学术领域值得赞许的一件大好事。

《沈从文研究》系一种定期的公开合法学术出版物，由吉首大学沈从文研究所负责稿件征集、内容审编，北京联合出版公司具体编排印刷出版。《沈从文研究》以“辑”作为连续出版统计单位，每年计划出版1–2辑，每辑20万字左右。2018年出版的是“第一辑”（发刊号）。

《沈从文研究》可根据研究需要与来稿特征，固化或灵活开设相应的研究专栏，特别看重沈从文研究中的史料发掘、新材料发现和研究中的文献考据应用，关注重在审慎分析、考证前提下的研究发现和成果。对理性审读、言之有据前提下的沈从文各类文本研究的新思考、新观点、新表达也持欢迎态度。对于已被刊用稿件的作者劳动付出，吉首大学沈从文研究所和出版社将以适当稿酬的方式予以补偿。

《沈从文研究》书名系沈从文表侄、当代著名文学艺术家黄永玉先生所题写。在此对黄先生深表谢忱。

2018 年 6 月 30 日

（凌宇：当代沈从文研究著名学者，原湖南师范大学文学院院长、教授、博士生导师）

目录

沈从文及他的《边城》

凌宇

湖南师范大学文学院教授，博士生导师。

各位来宾、各位同学：

今年是沈从文先生逝世30周年，因此到这里来和大家谈一谈沈先生的《边城》，我感到很高兴！也以此作为对沈先生的一次怀念。

我今天要和大家说的题目是《边城》的思想情感内涵。沈从文先生是举世公认的现代文学大师，《边城》是他的代表作，这一部作品曾经获得过诺贝尔文学奖的提名，并且在1988年进入了最后二选一的候选名单。这一年的五月，从文先生去世，如果再晚两个月，当年的诺贝尔文学奖就非沈先生莫属。我说这个话，是根据诺贝尔文学奖的评委马悦然以及诺贝尔文学奖的主席提供的证言。

《边城》是一部货真价实的文学经典，是一部十分精致、美到极致的卓越的艺术品。其言论呈现给读者以“现实与梦”水乳交融的结合（沈从文语），通过小说中人物情感脉络寄寓对自我与湘西少数民族命运的沉痛感慨达到的深度（朱光潜语），人物内心刻画的精彩传神（曾有一位女读者说，沈从文是一个男人，却对情窦初开的少女的心理那样体察入微，真让人难以置信。因为翠翠的心理状态，我们也曾经历过），作品所营造的情景浑然一体的艺术境界，以及由小说的开头、主体部分到结尾形成的环环相扣的连轴画卷感，或者如汪曾祺所说，《边城》如画坊笙歌，从远处来，过近处，再到远处去。读完《边城》，掩卷沉思，仍觉余音袅袅，不绝如缕。

今天我不想详细地分解这些属于《边城》的艺术形式层面的特征，沈从文先生当年曾对他的读者发出这样的感慨：他说，我这种乡下人的气质倘若得到你的承认，你就会明白我的作品目前与多数读者对面时如何失败的理由了，即或有一两个作品给你们留下点好印象，那仍然不能不说是失败。我作品能够在市场上流行，实际上近于买椟还珠。你们能欣赏我故事的清新，照例那作品背后蕴藏的热情却忽略了；你们能欣赏我文字的朴实，照例那作品背后隐伏的悲痛也忽略了。今天主要谈谈《边城》用艺术形式展示的精美的匣子所装的珠宝，也就是《边城》思想情感内涵。

《边城》有一个十分精彩的结尾：在边城发生的那一场人事牵连尘埃落定，老船夫猝然死去，二老傩送独自驾船远行，翠翠在弄明白事情的前因后果以后，独自留守在渡口，等候二老的归来。“这个人也许永远不回来了，也许明天回来。”这样的结尾，既不是传统小说的大团圆式的结尾，也不是纯粹的悲剧性的结局。就翠翠和二老的爱情关系而言，可以说是希望和绝望并存。但是，无论如何，翠翠仍然矢志不移，坚持着她的边城守望——不改初衷，无问西东。

《边城》塑造了翠翠这一人物形象，她所要守望的是什么？就故事的表层意旨来看，是守望驾船远行的二老的归来。但作为文学作品的特有意象，“渡口守望”还有其深层的意旨，那么这意旨究竟是什么？

先听沈从文 1934 年返乡之行所发的感慨：

“民国二十三年的冬天，我因事从北平回湘西，由沅水坐船上行，转到家乡凤凰县。去乡已经十八年，一入辰河流域，什么都不同了。表面上看来，事事物物自然都有了极大进步，试仔细注意注意，便见出在变化中那点堕落趋势。最明显的事，即农村社会所保有那点正直素朴人情美，其几乎快要消失无余，代替而来的却是近二十年实际社会培养成功的一种唯实唯利庸俗人生观。敬鬼神畏天命的迷信固然已经被常识所摧毁，然而做人的义利取舍是非辨别也随同泯没了。'现代'二字已到了湘西，可具体的东西，不过是点缀都市文明的奢侈品大量输入……”这是沈从文在返乡之行以后，在《长河》题记中所发出的感慨。

重读这段感言，我不由想起去年冬天，和湘西州文联黄叶主席一起到福建武夷山，写过一首词。这首词叫《永遇乐·武夷山抒怀》：

九曲溪边，蓦然又见，朱子行处。磐石清流，紫阳嘉树。心性儒经注，莘莘学子，寒灯残月，犹听晨钟暮鼓，记当时，诗朋文友，风云几番吞吐。

流年似水，可怜时下，灵府荒芜如许。络绎人流，附山行蟻，踉跄天游路。武夷精舍，门庭罗雀，珠玉自当尘土。仰天问，天柱折矣，又谁可补?

武夷精舍是朱熹当年给学生讲学的地方，这次到了武夷山，看到很多游客，如蚂蚁一样往山上爬，但是武夷精舍里门庭罗雀，人的灵魂荒芜如许，把珠玉当做了尘土，一切梦想流失。我对民族精神、道德层面忧虑，和沈从文先生当年重返湘西的忧虑产生了共鸣。《边城》问世至今已经84年，而民族精神、道德层面所呈现的境况与危机，似乎又回到了沈从文当年观察的原点，这不能不让人感慨。

《边城》结尾的守望意象，所守望的正是民族品德的重造与回归。这并非我们给《边城》强加的一种牵强附会的解释，而是《边城》所述人事符合逻辑的必然结果。为了证明这一点，我们回到《边城》文章叙事本身。

读过《边城》的人都知道，《边城》叙述的是一个关于二老傩送与翠翠的爱情故事。整个故事有两大情节链，两大情节链形成了两个叙事序列。

一是围绕二老——翠翠——大老三人关系展开的故事情节链。其中，内含的矛盾对立项是车路——马路（两种完全异质的婚恋形态）。车路：封建婚恋形态，即父母之命，媒妁之言，一切由双方父母做主；马路：前封建社会的原始婚恋形态，依旧保留在苗族聚居区，其本质是男女婚恋自由，通过对歌选择婚恋对象，一切由当事男女自己做主。

二是围绕船总女儿——傩送——翠翠三人关系而展开。其中，矛盾对立项是碾坊——渡船。碾坊是船总女儿身份的象征，一座新碾坊一年的收益顶十个长工干一年；渡船则是翠翠的身份象征，这条渡船是边城的公益财产，并非翠翠家所有。杨马兵说："翠翠乖巧能干，将来谁得到她是谁的福气。"老船夫回答说："什么福气！又无碾坊做陪嫁，一个光人。"（湘西方言：光人即光身一人，什么身外之物也没有。）对二老而言，选择渡船则是选择心中的爱，这里有爱而无钱财；选择碾坊，便是眼里只有钱财而弃爱意。二老最终的选择是拒绝碾坊，并坚信自己应该得到的只是一条渡船。

既然二老与翠翠真心相爱，在二十世纪初叶的边城社会里，又尚未确立起父母强行干涉儿女婚事的威权——即封建婚恋体制尚未完全确立，为何最终却不能有情人终成眷属？回答这个问题，需留意小说的几处相关细节描写。

顺顺对二人婚事的态度。其一，是龙舟竞赛那天，顺顺家请来了两家客人，一家是船总家母女，一家是翠翠与老船夫。客人到后，船总家母女二人被安排在家中最好的地方，翠翠则被安排在船总家母女的旁边。其二，是二老的出走。二老为何出走？是与他父亲吵了一架后赌气出走的，吵架的缘由是顺顺逼二老在翠翠与船总女儿的婚事上表态。二老的回答明确点明了顺顺的心事：这事如果为的是你，家里多个碾坊多个人，那你就答应；如果为的是我，我可得好好的想一想，也许我命中注定只该得一座渡船。

第二处是龙舟竞赛时，几位乡村妇人对二老面临的两种选择的议论。一位女人说："他又不是傻小二，不要碾坊，要渡船？"另一位女人不同意她的看法，"那谁知道，横竖是牛肉炒韭菜，各人心里爱。只看各人心里爱什么就吃什么，渡船不会不如碾坊！"

这场乡下妇人的对话，显示出边城社会价值形态的典型症候。一面是原始乡村古朴的人生价值选择：渡船不会不如碾坊；一面是相对于原始乡村的"现代"的人生价值选择：他又不是傻小二，不会不要碾坊，要渡船。

正是这种无形的唯实唯利的人生观、价值观在其中兴风作浪，最终形成了《边城》故事的结局，促成了二老和父亲的矛盾的爆发，促成了二老的赌气出走。也正是老船夫隐隐约约所感到的这种价值观对翠翠和二老关系的威胁，对翠翠可能重蹈自己女儿当年悲剧的覆辙的忧凄，在一场雷雨交加的晚上死去。当年，翠翠的父亲作为屯防军人的身份，与翠翠的母亲结婚不成而自杀，翠翠的母亲也自杀，这是一种社会制度与无形的观念所造成的悲剧。我认为，沈从文先生虽然没有明说，但是却在暗示翠翠母亲的苗族身份，这正是民族的歧视观念导致的。

因此沈从文在他的《〈从文小说习作选集〉代序》里面说，这作品本接近于一个小房子的设计，用少料，占地少，希望他既经济又不缺少空气和阳光。我要表现的本是一种“人生的形式”，一种“优美，健康，自然，而又不悖乎人性的人生形式”。我主意不在引导读者去桃源旅行，却想借桃源上行七百里路酉水一个小城小市中几个凡夫俗子，被一件普通人事牵连在一处时，各人应有的一份哀乐，为人类“爱”字作一度恰如其分的说明。

《边城》守望的，是在唯实唯利的人生观蚕食人性的二十世纪初叶特定的时间与空间里，渴望不唯利便、不唯物欲的属人的爱的同归，属人的本性的复归，这也正是小说结尾边城白塔的坍塌与重建的寓意所在，也是《边城》故事层面所显示的主题指向。

然而，《边城》还有着超越故事本身层面的更大的思想情感寄托。这需要从两个人物形象的塑造谈起。

一是老船夫形象。老船夫堪称是老湘西之子，在他身上延续着老湘西的全部美德。朴实、善良、诚实、睿智（并非那种因饱读诗书形成的知识型睿智，而是一种历经世事沧桑而形成的经验型的聪明与智慧），他重情重义，尤其是对儿孙辈深入骨髓的关爱，对人生命运的令人心痛的忧患意识；同时，在他的身上又带有因为知识理性的缺失所形成的保守习性与对人生命运的无从自主把握。“一切都是命，半点不由人”，时时流露出对造化弄人造成的不公平命运的无奈，特别值得注意的是那种不为人理解的人生孤独感，那份为儿孙辈求得一份合理的人生安排所付出的全部心神、以致心力交瘁的努力。“这老头子做事弯弯曲曲，大老的死是他造成的。”顺顺的奚落，二老的冷淡，死亡的阴影造成了一连串误会，最终导致老船夫在忧愤中而死。

二是翠翠形象。沈从文是塑造乡村少女形象的高手，同《长河》一样，翠翠是沈从文湘西之思的一种理想生命形态。这种生命形态不同于沈从文笔下其他少女形象，其独特之处就在于对自己人生命运的自主把握。在车路马路的选择中，翠翠遵从的是自己内心的指令；在二老出走之后，独自守候在渡口，等待二老的归来，可以说是不忘初衷，信守本心，不问东西。对翠翠形象的这种理想主义的寄托，源于沈从文对乡下人现实的自在的生命状态的沉重的反思。谈这个问题，可以涉及沈从文小说的全部创作，这里我举他的一篇小说为例，看沈从文是如何反思我们乡下人自在的生命状态的，这篇小说叫《萧萧》。这篇小说是写一个童养媳，名字叫萧萧，她嫁到婆家以后的任务就是整天带她的小丈夫，他们家有一个长工叫花狗，花狗用歌挑逗萧萧，萧萧怀孕了。萧萧开始想把肚子打掉，但是没有成功，后来想到逃跑，但是花狗到约定的时间不来，花狗自己偷偷逃走了。萧萧怀孕的事被家人发现了，面临两种选择，沉潭或发卖。最后决定不沉潭，因为双方家里都是农民，都没有读“子曰”的人物。要把萧萧卖掉但是没有人来买，萧萧十月期满生下了一个团头大耳的儿子，合家欢喜，萧萧不卖了，过了两年，萧萧和小丈夫生下了儿子。

萧萧这个人物的形象最显著的特征就是理性的蒙昧和无从独立把握自己的人生命运，她的命运全都是人生的必然和偶然决定的。如果家里当时有个读“子曰”的人会怎么样？如果恰好有买主会怎么样？到十月期满生下个女儿怎么办？沈从文是有意设计这些情节，因此沈从文笔下的萧萧身处悲凉的人生境界，却不觉悲凉，她从不预备要人怜悯，也不知道可怜自己，从来不曾想过要独立自主地把握自己的命运。

因此正是在老船夫和翠翠这两个人物形象中间，在他们的情感演绎中，融入了沈从文对自己人生经历与湘西少数民族命运的沉痛感慨。沈从文在他的散文《水云》

中说，我的新书《边城》出了版，这本小说在读者间得到了一些赞美，在朋友间还得到些极难得的鼓励，可是没有人知道我是在什么情绪下写成的这篇作品，也不大明白我写它的意义。至于刘西渭（李健吾）先生的批评说的，就完全得不到我如何用这个故事填补我过去生命中的一点哀乐的原因。只有朱光潜先生准确地道出了依附在《边城》中的情绪内涵，他说《边城》表现被生活长期压迫却富于幻想和敏感的少数民族在心坎里的那一股沉郁隐痛，翠翠似乎显出从文自己的生命性格。不仅《边城》唱出了少数民族的心声，也唱出了旧知识分子的心声，从这个意义上说，《边城》又是一部象征的抒情的作品。

综上所述，《边城》的思想情感内涵，触及到的是对湘西民族的再认识与对民族的品德重造的渴望。这两个问题又有着文化学上的内在关联，民族品德的重造的文化资源何在？沈从文正是在老乡村保留的朴素人性美那里找到了资源。原始朴素的人性美与生命的独立自主的现代意识，应该成为重造的民族品德的两大精神支柱。

在《边城》题记上，曾提起一个问题，即将“过去”和“当前”对照，所谓民族品德的消失与重造，可能从什么方面着手。《边城》中人物的正直和热情，虽然已经成为过去了，应当还保留些本质在年青人的血液里或梦里。相宜的环境中，便可能唤起年青人的自尊心和自信心。

《边城》所关注的民族品德重造问题，恰恰是二十世纪严峻的中国问题（二十世纪到今天，中国在政治、经济层面的问题是救亡图存和治穷；在精神、文化层面，则是民族品德的重造）。这一严峻的中国问题，到了今天，变得愈发严峻（随着商品经济的发展，现代社会培养出的唯实唯利的人生观全面腐蚀人的心灵，导致全民道德底线全面失守）。今天重读《边城》，便益发感到了沈从文《边城》里的忧患意识的价值与意义。

2018 年 4 月 17 日

沈从文1949年后文学创作概览

向成国
吉首大学文学院教授，
原吉首大学沈从文研究所所长。

2002年出版的《沈从文全集》收录了当时能搜集到的沈从文一生创作的全部文字作品，共32卷，1100万字，其中1949年以后的创作有近600万字，超过他一生创作总量的一半。这近600万字的作品有小说、诗歌、散文、杂感、文论、书信和物质文化史研究成果，内容极为丰富。它是当代文学的重要组成部分，是当代文学研究值得重视和充分开发的重要资源。

1949 年以后，沈从文退出了文坛，转入了物质文化史研究。这种转业改行，至少有三方面的原因：一是 1948 年 3 月，以郭沫若为首的现代文学主流派对沈从文的批判，声讨他“为艺术而艺术”，“是地主大资产阶级的帮凶和帮凶文艺”，是直接作为反动派的“代言人”，“是有意识地作为反动派而活动着”[1]，这就从政治上宣判了沈从文的死刑，并从人格尊严上给以彻底的摧毁。沈从文本来对共产党怀有好感，对即将诞生的新中国怀有热情，但在郭沫若们的毁灭性的打击面前，他瘫痪下来了，精神失常，寻难自杀，几近死亡！二是 1948 年以后，沈从文越来越感觉到，文学创作作为宣传之一部分，必须服务于既定的阶级的政治目的，文学为政治服务是今后社会不可改变的主导社会意识。而沈从文向来认为文学不能是权力的武器，而是智慧的结晶，它具有教育“第一流政治家”的作用，具有“撼动世界的力”。当有人把政治比喻为红绿灯时，沈从文就指出：“如有人要操纵红绿灯，又如何?”“文学自然要接受政治的限制，但是否能保留一点批评修正的权利呢?”[2] 沈从文的习惯是从“思”字出发，而现实的要求必须是用“信”

[1] 参见郭沫若：《斥反动文艺》，邵荃麟：《对于当前文艺运动的意见》，冯乃超：《略评沈从文的〈熊公馆〉》，1948 年香港《大众文艺丛刊》第一辑。

[2] 沈从文：《沈从文全集》（第 27 卷），北岳文艺出版社，2002 年，第 290 页。

字起步，也就是说，必须首先接受政治的要求，在不违背政治要求的原则下，进行写作。这一点是沈从文难做到的，因此他便自觉地从文学创作的中心立场退了出来，在 1948 年 12 月 7 日致吉六的信中说：“二十年三十年统统由一个‘思’字出发，此时却必需用‘信’字起步，或不容易扭转，过不多久，即未被迫搁笔，亦终得把笔搁下。”[3]1948 年 12 月 31 日，沈从文在赠周定一临史孝山《出师颂》条幅的题识为：“三十七年除日封笔试纸。”以“封笔”预示自己将终止自己的文学创作。三是自觉地选择了古物质文化史研究作为自己未来从事的事业。一方面，古物质文化史内容极其丰富，从事这方面研究的人员少，这方面的研究成果也少，新中国的建设发展又急需这方面的研究成果。另一方面，沈从文从青年时代开始，就对中国物质文化史极感兴趣，长期以来，这方面的知识积累深厚，又加之文学与文物的相通相承，所以，古物质文化史的研究具有巨大的吸引力，以至于 1949 年以后，沈从文一旦转业从事这方面的研究，他再也无法离开这一阵地。

1949 年到 1988 年的三十八年间，沈从文虽然把他的主要精力放在古物质文化史研究上，但他一刻也没有

[3] 沈从文：《沈从文全集》（第 18 卷），北岳文艺出版社，2002 年，第 519 页。

忘记文学和文学创作。他带着几分无奈，半自觉半不自觉地退出文学创作的中心位置而选择了从更广阔的文化层面，继续着文学创作的事业，这正是他聪慧过人之处。也正由于这种选择，才造就了他1949年以后的近40年间创造性成就的第二次辉煌。从沈从文1949年前后的不同的创作境遇以及他以1949年为分界线前后两个时段的光辉成就，我们发现，沈从文在文学创作上有两个立场，我们可以把它称之为文学创作第一立场和文学创作第二立场。

所谓文学创作的第一立场，就是作家站在文学创作的中心位置，以审美创造为最高原则，以审美情感为主导，以作家新的感知体验为媒介，将作家个人活生生的情欲、激情与实践体验相渗透、融合、凝聚，创造出超越狭隘功利状态，而具有人类共同价值，即美的价值的唯一形象。在这种立场下，作家的智慧、情感与他所创作的形象完全地、彻底地融为一体，作家的灵魂就是作品的灵魂，作家个体已完全融化在形象个体之中，作为创造形象的作家个体已经消失。我们可以说，一切伟大成功的作品，都是作家站在第一创作立场创作出来的！沈从文也不例外。他1949年以前的文学创作可以说就是在第一创作立场下实现的。

文学创作的第二立场，是指作家创作时退出第一立场，站在宽泛的文学文化学立场上，从广阔的人类文化大视野出发，以“我”对“他”(即创作对象）的审视，对视野中的种种文学文化现象作叙述、说明、或解释，并能总结出符合事物发展规律和人类认识事物规律的科学结论。可以说，沈从文1949年以后的文学创作都是站在文学创作第二立场的实践活动。这种坚持文学创作的第二立场既保护了沈从文，也成就了沈从文。

一、终未实现的文学梦

1949年8月，在沈从文久病新瘥以后，他转入了新成立的历史博物馆工作。此后的几十年里，他一直生活在文学创作、文物研究的两难抉择之中，虽然他一进入文物研究领域，就全身心地扑在文物研究上，但文学创作的梦，常搅得他心潮涌动，志弥力坚，跃跃欲试。1951年10月去四川农村参加土改，土改所见强烈地激发他重新创作的欲望，他就设想日后用创作《湘行散记》的办法，写一本《川行散记》。1957年，他拟订创作计划，要写两个中篇。一是以安徽张鼎和革命事迹为内容，一是以四川内江丘陵区厂房生产为背景。此外，他还希望能在另一时，为一些老革命记录点近代史事情，如记下些井冈山当时情况，记南昌起义，瑞金扎根，长征前夕，遵义情况，延安种种……或记人或记事，用些不同方法，记下些过去不曾有人如此写过，将来也不易有人写，而又对年青一代能有教育作用的故事特写。[4]1961 年 6 月，他还想："倒不如还是暂时换个工作方法，离开下博物馆，趁精力还济事，再在写作上试作几年努力，为国家留下点东西。"[5]直到 1967 年，"文化大革命"中，在自己被打成"反动"学术权威，严加管制被罚收拾茅房的情势下，沈从文还幻想着能"下乡，或即回来家乡住一年，一月试写一个，一年时间内至少写得出十个一切都新的样板短篇"。[6]1949 年以后，沈从文一直在做着文学的梦。而且，1949 年以后，沈从文也得到各方面的关心、鼓励，希望他能回到文学创作的阵营，继续从事文学创作。1953 年 9 月，沈从文以工艺美术界的代表的身份出席了第二次全国文学艺术工作者代表大会，会议期间，毛泽东、周总理等领导人接见了 12 位作家。当毛泽东问过沈从文年龄后对他说："年纪还不老，再写几年小说吧……"这是国家领导人对沈从文的信任和关怀。以后，胡乔木、周扬

[4] 沈从文：《沈从文全集》（第 27 卷），北岳文艺出版社，2002 年，第 509—510 页。

[5] 沈从文：《沈从文全集》（第 21 卷），北岳文艺出版社，2002 年，第 60 页。

[6] 沈从文：《沈从文全集》（第 22 卷），北岳文艺出版社，2002 年，第 39 页。

等文化部门的领导在多种场合，多次对沈从文重返文学创作岗位给予充分关注，并为其创造条件，提供方便，甚至还多次为他提出过文学创作的内容、方向的建议和意见。

正是在这样的形势面前，沈从文一次又一次编织着自己的文学梦，一次又一次地作重返文学创作岗位的努力。也前后写了几篇散文和几个试验性的短篇。这里值得关注的是两部计划中的小说创作。

一部是以共产党人、沈从文妻子张兆和堂兄张鼎和革命事迹为内容的长篇小说。1936 年张鼎和在安庆牺牲后，其妻吴昭毅携子女四处流徙，历经磨难。1944 年逃到昆明，在沈从文家里住了很长一段时间。他们的痛苦生涯，与当时沈从文熟悉的一些发国难财人物的纸醉金迷的生存状态形成强烈对照，给沈从文留下深刻印象。此后，张鼎和及其妻儿子女的形象便挥之不去。1960 年初，他提出计划，拟请一年创作假，写一部 25 万言的、以张鼎和革命事迹为内容的长篇小说。在 4 月 28 日给沈云麓的复信中，他说："今年让我一年创作假，是写小说，试就三姐家堂兄鼎和一生发展，写大地主家庭腐败、分解和大革命后种种。他是先在南开，逃广东，几乎死去，到日本又被捕，回国转安徽被捕保出，又到上海北京，又返安徽，终于牺牲。此后四嫂即带其子女随抗战作难民到湘西住了几年，再到贵阳、昆明。孩子们长大又参加昆明学运，复员后到上海参加学运，逃往解放区……拟分三部分写，各十万字……”[7]从这简单的叙述中我们可以看到这部作品将要出现的波澜壮阔的气势，反映出中国革命三十至四十年代的艰难岁月以及共产党人那种前赴后继的英雄行为！沈从文曾多次到宣化等地搜集材料，1960年10月上旬，张鼎和夫人吴昭毅到北京，在沈家又住了一段时间，沈继续向吴了解张鼎和的事迹。到沈从文准备创作这部长篇小说时，他已搜集到张鼎和的素材笔记达10多万字。有了10多年的准备，占有了大量的材料，沈从文开始准备写作，但最终也只完成了试笔的一些章节。

另一部是以黄永玉和沈从文自己家世为内容的小说。

沈虎雏先生在《沈从文年谱》中写到：(1971年)“5月，起草黄永玉家世内容的小说，开篇题为《不速之客》。”1971年6月，身在河北磁县1589部队二中队美院一连二排五班劳动改造的黄永玉收到了沈从文从湖北咸宁双溪“五七”干校寄来的一份沉甸甸的“稿件”，题为《来的是谁?》，计20页，约8000多字，这《不速

[7] 沈从文：《沈从文全集》(第20卷)，北岳文艺出版社，2002年，第406页。

之客》与《来的是谁?》应是同一篇作品的不同标题。黄永玉先生说，这是“有关于我黄家的家世的长篇小说的一个楔子，情调哀凄，且富于幻想神话意识”。他说，在咸宁双溪，“后来的局势运转，气候幻化，老人在时空上似乎有了点偶悟，孤寂的身心在情感上不免从回忆中求得慰藉，那最深邃的从未发掘过的儿时的宝藏油然浮出水面，这东西既大有可写，且不犯言涉，所以一口气写了八千多字”。[8] 这有关黄永玉家世长篇小说的“楔子”发表在《吉首大学学报》2007 年第 1 期上。

沈从文早就有写凤凰这小小地方历史的打算，他想“纪念一下这个小山城成千上万壮丁十年中如何为保卫国家陆续牺牲的情形”，“想从这个野性有活力的烈火焚灼残余孤株接接枝，使它在另外一种机会下作欣欣向荣的发展、开花结果”。[9] 写凤凰历史，首先选择黄家作突破口。黄家是沈从文外公家。从外公黄河清，到舅父黄镜铭，再到表兄黄玉书、表侄黄永玉他都熟悉，而且对这一家几代人与湘西历史的关系，以及黄家宗族的历史变迁，他也知之甚多，能将黄家几代人写清楚，湘西凤凰的历史也就清楚了。1947 年，当他读到黄永玉

[8] 黄永玉：《黄永玉先生给刘一友的信》，《吉首大学学报》（社会科学版），2007 年第 1 期。

[9] 沈从文：《沈从文文集》（第 10 卷），湖南人民出版社，2013 年，第 154—155 页。

的那“充满了一种天真稚气与热情大胆的混合……见出作者头脑里的智慧和热情，还可发现这两者结合时如何形成一种诗的抒情”的木刻插图时，沈从文对于国家民族，以及属于个人极庄严的苦难命运“感到深深痛苦”。感觉到黄家几代人“命运偶然”的惊奇。[10] 于是沈从文写了《一个传奇的本事》，作品以黄永玉的家世为内容，写的是一个小地方、一个小家庭极平凡的故事，反映出湘西的历史，及在那灾难深重的历史环境中，中国城乡小知识分子的历史命运。

沈从文说，作品“大部分谈的都是作品以外的事情——永玉本人也不明白的本地历史和家中情况。从表面看来，只像‘借题发挥’一种杂乱无章的零星回忆，事实上却等于把我那小小地方近两个世纪以来形成的历史发展和悲剧结局加以概括性的记录”。“本文却以本地历史变化为经、永玉父母个人及一家灾难情形为纬交织而成一个篇章。用的彩线不过三五种，由于反复错综连续，却形成土家方格锦纹的效果……读者，把视界放宽些，或许将依然可以看出一点个人对于家乡的‘黍离之思’！”[11]

[10] 沈从文：《沈从文文集》（第10卷），湖南人民出版社，2013年，第149—150页。

[11] 沈从文：《沈从文文集》（第10卷），湖南人民出版社，2013年，第159页。

当我们把《来的是谁?》和《一个传奇的本事》联系起来看时，可以看到沈从文对以黄永玉家世为题材的长篇小说的基本构架。黄家生前姓黄，死后改姓张乃是因为“其先祖是戍卒屯丁”或“被封建社会放逐贬谪的罪犯”的谜底被揭开，到黄家从黄河清、黄镜铭、黄玉书、黄永玉、直至黄黑蛮、黄黑妮五代人的命运与湘西的历史悲剧命运的联系，那将是一部何等壮阔的图景，这图景实际上在《一个传奇的本事》中已初现端倪。

1961 年 1 月 11 日沈从文给他大哥沈云麓写信时说：“我可能还可以利用剩余精力来用家乡事作题材，写一本有历史价值的历史小说”。“写完鼎和传记后，第二本书将是这个未完成的故事。”[12]1942 年，他创作了《云庐纪事》，这个以沈从文自己的家世为内容的作品也应该是他计划中的写湘西凤凰这小小地方历史故事的一部分。计划写 20 万字。十分可惜的是只写了两万多字便停笔了。抗战胜利后，完全靠自学挣扎出来的国民党军高级将领凤凰人田君健原以为国家和平来临，人民苦难已过，不久改编退役，正好过北平完成一个新的志愿，好好读几年书，可能有机会与作者合作，写一本小小地方历史，纪念一下凤凰这个小山城成千上万壮丁十

[12] 沈从文：《沈从文全集》（第 21 卷），北岳文艺出版社，2002 年，第 5—6 页。

年中如何为保卫国家陆续牺牲的情形。正可说明一种旧时代的灭亡、新命运的开始，虽然是极其悲惨艰难的开始。因为除少数的家庭还保有些成年男丁，大部分却得由孤儿寡妇亲自作挣扎！不意内战终不可避免，胶东一役，田君健所带领的这个师全部覆没，作师长的田君健也随之阵亡。这部湘西的地方历史，虽有了《一个传奇的本事》《云庐纪事》的开头，但再也无法继续写下去了。

以张鼎和为内容和以黄永玉沈从文家世为内容——写湘西地方历史的两部长篇都没写成功，其主要原因是因为沈从文1949年以后，走出了创作的第一立场，因种种原因，他无法再回到创作的第一立场中去，他的写作与文学创作是疏离的，尽管他面对的题材不仅熟悉，而且十分丰富，但他的内心精神已不可能与他要创作的作品血肉一体，创作主体和写作对象之间是隔膜的，他的美好的文学创作的梦再也无法实现了。

二、标新立异的诗歌创作

1949年以后，沈从文创作了数量可观的诗歌，除了1949年创作的《第二乐章——第三乐章》《裴多汶乐曲所得》《黄昏和午夜》三篇现代自由诗外，其余全是古体诗，其中七言诗 21 篇，五言诗 55 篇。而最长的排律为五言的《文字书法发展》长 772 行，计 3860 字。

沈从文那三篇现代自由诗是诗人 1949 年春重病以后到同年 9 月修复期间写的，主要写诗人作为人的个体的精神失常、死而复生状态下的内心世界和情感折磨的经历及感受，类似呓语狂言。

在这组诗中，诗人要表现的是“我思，我在，一切均相互存在。我沉默、我消失，一切依旧存在”。他要将脆弱的生命重新凝固坚实，“了解了我，又重铸我，已得到一个完全新生”后，“为理会荣辱爱怨”，“在风雨里驰骤”，当“百年长勤”，恰似凤凰涅槃。

应该说，沈从文上世纪六十年代到七十年代的七言、五言诗歌创作既是沈从文自己 1949 年以后文学创作的高峰，也是中国当代文学诗歌创作的高峰，这个时期他的诗歌创作内容丰富、情感炽烈，他用七言、五言的旧形式极力抒写现时代的生活内容，表现他无论在任何艰难困苦和自己备受折磨，时时都有生命危险的境遇下，那种凛然气魄和勇赴艰难的诚朴心态。这些诗歌在中国当代诗歌史上具有开创新风的意义。这表现在以下几方面：

首先，诗歌呈现出感旧歌新的新风格。1961 年冬到 1962 年春，中国作协组织了沈从文等九位作家诗人到江西参观访问，在长达四个多月的时间里，沈从文写了近20首旧体诗，这些诗有写山川景物的，写历史的，写井冈山革命斗争的，写新社会人民翻身作主人的新生活的，有赞美江西生产建设成就的，也有赠同道诗人作家的。这些诗感旧歌新，不落俗套，写景抒怀，浑然一体，情真意挚，亲切感人。有人评论其中的如《次生篇》《花径》等有老杜风格。而当时的诗坛，很多人写诗，都极俗气地堆名词，情、理、境均不高。虽然写旧诗的人甚多，但打油成为风气，而基本功不好好练习，格多平庸。在当时的诗坛，如何用旧体诗表现新时代的内容，沈从文的这种感旧歌新的诗歌创作有独树旗帜的意义，写到兴奋时，沈从文也自己感叹："六十岁重新写旧诗，而且到井冈山起始，也是一种'大事变'！"[13]

其次，用古体诗的形式状写中国文化史，1970年至1972年间，沈从文下放到湖北咸宁"五七"干校间，写了一组咏史的古体诗。

这组诗共九篇，有的用大乐章的形式概括地表现了中华民族数千年发展进程（《红卫星上天》）；有的以史实为依据，记述秦帝国由统一到灭亡的历史演变（《读秦本纪》）；有的就单一的文化现象作历史叙述，揭示

[13] 沈从文：《沈从文全集》（第15卷），北岳文艺出版社，2002年，第275页。

其内在的演化规律（《文字书法发展》）；有的从文化发展现象入手探讨某种文化的形成及其影响（《商代劳动文化中的“来源”及“影响”试探》《西周及东周——上层文化之形成》）等等。这组文化史诗取得了很高的艺术成就，它是沈从文诗歌创作的又一创新。在当代中国诗坛上，用古体诗形式抒写文化史的内容的还没有能与沈从文比肩者。这组状写文化史的古体诗是诗人下放“五七”干校时写的。他当时食宿无依，居室四壁透风，在霉湿的小教室里，与蚊蛙为伴，十分孤寂，但他的内心里却翻滚着中国数千年的文明史，因此激情触发，忘记了自我，进入了一个无我的自由王国，如同癫狂的舞者，在中华文化文明史的大舞台上，任本性潇洒、忘情地舞蹈。他在中国历史博物馆，作了十多年的讲解员，对历史博物馆的各种陈列，是烂熟入心的，他写《红卫星上天》，就是把馆中一万六千米长、上万平方的中华历史的陈列内容，当作史诗加以处理，只用一千多字诗的语言，作一概括的解释。沈从文在历史博物馆从事物质文化史研究20多年，已取得多项成果，另有数十项半成品的研究正握在自己的手中。由于积淀深厚，如何用古体诗的形式，他有独到的见解。在写《读秦本纪》时，他认为：“一般旧记，常用极多文字叙述，尚难得其大处。即馆中说明，摘抄《史记》，亦不具体，易顾此失彼。用杜牧《阿房宫赋》更不济，因系据《阿房宫图》而作，近唐代宫廷的俗，得不到秦代的壮伟气魄。”这些他都不采用，而是独创“试用五言诗加以概括”，于是“得一轮廓”，“惟轮廓似还分明”。他的大姐夫田真一逝世前读到这一诗，兴奋地说：“此诗甚好。”[14]文献结合文物互证法是沈从文创新并坚持运用的文物研究方法，他把这方法也运用到古诗的创作中，他写《西周及东周》时，就是运用这一方法，分析西周到战国社会的进展，由生产发展，引起社会矛盾、斗争、分解，因而促进制度的演变和学术的兴起。然而创作是要付出代价的。他写《文字书法发展》时简直可以说是在开展一场诗的创作与生命承受力的角逐：时独居丘陵高处，虽屋漏已止，但室内地生白毛，潮湿泥泞，只得用砖七十五块铺垫成十字，始能行动。手边无一书可参证，仅凭记忆作一概括说明，中途因心力交瘁而心脏病、肾结石病复发，住院40天，出院后又继续写作。在总结《文字书法发展》一诗的写作感受时，沈从文说：“十天前，开始写了个《文字发展——社会影响和艺术关系的试探》，已全部完成……把‘文字学’和‘书法学’两课压缩，加上甲骨文中的文化反映，竹木简的反映，

[14] 沈从文：《沈从文全集》（第15卷），北岳文艺出版社，2002年，第372页。

纸、笔、墨、砚发展，和写字当成艺术，又由艺术转为实用简体字的影响过程，尽可能概括用五言写出来，且兼带提到四言诗和七言诗的起源，《楚辞》产生的原因，一切归劳动人民的成就，说的十分自然，一点不勉强。所以写完后，真像完成一件工作。十分严肃的感觉”。[15]

这组诗是诗人用数十年的积累，用自己顽强的生的意志写出来的。诗句间，不仅闪耀着诗的价值的光辉，也闪耀着诗人的智慧和生命价值的光辉。

第三，诗人大胆的创新试验。在沈从文的古体诗中，创作最多的是五言诗。这是诗人有意为之，其用意是要进行诗歌的创新试验。

在沈从文看来，“七言必用成语填空，易受旧束缚，懂的人将更少。而写来想出新意将更难。”[16]“七言易‘作’，同时易‘俗’，见陈词滥调。”[17]而他认为：“五言诗比较有新意，不庸俗化，一般化。伸缩性较大，吸收建安七子，和阮籍，陶潜，魏徵，陈子昂，杜、李、元、白诸人长处，赋以新意，可望作得到。”[18]由此我

[15] 沈从文：《沈从文全集》（第22卷），北岳文艺出版社，2002年，第402页。

[16] 沈从文：《沈从文全集》（第22卷），北岳文艺出版社，2002年，第289页。

[17] 沈从文：《沈从文全集》（第22卷），北岳文艺出版社，2002年，第368页。

[18] 沈从文：《沈从文全集》（第22卷），北岳文艺出版社，2002年，第289页。

们可以看出，正是从诗的内在本质上，在对诗的不同形式的比较中，沈从文对五言诗予以肯定。也正因为如此，沈从文大量地采用五言诗的形式进行创作。但沈从文创作五言诗还有更深的用意，在1971年冬作的《战国时代》一诗的序文里，他说："此诗……企图用五言旧体诗作新的处理，在旧式七言'说唱文'和启蒙《三字经》之间，得到一点启示，能给读者对于战国时代有一概括印象。"[19]在给一友人的信中，他明白地道出了自己创作五言诗的意图："因此又写了些诗，试图在'七言说唱文'和'三字经'之间，用五言旧体表现点新认识，不问成败得失，先用个试探态度去实践，看能不能把文白新旧差距缩短，产生点什么有新意思的东西。或许还可以搞出些'样品'……能继续下去，一定还会有些新的发现。"[20]我国现代白话诗自五四诞生后只有几十年的发展历史，其传统风格都未形成，还在曲折发展中。而中国古体诗已有数千年的历史，特别是五言诗较之其它各种形式的诗体如前沈从文所述，有自己特殊的优势，因此探讨"七言说唱文"和"三字经"之间演变，内在结构关系，缩短文白新旧差距就成了中国当代

[19] 沈从文：《沈从文全集》（第15卷），北岳文艺出版社，2002年，第410页。

[20] 沈从文：《沈从文全集》（第22卷），北岳文艺出版社，2002年，第381页。

诗歌得以在继承古代传统的基础上顺利发展的瓶颈了。沈从文正是想从解决这一瓶颈问题出发，探讨中国诗歌未来发展的道路，这种大胆的试验是卓有成效的，是反映了中国新诗发展趋势的创新之举。时至今日，我们应好好地认识沈从文这一大胆探索的意义和价值！

同时，我们也注意到了沈从文的这种探索，也是对三十年代和八十年代曾几度出现的现代派诗歌创作的一种拨乱反正。沈从文在谈到现代派诗歌时说："只是就我个人接触到的看来，其中有一部分，我却不大看得懂了。有时还不免感到一点别扭味，和四十多年前读李金发先生诗时印象差不甚多。"这种诗，"诗人的追求，似乎多以本人能'自得其乐'为主，对于'客观'效果可不大在意"。"新诗的影响，似乎还只限于'诗人'和'候补诗人'范围以内。"这种诗，读者是相当窄狭的，它即使能鼓舞一些作者"见猎心喜"，在用笔时也能得到"自我陶醉"的快乐，但十分明显，"影响却依旧不会怎么大，甚至于作者本人用笔兴趣，也不会如何久"。[21]诗歌创作必须以多数读者能懂为大目标，这种让多数人看不懂、不注意客观效果的诗歌创作既远离中国传统，也远离中国现实。由此看来，沈从文五言新诗

[21] 沈从文：《沈从文全集》（第27卷），北岳文艺出版社，2002年，第392页。

创作的拨乱反正意义是十分明显的。

三、书信——沈从文后半生的“百科全书”

1949年以后，沈从文写了大量的书信，书信的内容十分丰富，沈从文后半生生活的方方面面都在书信中得到反映，书信大部分是写给自己亲人朋友的，所以无话不谈。书信的内容都是谈的真心话，而且带有极大的稳私性，所以这些书信可以称为作家心灵写作、隐私写作。对于沈从文来说，这是他文学创作的又一重要内容，而且对研究作家的思想、人格、文风及作品产生的内在根源等有着任何别的材料无以取代的优势。对于沈从文来说，他后半生的书信就是沈从文后半生的“百科全书”。

可以称之为沈从文后半生书写的“百科全书”的书信容量相当大，但有一个中心十分清楚，那就是突出地表现了沈从文“为而不有”的人格风范。他坚持“凡事守住老子‘为而不有’的至理名言，所以卅年来，生活虽过得比较寂寞，但一方面也就比较平静”。[22]他不止一次地说过：“人快八十岁了，过去半世纪即从不与

[22] 沈从文：《沈从文全集》（第26卷），北岳文艺出版社，2002年，第12页。

人争是非得失，遵照老子‘为而不有’的教训，像是早被少壮有为的大踏步，从我肩上跨过去，甚至对于几个‘现代中山狼’也毫不存芥蒂。”[23]

“为而不有”是从老子那里转借过来的。《老子·十章》说：“生之畜之，生而不有，为而不恃，长而不宰，是谓玄德。”其意思是说，产生万物，养育万物。产生了万物而不据为已有，促成万物生长壮大而不自恃有恩，长养了万物而不主宰它们，这就是深远难知的至高品德。由此可以理解“为而不有”，就是对社会、对人民有贡献有作为，而不求个人私利的获得。梁启超认为，“为而不有”可以使世界从平淡上显示出灿烂。沈从文则认为，“多数人爱点钱，爱吃点好东西，皆可以从从容容活下去的。这种多数人真是为生而生的。但少数人呢，却看得远一点，为民族为人类而生。这种少数人常常为一个民族的代表，生命放光，为的是他会凝聚精力使生命放光。”[24]这种人正像老子说的“上仁为之而无以为”，必然是“既以为人己愈有，既以为人己愈多”，[25]“为民族为人类而生”，正是“为而不有”所追求的人的生存的最高境界。个人的生存一旦进入了这种境

[23] 沈从文：《沈从文全集》（第26卷），北岳文艺出版社，2002年，第33页。

[24] 沈从文：《沈从文全集》（第11卷），北岳文艺出版社，2002年，第185页。

[25] 老子：《老子》第三十八、第八十一章，线装书局，2011年。

界，他就没有任何个人的名誉、地位、私利可求，这样生命才实现了其本来价值，才会在历史的长河中闪亮发光。沈从文一生守分尽职、持平维常、重人重己、坚韧倔强、不畏权势、不结帮派、独立自由、宠辱不惊、宽容厚德、轻财薄利、两袖清风、隐忍谦卑、谨慎坦然、为民服务等等优秀品质，既是对“为而不有”的执着坚守，也是对“为而不有”深隐的人生内涵的最为明晰的阐释。在历史博物馆，他要做一个“合格说明员”，在国家，他要做一个“合格公民”，在1949年以后的几十年中，经过了些不易设想的难关，总依旧做他所能做的事，尽他所能尽的责。他坚持从“为人民服务”出发，用不折不扣的“为人民服务”的态度，努力一个人干几个人的事。“独轮车虽小，不倒永向前”，他以“伏案而终”的精神，为各方面需要打杂服务，他认为“这就够对得起这个生命了”。[26]

沈从文说：“水和我的生命不可分。”他以水为自己生命的一部分，是因为“水善利万物而不争”，这与“为而不有”是相通的。而沈从文以水的“兼容并包、柔弱中有坚强”的德性为德性，始终守住自己无名望、无私利、无权势的平凡地位，存心却深沉高远，对人仁

[26] 沈从文：《沈从文全集》（第26卷），北岳文艺出版社，2002年，第399页。

慈宽厚，亲爱有加，语言坦白真诚，做事灵活圆通，正是“为而不有”的光辉典范。直到晚年，沈从文给笔者写信，还一再重申他的人生坚守：“古人有言：‘大块载我以形，劳我以生，佚我以老，息我以死。’又孔子云：‘血气既衰，戒之在得。’弟今年已八十六，所得已多。宜秉古人见道之言，凡事以简单知足，免为他人笑料。不求有功，先求无过。过日子以简单为主，不希望非分所当，勉强它人为之代筹。举凡近于招摇之事，证‘知足不辱’之戒，少参加或不参加为是。”[27]可见，他对名利看得何等轻淡，对人生看得何等透彻！因为他的整个身心已完全进入了“为而不有”的人生境界！

四、思维和创作方法的高峰俯视——文学理论的最新贡献

1949 年以后，沈从文写的文学、文集的序、跋、题记、创作谈等也有近 20 篇，这又构成了他文学研究的理论系统，在这个系统中，有对文学基本理论问题的探讨，有文学创作方法的研究，有对作品的评价和推介，有文学作品的欣赏和批评等等。特别是他提出

[27] 沈从文：《沈从文全集》（第 26 卷），北岳文艺出版社，2002 年，第 553 页。

了“抽象的抒情”，这是文学理论的重大突破。它是对中国传统的“文以载道”文学理论的颠覆，也是对五四以来，文艺从属于政治的理论的反驳，是对“文学即人学”的文学人性论的超越！它是站在文学发展的巅峰之上俯视文学而得出的文学思想方法与创作方法的科学结论。关于“抽象的抒情”的理论价值和实践意义今天的研究和评价并没到位，对它越来越明显的对文学的指导意义也认识估价不足，这是今天的文学理论界神经麻痹或精神疲倦的结果！

1961 年夏，沈从文写了《抽象的抒情》。“文革”中，这篇文稿当作沈从文罪证材料被查抄，数年后退还，是一份现能见到的残稿。文中沈从文认为，应把知识分子见于文字、形于语言的一部分表现，当作一种“抒情”看待，其本质上也不过是一种抒情。“这种抒情气氛，从生理学或心理学说来，也是一种自我调整，和梦呓差不多少……随同年纪不同，差不多在每一个阶段都必不可免有些压积情绪待排泄、待疏理。从国家来说，也可以注意利用，转移到某方面，因为尽管是情绪，也依旧可说是种物质力量。”[28] 在这种抒情之上有两种抽象：一种抽象是制约文学的政治。政治制约文

[28] 沈从文：《沈从文全集》（第 16 卷），北岳文艺出版社，2002 年，第 535—536 页。

学，要为新的社会观念服务。新的文学艺术，必然在新的社会——或政治目的的制约要求中发展，且不断变化。“必须完全肯定承认新的社会早晚不同的要求，才可望得到正常发展。这就是社会主义制度下对文学艺术的要求。”在这种政治制约下，“作者必须完全肯定承认，作品只不过是集体观念某一时某种适当反映，才能完成任务……艺术中千百年来的以个体为中心的追求完整、追求永恒的某种创造热情，某种创造基本动力，某种不大现实的狂妄理想（唯我为主的艺术家情感）被摧毁了。新的代替而来的是一种也极其尊大，也十分自卑的混合情绪，来产生政治目的及政治家兴趣能接受的作品。这里有困难是十分明显的。矛盾在本身中即存在，不易克服。有时甚至于一个大艺术家，一个大政治家，也无从为力。他要求人必须这么作，他自己却不能这么作，作来也并不能令自己满意。现实情形即道理他明白，他懂，他肯定承认，从实践出发的作品可写不出。在政治行为中，在生活上，在一般工作里，他完成了他所认识的或信仰的，在写作上，他有困难处。因此不外两种情形，他不写，他胡写”。不写当然就没有作品。而“胡写也需要一种应变才能，作伪不来。这才能分两种来源：一是‘无所谓’的随波逐流态度，一是真正的改造自我完成。截然分别开来不大容易。居多倒是混合情绪。总之，写出来了，不容易。伟大处在此。作品已无所谓真正伟大与否。适时即伟大。伟大意义在文学艺术作品中已有了根本改变”。[29] 由于政治对文学的制约，对作家常有过度严肃的要求，有时甚至于字里行间要求一个政治家也做不到的谨慎严肃，“在文学作品中却过分加重他的社会影响、教育责任，而忽略他的娱乐效果（特别是对于一个小说作家的这种要求）。过分加重他的道德观念责任，而忽略产生创造一个文学作品的必不可少的情感动力。因之每一个作者写他的作品时，首先想到的是政治效果，教育效果，道德效果。更重要有时还是某种少数特权人物或多数人‘能懂爱听’的阿谀效果。他乐意这么做。他完了。他不乐意，也完了。前者他实在不容易写出有独创性独创艺术风格的作品，后者他写不下去，同样，他消失了，或把生命消失于一般化，或什么也写不出”。[30] 沈从文更尖锐地指出，这种政治对文学的制约，必然会产生一种奇特的现象：“有权力的十分畏惧‘不同于己’的思想。因为这种种不同于己的思想，都能影响到他的权力的继续占有，或用来得到权力的另一思想发展。有思想的却必须服从于一定

[29] 沈从文：《沈从文全集》（第 16 卷），北岳文艺出版社，2002 年，第 530—531 页。

[30] 沈从文：《沈从文全集》（第 16 卷），北岳文艺出版社，2002 年，第 533 页。

权力之下，或妥协于权力，或甚至于放弃思想，才可望存在。”这样把一切都“一例都归纳到政治意识上去，结果必然问题就相当麻烦，因为必不可免将人简化成敌与友。有时候甚至于会发展到和我相熟即友，和我陌生即敌。这和社会事实是不符合的。人与人的关系简单化了，必然会形成一种不健康的隔阂，猜忌，消耗”。[31]

另一种抽象是生命。“生命在发展中，变化是常态，矛盾是常态，毁灭是常态。生命本身不能凝固，凝固即近于死亡或真正死亡。惟转化为文学，为形象，为音符，为节奏，可望将生命某一种形式，某一种状态，凝固下来，形成生命另外一种存在和延续，通过长长的时间，通过遥遥的空间，让另外一时另一地生存的人，彼此生命流注，无有阻隔。”[32]文学艺术就可以将这种生命扩大延长。这已是被人类社会发展史证明了的。“凡是有健康生命所在处……都必然有伟大文学艺术产生存在，反映生命的发展，变化，矛盾，以及无可奈何的毁灭。”[33]“文学艺术本身也因之不断的在发展，变化，矛盾和毁灭。但是也必然有人的想象以内或想象以外的新

[31] 沈从文：《沈从文全集》（第16卷），北岳文艺出版社，2002年，第534页。

[32] 沈从文：《沈从文全集》（第16卷），北岳文艺出版社，2002年，第527页。

[33] 沈从文：《沈从文全集》（第16卷），北岳文艺出版社，2002年，第527—528页。

生，也即是艺术家生命愿望最基本的希望，或下意识的追求。”[34] 这种生命抽象与作家抒情完美结合的文学艺术作品是真正有无限生命力的作品。文学作家的创作始终追求的就是要创造出这样的作品。

《抽象的抒情》是作者 1961 年夏创作的，在当时那种坚持政治挂帅，政治统帅一切，文艺从属于政治为政治服务的形势背景下，以此来验证当时文学理论主流派别的错误，显示了沈从文的理论的锐气、高瞻远瞩的犀利的眼光，捍卫真理的无畏气概和胆量。今天他的“抽象的抒情”对文学创作仍有指导意义，因此作为一种理论，深入研究其内涵与外延构成仍显得十分必要。

五、变态的写作方式

1949 年后，政治运动不断，到了“文化大革命”，整个社会都变态了。沈从文生活在这个时代，时时接受社会的审查和审判，写了不少变态的思想汇报、检讨错误，甚至认罪的报告、总结反省材料等等，这些记录下了那个时代的沈从文人生历程，是一个弱者在社会高压之下不得已的违心的言说，是沈从文 1949 年以后创作

[34] 沈从文：《沈从文全集》（第 16 卷），北岳文艺出版社，2002 年，第 528 页。

的重要组成部分。这当然不是只属于沈从文的个别现象，而是当时时代的普遍现象，不过作为个案，沈从文的个人书写具有典型意义。

这些违心言说的一种重要方式，就是以变态的言说反驳变态社会的政治、思想的高压，在守住自我言说阵地的前提下，以守为攻，陈述自己所谓错误甚至罪行的事实，还事实以本来面目，从而否定错误或罪行，守住了自己坚守的阵地，也捍卫了自己的人格尊严。

如《表态之一——一张大字报稿》，首先肯定对我这样一个微不足道的人，诸同志好意来帮助我思想改造，就为特辟专栏，写了几十张大字报，列举了几百条严重错误，我应当表示深深的感谢。因为首先想到的是，一切批评总在治病救人。我若真是牛鬼蛇神，自然是应当加以扫除的。这就把自己摆在接受批判的正确位置。接着用“但自然也感到十分痛苦”一转，单针对范曾的不实指控进行反驳，指出他列举的种种莫须有罪名只能说明他损人利己的手段的卑劣。这就揭穿了范曾不是在治病救人，而是有意加害于人。既如此，那么我当然也不是牛鬼蛇神了。[35]

又，“文化大革命”以来，他被打成反动专家“权

[35] 沈从文：《沈从文全集》（第27卷），北岳文艺出版社，2002年，第171—172页。

威”，沈从文说：“快三年了，要承认，没有这个资格；要否认，没有分辩能力。”[36]在确定了自己的位置以后，在检讨中，他力陈自己做事除了全心全意做好每一件该做的事，只是一个普通工作人员，从不计较名和“权”，根本不是什么专家权威。在工作中永远用《实践论》指示求知识的方法，用实物与文献反复印证、反复求证，在文物研究领域里取得了一些成果，学习为人民服务，把这些成果运用到实践中，解决了一些现实实践中的问题。以此为据，“反动”专家权威又从何说起？文章中，有人批判沈从文是“反共老手”。沈从文回答说，我“所有作品，在台湾均被禁止”。说“我一切作品都有利于国民党，给三四十年代人说来，有谁相信呢？”

有一次开斗争会，有人把一张标语贴在沈从文背上，斗争会完了，沈从文悄悄揭下那标语，上面写着：“打倒反共文人沈从文！”他不以为意，心里默默地念叨：只是书法有点太蹩脚了，这哪象历史博物馆的人应该写的字，还好意思贴在我的背上，真难为情，他真该再练一练。

沈从文在1968年12月的一份申诉材料中说，这

[36] 沈从文：《沈从文全集》（第27卷），北岳文艺出版社，2002年，第257页。

十八年中，“曾初次作过大小六十多次的检讨”。[37]

因此他写的反省、检查、交代、认错、认罪申诉材料就有相当数量，这些材料是用作者生命写成的，隐含着作者自己辛酸的血与泪。它集中地反映了中国当代知识分子，作为弱者在强势的政治运动面前寻找坚守自己事业并能生存下去的方式的痛苦历程，特别是那些变态的写作方式，揭示了写作的另类道路，为我们现代写作在方法论方面也就提供了另类的借鉴。

六、文物研究的文学书写

1949年以后，沈从文退出写作的第一立场，坚守写作的第二立场，把主要精力集中在物质文化史的研究和写作上，在物质文化史研究领域内取得了一系列重大成果，写出了以《中国古代服饰研究》为代表的数百万字的新作，建立起物质文化史写作的庞大系统。可以说，这是沈从文前期文学创作的继续和发展，是他在新的历史条件下，在新的领域里的崭新开拓。

沈从文生前的中国社会科学院历史研究所服饰研究室，在沈从文去世后，扩充建设为文化史研究室。文化

[37] 沈从文：《沈从文全集》（第27卷），北岳文艺出版社，2002年，第252—253页。

史研究室的沈从文的后继者们，继承沈从文的事业，总结沈从文的研究成果和实践方法，创立了“形象史学”学科。所谓“形象史学”，是把形与象作为史料，用以研究历史的一门学问。具体来说，专门指运用传世的岩画、造像、铭刻、器具、书画、服饰等一切实物，作为证据，结合文献来考察史实的一种新的史学研究模式。它是对形象的生产领域、传播途径和社会功能等进行综合分析，并与传统文献、口头传播等联结起来，构成完整的证据链，着重探讨中国文化史演进的基本脉络。[38]可以说，沈从文是形象史学的开拓者，奠基者，也是迄今为止的集大成者。

沈从文的代表巨著《中国古代服饰研究》历经十七年的波折后，于1981年由商务印书馆香港分馆出版了。沈从文在该书“引言”中说：“这份工作和个人前半生搞的文学创作方法态度或仍有相通处……总的看来虽具有一个长篇小说的规模，内容却近似风格不一分章叙事的散文。”[39]这里作者鲜明地指出这部服饰研究著作的文学性。黄永玉十分坚定地指出，《中国古代服饰研究》是一部“很美的文学作品”。从《中国古代服饰研究》

[38] 中国社会科学院历史研究所文化史研究室编：《形象史学研究》，封二，人民出版社，2012年。

[39] 沈从文：《沈从文全集》（第32卷），北岳文艺出版社，2002年，第10页。

的文学性考察，沈从文有三点提示：1. 就创作方法态度看与前半生的文学创作有相通之处；2. 就作品的构架看它是一部长篇小说的规模；3. 而章节内容又似分章叙事的散文。整个作品，沈从文在考证和说明的基础上抒情，对所用的实物、图像的全面性、整体性、发展性、相关性有深刻的理解和准确的把握，从而对服饰的发展史形成了全面科学的认识。在这里，作者为我们掀开了中华民族灿烂文化伟大殿堂的一角帷幕，使人们得以窥见神光陆离、气象万千的巨幅剪影，激发起人们的爱国热情。胡乔木当年盛赞："此鸿篇巨制，实为对我国学术界一大贡献。"

沈从文的《中国古代服饰研究》及一系列文物研究创作的文学性是十分明显的，是一种典型的文学书写，从以下三方面可以看出来。

第一，形象抒情。形象抒情是一切文学创作的基本特征，沈从文的文物研究创作也具备这一特征，只是文物研究创作抒情的形象不同于文学创作的抒情形象，它的抒情形象要更复杂一些。文学创作抒情依据的是现实生活中的鲜活的形象，而文物研究创作抒情依据的是古文物形象。在沈从文那里，一切古文物形象也是一个个鲜活的有生命的形象。沈从文在谈到这类形象时说："连日阴雨中，在床上已初步完成了《关于马的应用历史发展》一文。一切全凭记忆，大几百匹，甚至于过千匹马的形象，在头脑中跑来跑去，且能识别他们的时代、性能和特征，和相关文化史百十种问题。真是奇怪！平时也并不如何特别注意留心，怎么学来的？自己也说不出。可是一经头脑集中，即条理分明，不甚费事。四天中，近万言的叙述就完成了。”[40]这形象在数百年或上千年前形成时，当时的人们已赋予它一定的情感，现代人利用它再创作时，又赋予它现代人的情感，它便成了古代人、现代人多重情感的承载物。例如，长沙马王堆出土的汉墓古尸身上穿的两件素纱蝉衣，一件重48克，另一件重49克，均没超过一两重。这衣“轻纱薄如空，举之若无”，“薄如蝉翼，轻若烟雾”，套在另外的衣服之外，穿在身上，在半透明状态中，显示出衣着的华美和飘忽似仙的美女的体态，汉代人生产这种衣时，追求的是一种审美的绝佳效果。今人面对这衣进行再创作时，首先感到惊讶，同时对它的审美效果、社会功用、生产技艺进行深入探讨，并与现代生产技艺结合起来，为现代人服务，又渗进更为丰富的复杂的现代人情感，因而也就具有了全新的现代意义。在文物研究者的笔下，这类素纱蝉衣跨

[40] 沈从文：《沈从文全集》（第22卷），北岳文艺出版社，2002年，第466页。

越了数千年而走向了现代，将几千年前古代人的情感和现代人的情感融铸在一起，成了全新的审美载体。因此这种抒情也便成了抒情的再抒情。抒情要借助形象，文学创作、文物研究创作借助的形象本质上都是一样的，其原初都是可感的物的形象、相貌，是内容与形式的统一，是艺术表现的对象和艺术形象的依据。创作者将这形象加以概括、加工，借助一定的物质媒介，将自己的审美意识、审美感受加以物化，创作出新的审美形象。从这一点说，文物研究创作的文学特性是十分明显的。文物研究创作既然是形象抒情，那么它的思维方式与文学创作的思维方式也是相同的，即形象思维方式，它是伴随、凭借着感性形象并融合着联想、想象、情感的思维活动，是通过感性形象诉诸人的感觉、情感、想象的一种自由创造活动。正是这种形象抒情，才使沈从文的物质文化研究创作具有强大的生命力，使《中国古代服饰研究》等文物研究著作具有文物史的经典价值和震撼陶冶人们心灵的审美价值。

第二，打通了文学与文物一体研究的路径。文学与文物只是分支不同，其实在本质上它们应是一体的，沈从文在他的文物研究写作中，反复强调文学研究要重视文物，文物研究也必须与文学结合在一起。这种例子在沈从文文物研究创作中比比皆是。他常引《红楼梦》为例。《红楼梦》中写到的器物有数百种，还有大观园的建筑，人们穿的服饰，甚至美味佳肴等等，都属于文物的范畴。从事文学研究的，如果对这些都不知或知之不多，那么实际上就读不懂《红楼梦》，反之如果搞文物研究的不结合《红楼梦》作品的具体内容去考察作品中写到的各种器具等，也无法对这些器具有明晰的认识。沈从文反复强调“《红楼梦》中有大几百种东东西西，字面容易懂，若不接触实物，是并不真懂的”。[41]他反复强调搞文学史的应与文物研究结合，打通文学与文物的阻隔，能使之融为一体，他说：“……搞文学史、乐舞史、艺术史等等工作，以至于选本文学教材作注解的同志，由《诗经》、《楚辞》、三曹诗，到《红楼梦》，也早值得专门有计划培养些搞杂文物的青壮，深入学习，充实常识，才说得透，注得通，不然一遇涉及‘物’的问题，即感为难。依老例，用引书注书办法，是不可能得到正确解决的。”[42]他指出：“《三国演义》和《水浒》《西游》《红楼》，虽属小说，但提及的事事物物，还是有不少是可以为作

[41] 沈从文：《沈从文全集》（第22卷），北岳文艺出版社，2002年，第568页。

[42] 沈从文：《沈从文全集》（第22卷），北岳文艺出版社，2002年，第499页。

点解释，对读者有方便的。旧批多重欣赏，旧注多重语言，较少对名物制度为作适当说明。”[43]他曾写过多篇文章，如《文史研究必须结合文物》《从实物学习谈谈〈木兰辞〉的相对年代》《“商山四皓”和“悠然见南山”》《假若我们再演〈屈原〉》等，专门讨论了文学（文史）与文物的互证研究的问题，为文学与文物的研究如何结合提供了示范。

第三，直接用文学手法写文物研究论著。文物研究论著是属于学术性很强的专业研究成果，它常采用文献与实物互证，以物证史的手法，揭示出物与史的严密的逻辑关系。沈从文在写文物研究论著时十分注意这点，但他又特别富于独创性的开拓，即他把文物研究论著当作文学性很强的文物研究散文来写，因此一篇篇文物研究成果就是一篇篇文学性很强的优美文物研究散文。这充分地表现在写作的题材广泛，结构灵活，真实的记叙、说明加少量的白描，表达作者或肯定或否定、或褒或贬、或择取或舍弃的真实感情和态度。这方面，我们只要稍多地读一些沈从文文物研究论著就可以明显地看出来，故不多赘述。这里只对沈从文在《假若我们再演〈屈

[43] 沈从文：《沈从文全集》（第22卷），北岳文艺出版社，2002年，第515页。

原〉》[44]中对屈原形象应怎样塑造作一简要说明，来理解作者的爱憎取舍。在现代历史剧的创作中，历史人物形象的塑造始终是个核心问题。长期以来，关于屈原人物形象的塑造就存在与历史上真实屈原形象不相吻合的弊端。旧有的屈原形象说，有许多不同的样子，比较集中有代表性的有陈老莲木刻屈原，上官周笔下的屈原，《名臣图》像中的那个屈原和元代张渥摹北宋李公麟绘《九歌图》中的那个三闾大夫。沈从文认为，这些屈原“历史气氛均不足”。从近三十年长沙等地大量楚文物的发现，让我们进一步明白，原来屈原文学上的成就，除了历史时代政治背景外，还孕育成熟于一种绚丽多彩物质文化背景中。若缺少这个物质基础，实不可产生这么丰富的想象与才华。从蒋玄佁先生编的《长沙》一个彩俑男子典型的楚人形象可以看出一种聪明智慧和倔强果决的混合。若把这典型楚俑与李公麟所绘三闾大夫的素朴、庄重、自然、富于人情味，有思想、能思想、在思想的古人形象好好地结合起来，或可塑造一个新的屈原。特别是身材、服装、面目神态、内蕴情感，如善于从这个楚俑取法，必可望把握住诗人应有特点多一些。在这里，文物研究论著的散文的文学特征鲜明地表现出来。

[44] 沈从文：《沈从文全集》（第31卷），北岳文艺出版社，2002年，第371页。

总之，沈从文 1949 年以后创作的数百万字作品是我们当代文学阅读和研究不可忽视的内容。这里首先遇到的一个问题，这些作品属不属于文学范畴，或者是具有文学性的写作。沈从文是个个案，但他具有典型性和普遍性。如果能把沈从文 1949 年以后的创作解读清楚，或许我们的当代文学史应有别样的写法。我这里概览式的描述只是我个人的一些粗浅的暂不成熟的认识，试提出来，企与各位当代文学研究的同仁商讨。

沈从文的文言与欧化体

李小杰
香港明爱专上学院人文及语言学院助理教授。

导论

沈从文一边将湘西方言纳入到其文学创作中；另一边，面对各种复杂题材时，他化用文言和欧化语，创造出一种堪称典范的新文学语言。纵观海外和港澳台研究文章，海外的文章对沈从文女性角色和比较研究感兴趣，如将沈从文与福克纳和伍尔夫的比较[1]；台湾因地缘关系，比较多对作品进行乡土研究，如《沈从文湘西小说——牧歌情调研究》《沈从文小说中乡土意识之分析》[2]；香港对历史比较感兴趣，除了学院派的文章[3]，多是资料和回忆的文章，如《周有光 · 沈从文 · 汪曾祺》[4]。不过研究以沈从文小说语言为主的文章极为少见。

因地缘方便，内地当下研究沈从文语言的文章，相当一部分研究方向集中为湘西方言，比如《沈从文与湘西方言——兼论沈从文对现代汉语文学的贡献》《语言的乌托邦——沈从文对现代性的想象方式》《论现代小说乡

[1] 见 Sheng-tai Chang（1994）"Geomoral Landscapes: The Regional Fiction of William Faulkner and Shen Congwen". Dissertation Abstracts International, 54.7: 25. 及 Lidan Lin（2015）"Global Resonances of Modernism and Feminism in Virginia Woolf and Shen Congwen. Journal of East-West Thought, 4.5: 41-55. 以及 Jeffrey Kinkley（2003）" Shen Congwen and Imagined Native Communities". The Columbia Companion to Modern East Asian Literature.New York, NY: Columbia UP, 425—430.

[2] 还有《沈从文小说创作与民间元素之运用》《沈从文小说中的乡土性研究：〈三个男人和一个女人〉为例》《沈从文与侯孝贤风格之研究》等。

[3] 如中文大学的硕士论文。何杏枫：《论沈从文短篇小说的叙事手法》，见中文大学硕博论文数据库。

[4] 孔捷生：《周有光·沈从文·汪曾祺》，《争鸣》，总473期，2017年3月号，第79-81页；王晓林：《沈从文自杀前的绝笔——书信归还沈虎雏记》，《明报月刊》，第51卷第7期，总607期，2016年7月号，第101-104页；周健强：《沈从文亲述与丁玲的恩怨》，《明报月刊》，第47卷第6期，总第558期，2012年6月号，第29—33页。

土语言的早期特征——兼论沈从文的语言特征》，都是讨论其“湘西世界”建构过程中展现出的独特语言。也有讨论较全面的论文，如章敏的《论沈从文文学语言的蜕变》，不过直接讨论沈从文小说的文言及西化问题，着墨不多。故此，目前还没有文章探讨沈从文对文言和欧化语的使用，以及如何形成写作特色，这篇文章主要以《边城》为例讨论文中的文言和欧化体与其田园牧歌和叙述抒情之间的关系。

一、欧化：文体手法

鼎鼎大名的夏志清在《中国现代小说史》中指出：“大概是为了要补偿不谙洋文的自卑心理，他（沈从文）偏要写出冗长的、像英文‘掉尾句’一样的断断续续的句子来。”[5]此话一出，难免让人对沈从文西而化之的能力产生怀疑。其实，仔细翻看《中国现代小说史》，这句话指的其实是沈从文 1924 至 1928 年所写的文章。而对写于成熟期的《边城》，夏不吝溢美之词，“值得一提的是他模仿西方句法成功后的文体”。[6]

[5] 夏志清：《中国现代小说史》，中文大学出版社，2001 年，第 167 页。

[6] 夏志清：《中国现代小说史》，中文大学出版社，2001 年，第 176 页。

沈从文曾提到过："初到北京时，对于标点符号的使用，我还不熟习。身边唯一师傅是一部《史记》，随后不久又才偶然得到一本破旧《圣经》。我并不迷信宗教，却喜欢那个接近口语的译文，和部分充满抒情诗的篇章。从这两部作品反复阅读中，我得到极多有益的启发，学会了叙事抒情的基本知识，可是去实际应用自然还远。"[7]

"沈从文常去的地方还有小市的一家专卖外文旧书和翻译文学的小铺子……沈从文不懂外文，他来看翻译书，来熟了，可随意借去，连借条都不需要。从这个小书铺，他借看了许多翻译小说。"[8]50年代沈从文谈到所受外国文学作品的影响时说："特别是从翻译小说学作品组织和表现方法，格外容易大量吸收消化，对于我初期写作帮助也起主导作用。"[9]

让我们来看看初到北京的沈从文的小说语言，的确有点如夏志清所言，急于西化："日来的风也太猖狂了，我为了消除我星期日的寂寥，不得不跑到东城一友人校

[7] 沈从文：《沈从文小说选集》题记，《沈从文文集》（第11卷），花城出版社，1984年，第67页。

[8] 张新颖：《沈从文的前半生》，上海三联书店，2018年，第45页。

[9] 沈从文：《我怎样就写起小说来》，《沈从文别集·阿黑小史》，岳麓书社，1992年，第26页。

中去消蚀这一段生命。”[10]明显是对拙劣的翻译句子生硬的套用或挪用。

不过，成熟语言时期的《边城》，对欧化语言驾驭颇为成熟：

管船人却情不过，也为了心安起见，便把这些钱托人到茶峒去买茶叶和草烟，将茶峒出产的上等草烟，一扎一扎挂在自己腰带边，过渡的谁需要这东西必慷慨奉赠。有时从神气上估计那远路人对于身边草烟引起了相当的注意时，便把一小束草烟扎到那人包袱上去，一面说，“不吸这个吗，这好的，这妙的，味道蛮好，送人也合式！”茶叶则在六月里放进大缸里去，用开水泡好，给过路人解渴。

这一段句式灵活，运用欧化中文交代复杂的事情，特别插入关系从句（Relative Clause）交代、补充信息。根据英文写作圣经威廉·斯特伦克《风格的要素》[11]的规则，可以在逗号之间放插入句，如：

1. 在 when/which/where/ 引导的从句，并没有限定所修饰的词；

[10] 《遥夜》写于1925年，发表于《晨报副刊》，见《沈从文文集》（第11卷），花城出版社，1984年，第14页。

[11] 英文名为The Elements of Style。见威廉·斯特伦克：《风格的要素》，中央编译出版社，2009年，第12页。

2. 而是对主句某些词补充说明。[12]

上面一段引文本来可以简化为短句，如："管船人却情不过，便托人买了茶烟，扎在腰边，(按需）慷慨奉赠"。沈从文在这一段反而运用灵活、可延长的西式散文句子交代复杂的事情，而不是全文都使用传统中文的四六句式，通过逗号插入的信息，各种补充，体现细节和人情味。取西式句法之精准、绵密，方便交代复杂的情景。

沈从文弟子汪曾祺在《中国文学的语言问题》提出："语言的奥秘，说穿了不过是长句子与短句子的搭配。一泻千里，戛然而止，画舫笙歌，骏马收缰，可长则长，能短则短。"[13]《边城》就是利用西文的散文式句子（prosaic sentence）和传统句子结合，传统句子短，西文句子长，可以互相分工，有时互相交错，小说语言既绵密，又洗练。

有趣的是夏志清认为《边城》学习了西方的"句法"(syntactic structure)[14]，不过夏在英文版本的《中

[12] 例子：1769年，当拿破仑出生时，科西嘉刚被法国攫取。/In 1769, when Napoleon was born, Corsica had but recently acquired by France.

[13] 汪曾祺：《汪曾祺文集》，人民出版社，1998年，第340-341页。

[14] 句子为：representing a triumphant adoption of the European syntactic structure for Chinese prose.

国现代小说史》更常用的英文是文体（style）[15]。由此，我们不能只看句子，因为沈从文在30年代，在写《边城》时文字已经大成，写出来的文字，虽有西意，却不见初到北京时的超长句子，如形容词当名词用[16]，乱用“的”等虚字，而是化用西文，取其意，化其形，所以历来罕见分析。

老船夫做事累了睡了，翠翠哭倦了也睡了。翠翠不能忘记祖父所说的事情，梦中灵魂为一种美妙歌声浮起来了，仿佛轻轻的各处飘着，上了白塔，下了菜园，到了船上，又复飞窜过悬崖半腰——去作什么呢？摘虎耳草！白日里拉船时，她仰头望着崖上那些肥大虎耳草已

[15] Style反而出现了三次，分别是：You could enjoy the fresh quality of my stories, but as a rule neglect the passion seething underneath; you could enjoy the plain sincerity of my style, but as a rule disregard the note of latent sorrow in my writings. 有：Big Yiian, cautious and mildly hedonistic, persists in the ways of the old-style gentry and ends comfortably as dean of his alma mater; In his maturity he has at his command not one but several styles; the terse narrative style strongly under the influence of early Chinese redactions of Buddhist tales; the elaborate periods encompassing fluid mental impressions of the characters under description; 以及 The style and the pastoral vision are, of course, finally inseparable: they bespeak a high order of intelligence, the type of mind abundantly gifted with "negative capability". 见C.T.Hsixa (1961).A History of Modern Chinese Fiction. New Haven: Yale UP, 161.

[16] 如上文提过的《遥夜》中一句“诅咒风的无聊”。

极熟习。

这篇文字有西方式的长句子“白日里拉船时，她仰头望着崖上那些肥大虎耳草已极熟习。”也多次用了“了”表示事态，又用了引号。不过最让人印象深刻的是，为了捕捉翠翠的梦境，作者滔滔不绝，从白塔、菜园、船上、悬崖半腰和虎耳草等小物件，叙述不必符合平时逻辑和线性发展，取而代之的是诸多“镜头”的魔幻的梦境，由翠翠的意识流所控[17]，现代主义文学的手法无疑适合表达人物内心世界的狂想、情欲、记忆等，恰到好处地描写翠翠正在敞开自己的内心与外部世界接触的青春悸动。

二、文白：贴近主题

沈从文语言中的文言资源则主要是因其从小读过古书以及在地方军队做书记时有机会接触到大批古文、碑帖、字画等。《沈从文的前半生》记载沈从文少年当兵

[17] “由外在转而营造内心世界的写法，始见端倪于19世纪初英国闺秀派作家简·奥斯丁”；“对所谓的意识流得作更精确的界定，若以乔伊斯《尤利西斯》的发挥为参照，即是内心独白（interior monologue），再加上自由联想（free association）”，见《小说地图》第5及10页。郑树森：《小说地图》，江苏教育出版社，2006年。

时，“军法长作旧诗，热心地要沈从文跟着他学。此前沈从文公务空闲常临帖写字，这一来，他有埋头学了几个月平平仄仄”。[18] 他自己也曾说：“这些种下了我以后一个比较利用文字的时候，文白杂糅的机会。”[19]

约在沈从文写作《边城》之前十年，现代文学界正在探讨如何丰富白话文，现代文学双塔之一周作人性爱骈文，主张白话散文不妨吸收骈文技巧，“至于骈偶倒不妨设法利用，因为白话文的词汇少欠丰富，句法也易于限于单调”。[20] “或有杂用骈文技法者，不必对偶，其情境自家。今人日记游记中常有之。”[21]

沈从文写于1929年的《论冯文炳》开始就把周作人誉为文字风格的“提倡者”，支配了一代人的文学趣味，说明他自己也认同这种风格。《边城》开始的文字奠基了“采菊东篱下”的世外田园：

由四川过湖南去，靠东有一条官路。这官路将近湘西边境到了一个地方名为“茶峒”的小山城时，有一

[18] 张新颖：《沈从文的前半生》，上海三联书店，2018年，第27页。

[19] 王亚蓉编：《沈从文晚年口述》，陕西师范大学出版社，2003年，第164—165、90、165页。

[20] 周作人：《药堂杂文·汉文字的传统》，十月文艺出版社，2012年，第10页。

[21] 周作人：《药堂杂文·汉文字的传统》，十月文艺出版社，2012年，第75页。

小溪，溪边有座白色小塔，塔下住了一户单独的人家。这人家只一个老人，一个女孩子，一只黄狗。

沈从文谈到《边城》的写作时，“我准备创造一点纯粹的诗，与生活不相粘附的诗”。[22] 司马长风在《中国新文学史》评论《边城》：“诗是文学的结晶，也是品鉴文学的具体尺度……（《边城》）实际上是一部最长的诗。”程抱一在《中国的诗画语言研究》中说：“在词汇和句法方面，诗人们所关心的一个最重要的现象，在于实词（名词和两类动词：行为动词和性质动词）和虚词（全部的表示关系的“工具”词：人称代词、副词、介词、连词、表示比较的词、助词等等）的对比。……在更深的层次，诗人们对虚词进行一系列的消减（尤其是人称代词、介词表示比较的词和助词），从而在虚词中仅只保留某些副词和连词；而这是为了在语言中引入一个深邃的维度。”[23]

“由”是个介词，其后是简洁的白话文，数量词尽量不用，如“有一小溪，溪边有座白色小塔”。第一句省略主语：“由四川过湖南去（的路上），靠东有……”

[22] 沈从文：《水云》，《沈从文全集》（第12卷），北岳文艺出版社，2002年，第110页。

[23] （法）程抱一：《中国的诗画语言研究》，江苏人民出版社，2006年，第38页。

虚词的运用不仅是古文和白文化的一个分别，从写作的主题的表达来说，《边城》是诗和远方，加上下面文白的适当使用，用沈从文评论周作人的语言，就是清淡的素描美[24]：

小溪流下去，绕山岨流，约三里便汇入茶峒的大河。人若过溪越小山走去，则只一里路就到了茶峒城边。溪流如弓背，山路如弓弦，故远近有了小小差异。小溪宽约二十丈，河床为大片石头作成。静静的水即或深到一篙不能落底，却依然清澈透明，河中游鱼来去皆可以计数。小溪既为川湘来往孔道，水常有涨落，限于财力不能搭桥，就安排了一只方头渡船。……船将拢岸了，管理这渡船的，一面口中嚷着“慢点慢点”，自己霍的跃上了岸，拉着铁环，于是人货牛马全上了岸，翻过小山不见了。渡头为公家所有，故过渡人不必出钱。

上面一段主语主要为人或物，这是传统中文的特征；文中多用四字词，如：绕山岨流、清澈透明、可以计数、反复来去、不必出钱等，这是骈文的基本组成。

沈从文善用古文，文中“河床为大片石头作成、河

[24] 沈从文：《论冯文炳》，《沫沫集》，上海书店，1987年，第1页。

中游鱼来去皆可以计数、渡头为公家所有”，虽然通篇用词简单，适当运用古文显得古朴简洁。

骈文的一个特征是对偶句。对偶句为汉语独有，将语音、语义及文化等元素集为一体。鲁迅是擅长使用对偶句的作家：“不在沉默中爆发，就在沉默中死亡”，“言太专则实难副，志极高而心不专”。古今大量的对偶句，说明中国人习惯对比着思考问题，辩证思维十分发达。

沈从文学习旧诗需要对偶，少年时从事文书工作所参考的书籍如《秋水轩尺牍》[25]也是对偶成群，如：“比值同人归里，馆中惟我独居；加以清磬红鱼，直是修行古刹。”比比皆是。所以当我们在《边城》看到“渡头为公家所有，故过渡人不必出钱。”这样的句子，所出源于文化传统，不足为奇。对偶“形成了一种相互呼应和关照的结构，在其中每一成分都同时指向其‘配偶’，从而在它们之间进行着经常性的交流，并且各自都面对着另一主体来确认自己的主体身分。”[26]就是在“渡头为公家所有，故过渡人不必出钱”中的“公家所有”和“不必出钱”这种对比中指向了小说主题——田园牧歌

[25] 清代有三本著名的尺牍。一本是《小仓山房尺牍》，一本是《雪鸿轩尺牍》，还有一本就是《秋水轩尺牍》。“还是只能看看《秋水轩尺牍》”，见《沈从文的前半生》，第29页。

[26] （法）程抱一：《中国的诗画语言研究》，江苏人民出版社，2006年，第61页。

式的纯真人性。加上“或深到一篙不能落底，却依然清澈透明”这一大自然的外在景色，形成“外在自然—内在人性”的里外联系，符合汉语思维的模式，更好渲染了地理与人文之间一体的关系。

结 论

虽然我们只讨论了沈从文的《边城》，不过这是作者成熟时期的文体，同时也是最完整的中篇小说，其复杂性和文字实验在这个文本正好相遇，完美融合，让当代的我们有机会来领会文言、西化与白话文文体的融合，不时阅此丰碑，以成个人园地。

从「人之初」起首的「人的发现」

——论《边城》的「寓言」书写

迟 蕊 孟雪莲

迟蕊，沈阳大学文法学院副教授，文学博士后；

孟雪莲，沈阳大学文法学院2016级汉语国际教育专业硕士研究生。

从某种意义上说，小说都是寓言，人生的寓言、人性的寓言、民族的寓言、人类的寓言。沈从文的《边城》[1]，无疑也是寓言。关于这一点，我与许多研究者的看法[2]一样，没有异议。不过，对于这篇小说究竟寄托

[1] 1934年1月至4月分11次发表于《国闻周报》，单行本于1934年10月由上海书店初版。

[2] 参见刘洪涛：《论"沈从文问题"》，《民族文学研究》，2013年第3期；《沈从文小说价值重估——兼论80年来的沈从文研究》，《北京师范大学学报(社会科学版)》，2005年第2期。

了什么、是如何被书写出来的、体现了沈从文怎样的独特性，却有一些不同的认识。本文希望通过对这些问题的阐释，为解读《边城》提供一种新的思路。

一、有关“人的发现”的寓言

“在文学的内部思考政治”[3]是中国现代文学的特质与历史逻辑。从梁启超到鲁迅、周作人，再到茅盾、老舍、巴金等，整个新文学史无不体现了作家与时代、与民族的对话。如何突破中国之困局始终是萦绕在作家们心头的一个最重要的课题。作为其中一位卓越的作家，沈从文的思考与创作也同样体现了这种特质。当我们确认了他的文学本位主义姿态[4]和抒情主义传统[5]后，仍会深切感到他的精神基石始终都处于清末民初所出现的“启蒙”、“国民性改造”这条大的思想脉络[6]中。只不过，他所提出的“属于另一思路的‘中国问题’、‘中国

[3] 周展安：《在文学内部思考政治——重探中国现代文学的特质及其历史逻辑》，《文艺理论与批评》，2017年第4期。

[4] 马新亚：《从主流文学内部的审美建构看沈从文的“抒情”》，《湖南师范大学社会科学学报》，2018年第2期。

[5] 王德威：《“有情”的历史——抒情传统与中国文学现代性》，《中国文学研究集刊》，2008年第33期。

[6] 迟蕊：《新文学“国民性改造”脉络中的沈从文》，《杭州师范大学学报》，2017年第1期。

命运问题’”[7]而已。

提起“启蒙”，“人的发现”是当中最重要的命题之一，而说到“人的发现”，我们往往关注和讨论的是周作人、鲁迅、胡适等人的思路，即运用个性、主体性、理性、意志等开启民智。至于沈从文有没有思考过“人的发现”这个命题，却鲜有人留意。研究者们更多的是将目光聚焦在他所谓的“人性”和“希腊小庙”上，而忽略了他的这些观念与“人的发现”之间的内在关联，以致遮蔽了沈从文对这一问题的独特思索。实际上，倘若细读起来就会发现，他的许多作品都显示了他在这方面的思考与探寻。比如，《边城》这篇田园牧歌式的经典小说，就是一部有关“人的发现”的寓言。在这个虚构的湘西世界里，沈从文始终都在围绕着重新发现人而不停地发问、探究和推理。

人之初，应如何？小说一开篇就将读者带入了一片山清水秀、与世无争的世外桃源，爷爷、翠翠、顺顺、大老、二老、杨马兵，山城里的人们渐次出场，无论是纯情的少男少女，还是热情厚道的中年人，或是正直慈爱的老者，都在向我们呈现着人最初所应有的样子，所谓“人之初，性本善”。同时，他们又“遍是些缺乏时

[7] 赵园：《沈从文构筑的“湘西世界”》，《文学评论》，1986年第6期。

间观念的人，对他们产生实际影响的，是节气变化，寒暑更替，时间以此等赤裸、本真的形式，支配着他们的生活，带给他们生老病死。”[8]

人与人，人与自然，又当如何？渡船人处处为过渡的人着想，不贪占他们一分钱；祖孙二人相依为命，端午节宁可不去看热闹，也要留在渡口守着彼此；城上许多铺子上的那些商人重义轻利，总是送给老船夫好多东西，卖肉的也总是趁老人不备挑最好的肉多塞给他几两；吊脚楼上的妓女都是些痴情女，整日间心心念念，牵挂着远方的水手；心胸坦荡的兄弟俩，即便喜欢上同一个女孩，也绝不动任何心机，只愿坦诚相见地去竞争；有钱有地位的人，他们为人豪爽，待人宽厚，丝毫不瞧不起人，端午时节会把穷人家的小丫头请上最好的座位去看赛龙舟；湘西的人们在大自然里长大，生活里有山、有水、有鸭、有狗，有无边的竹林，还有一把把可衔入梦境的虎耳草；他们静静地可听流水声、落雨声、犬吠声和杜鹃、云雀的鸣叫，可闻泥土、草木、甲虫的气味，可观天上的红云，还有地上那无边的翠色。可见，人之初，人与人之间是那么的真诚，人与自然之间是那么的和谐；维系人与人之间的是淳朴的爱，连接

[8] 刘洪涛:《沈从文作品中的时间形式》,《海南师范学院学报》,2003 年第 3 期。

人与自然之间的是美妙的通感；在充满勃勃生机的大自然中，人原本就是一个个充满野性的小兽物。

人如此美好，难道没有忧惧？当然有，而且是危机四伏。死亡、波折的爱情和宿命，是谁也逃不开的悲剧性所在。当翠翠逐渐懂得人事后，她首先意识到的就是死亡。那一次端午节，当“潭中的鸭子只剩下三五只，捉鸭人也渐渐的少了”，“落日向上游翠翠家中那一方落去，黄昏把河面装饰了一层薄雾。翠翠望到这个景致”，就“忽然起了一个怕人的想头，她想：‘假若爷爷死了？’”[9]然后，翠翠又遭遇了一波三折的爱情，她与二老之间看起来似乎根本就不存在什么致命的阻力，可结局却总是那么不凑巧；最后，当杨马兵把发生在她从前身边和身上那些事情告诉她之后，父母的悲剧、大老的被淹、二老的出走、爷爷的死亡，这一切便一齐涌向她，给了她最沉重的一击，使她最终认识到，人世间有种叫“宿命”的东西，它是多么的无情，又是多么的令人无奈。另外，爷爷也总是想到自己的死，还常常预感到翠翠的爱情也难有好的结果，将来很可能会重演她母亲的悲剧。

然而，无情和无奈的何止于此，人类文明的发展还

[9] 沈从文：《边城》，《沈从文全集》（第8卷），北岳文艺出版社，2009年，第78页。

会使人分出三六九等，使民族间发生歧视、压迫，甚至是屠杀，金钱会逐渐腐蚀人们的心灵，扰乱原本宁静而富有诗意的生活。即便在如此古朴的边城里，人也终究不能平等，顺顺富有，老船夫贫穷；种族间也有歧视，苗家人深受汉人的压迫，翠翠父母的爱情注定以殉情告终；再痴情的妓女也会卖身给商人们充当他们的玩物；如今虽然也唱山歌，但很可能唱了一晚就断了，再不见从前那般一唱就是三年六个月；现在的婚姻恐怕父母做主的已越来愈多，而且要碾坊，还是要渡船，谁的心里都要掂量掂量……

可见，这篇《边城》真是写足了“人的发现”，不仅呈现了人性之“常”，也展现了人性之“变”[10]。只不过，沈从文在这篇小说中对人的发现，与深受西方思想影响的周氏兄弟的思路有所不同，他凭借的不是个性、意志、具有反思能力的主体等那类西方思想资源，而主要是依靠来自生活的个性化体验和包括儒释道在内的本土传统文化。其独特性在于，把“人的发现”这个舶来的命题“消化”成了一种思想方法，即从“人之初”的起首，重新来思考“人”，对人性，人在与人、与自然、与时间、与命运发生关系时的基本状态做全面的探究和

[10] 沈从文：《〈长河〉·题记》，《沈从文全集》（第10卷），北岳文艺出版社，2009年，第6页。

推理，进而提出并思索着人类文明发展所带给我们的一个巨大难题，即"'变'固可忧，'不变'亦可忧"[11]。事实上，也正是因为经过了这种对人性的追根溯源式的思考，沈从文的思想、生命以及文学创造才有了"根"。

或许，这条精神之根看起来很平常，毫不惊人，甚至是略显简陋，好像只有一个"乡下人"的水平，但在沈从文的精神世界，它却无比坚固，乃至构成了一种深刻而独特的生命哲学。正如他所说的："这世界上或有想在沙基或者水面上建造崇楼杰阁的人，那可不是我。我只想造希腊小庙。选山地作基础，用坚硬石头堆砌它。"[12]在我看来，身为一位受"五四"精神的召唤而走上文学道路的作家，沈从文不会不懂得"五四"期间所流行的那些各种各样的有关人性的西洋言论，也不会不深知"文明与道德之间二律背反"[13]，现代文明的进程势必要付出道德退化的代价，那种古朴的人性不可复归，但他为什么始终都不丢弃用"乡下人"的眼光去看人看事的、最原始最朴素最简单的这把尺子呢？一切正源于此。也就是说，"他虽然留恋乡村，厌恶都市，但却并

[11] 赵园：《沈从文构筑的"湘西世界"》，《文学评论》，1986年第6期。

[12] 沈从文：《习作选集代序》，《沈从文全集》（第9卷），北岳文艺出版社，2009年，第2页。

[13] 赵园：《沈从文构筑的"湘西世界"》，《文学评论》，1986年第6期。

不是想要复归传统，也不是反对现代性，而只是希望用乡村的自然、淳朴和淋漓的生气来警醒现代性发展中所隐含的弊端，用它们所蕴藏的真、美以及生命的热度来进行国民精神的重建”。[14]

二、点面·三角·起兴

沈从文是一位文学本位主义作家，或者说是一位文学至上者。就这一点来说，他与借文学以实现精神界战士之抱负的鲁迅、以文学投身革命活动的郭沫若、老舍、茅盾等人，从踏入文坛之始就存在明显的差异。对他而言，“写什么”固然重要，但“怎么写”却是他用力极深的地方，他对自己在艺术表现上的各种探索、精耕细作以及所取得的成绩极为看重。

他认为小说的基本功能就是把“机智的说教，梦幻的抒情，一切有关人类向上的抽象原则学说”，“综合到一个故事发展中”，从而把人的“生命引导到一个崇高理想上去”，进而影响“国民心理”[15]。可见，在他看来，小说成不成立，“综合”的功夫是关键。对此，他不仅

[14] 迟蕊：《新文学“国民性改造”脉络中的沈从文》，《杭州师范大学学报》，2017年第1期。

[15] 贺桂梅、钱理群等：《沈从文〈看虹录〉研读》，《中国现代文学研究丛刊》，1997年第2期。

深信不疑，而且颇为自信。当年《边城》问世后，尽管遭到了不少批评，被指写的不真实，但他还是表现出对自己高超的“综合”技巧的得意。他说：“文字少，故事又简单，批评它也方便，只看它表现得对不对，合理不合理；若处置题材表现人物一切都无问题，那么，这种世界虽消灭了，自然还能够生存在我那故事中。这种世界即或根本没有，也无碍于故事的真实。”[16]如今看来，当年的那些批评当然是对沈从文的误解，殊不知他是在以一种“寓言”的方式来处理“现实”。

另外，我注意到沈从文很少肯定讨论他小说的文章，但在1981年致汪挺的信中却给予研究者李恺玲很高的评价，称她所写的那些欣赏文章“特别有见地，文字也极好”[17]。这不能不引起我们的重视。这里沈从文所指的文章应当是李恺玲撰写的《不露声色的鞭笞——从小说〈新与旧〉窥视沈从文的艺术风格》和《冲淡又深情——从小说〈萧萧〉谈沈从文的艺术风格》[18]。细读这两篇文章可知，其精彩之处就在于对沈从文小说艺术匠心的细腻把握，作者在对比、烘托、象征、“让形象和

[16] 沈从文：《习作选集代序》，《沈从文全集》（第9卷），北岳文艺出版社，2009年，第5页。

[17] 沈从文：《19810905复汪挺》，《沈从文全集》（第26卷），北岳文艺出版社，2009年，第257页。

[18] 邵华强主编：《沈从文研究资料（上）》，知识产权出版社，1991年，第237、270页。

细节自己说话”等方面的解读的确是言人之所未言，使人耳目一新。这个细节再次提醒我们，研究沈从文的小说，或许把握他“写了什么”还只是入其门，而只有读懂了他是“怎么写”的才可能得其奥。

在以往的研究中，很多研究者都谈到了这部小说中的象征、对比、诗化等手法[19]，这些解读当然都各有道理，但我始终觉得如果这个问题仅仅探讨到这里，恐怕这部作品中的某些内在的创作机制（支撑小说的逻辑）及其妙处，还是无法真正被解开。如前文所析，这部小说的寓言性主要是指向“人的发现”，即人性的“常”与“变”。那么，从创作的角度看，他究竟是怎样将这个“常”与“变”书写出来的呢？我认为主要依靠的是这三种手段：一、以“少女”为点、以山城人为面的人物刻画；二、稳定的三角支撑式结构；三、起兴。

先来谈“点面”。这部寓言之所以能够成功地呈现“人之初”和人之“常”，首先得力于在人物设置上的精心安排。小说首要呈现的不就是美好的人性吗，那么选取“翠翠”这个十四五岁、心智未开的女孩子作为刻画的中心，尽力去塑造一位健康美丽初长成、懵懂天真又无邪的“少女”无疑是最佳的选择。事实上，对她外

[19] 此种探讨比比皆是，可参见刘西渭、凌宇、王润华、刘洪涛、吴晓东等人的研究。

貌、心理及其行为的精细而充足的刻画与描写，就是对人类“人之初”，人之“常”的基本状态的呈现，二者有着同构的关系。这样当以她为中心辐射开去，再配置上其余那些人物就很容易勾勒一幅立体的美好人性的画面。可以说，大老、二老就是少男版的翠翠，顺顺、杨马兵就是中年版的翠翠，祖父就是老年版的翠翠，或者说未来的翠翠，而死去父母就是前世版的翠翠。他们一代又一代在土地上繁衍生息，劳作哀乐，共同演绎了人性之“常”。

其次，比之“点面”这种创造技巧更复杂，也是更能体现沈从文出色的“综合”能力的则是他在结构上的设计与驾驭。说起《边城》的结构，常见的观点认为这篇小说采用的是双线结构：一条线索是显在的，由翠翠与二老的爱情故事来串联，写人性的美好；另一条线索则是若隐若现的，写翠翠父母殉情的悲剧、湘西世界丑陋与传统文化的失落[20]。另有研究者还谈到这二者之间的矛盾、建构与结构的关系[21]。当然，这些观点都很有道理，但是我觉得还是无法透彻地解释小说给读者带来的那个最大的困惑，那就是既然边城里的人都那么

[20] 诸如王超：《诗化文本与潜在叙述——对〈边城〉张力空间的阐释学重读》，《湖北工业职业技术学院学报》，2018年第4期。

[21] 曾仙乐：《〈边城〉的文本矛盾与冲突》，《南京师范大学文学院学报》，2017年第2期。

美好，为什么结局偏偏却是不幸和悲哀的？换问之，这里的矛盾和破绽是如此显而易见，那么小说是靠什么逻辑支撑起来的呢？ 2017年作家毕飞宇在一次演讲中对《阿Q正传》做过一番精彩的解读，我觉得他的讲解对于回答这个问题特别具有启发性。他说：小说“你只要倒着看，小说内部的秘密就会大白于天下。倒着看什么？看作品的发展脉络，也就是小说的结构，也就是作家的思路。”[22]那么好，我们就把《边城》倒着看一下：翠翠为什么要苦等二老，爷爷为什么突然死了？因为发生了一连串的误会，大老淹死了——为什么会发生一连串误会？一是因为祖孙对这桩亲事的态度一直太暧昧，二是因为由碾坊而起的闲言碎语——为什么他们态度暧昧，一边是因为爷爷太爱孙女，太尊重她的意见，生怕处理不好对不起他死去的女儿；一边是因为孙女太懵懂，太害羞，一提起亲事就岔开，一见到二老就跑掉，还担心出嫁后留下爷爷没人陪——为什么大老要出走？因为他更看重爱情，坚持要渡船不要碾坊，所以才与父亲闹翻赌气走了——为什么“从不闻有水鸭子被水淹坏的”，可偏偏大老却被淹死了？因为“一切都有

[22] 毕飞宇：《沿着圆圈的内侧，从胜利走向胜利——读〈阿Q正传〉》，《文学评论》，2017年第4期。

天意”[23]。看到这里，其实答案已经出来了，原来支撑这篇小说逻辑的正是人与人之间的爱、文明发展所带来的干扰以及人与生俱来的悲剧性的宿命。换言之，就是沈从文在这里所寄托的对“人的发现”的寓言：人性、异化、宿命。可见，正是这三者构成了小说的内在逻辑，而且形成了一个稳定的三角结构，支撑和推动着整部小说走向了那个“不凑巧”、不可知、令人无限悲伤和叹惋的结局。

这三个角中，前两个角很多研究者从线索的角度都已谈过，这里只想分析一下第三个角，也就是讨论一下小说是如何表现“宿命”的。刘洪涛在《沈从文作品中的时间形式》(2003年）一文曾对沈从文小说如何处理叙事时间有过精彩的分析，我觉得其中有些分析假若换一个角度看，其实完全可以借来论证这个问题。比如，他着重分析了《边城》中对回溯方式的频繁使用与小说所表达的内涵之间的关系，认为正是通过对两年前的端午节、爷爷和杨马兵对翠翠父母恋爱悲剧的回忆反复回溯制造出了一种特殊的效果，即过去的事情对当前事件产生影响，“‘现在’被‘过去’先验决定，‘现在’是‘过去’一种必然的、无可奈何的延续，当前的人总是

[23] 沈从文：《边城》，《沈从文全集》（第8卷），北岳文艺出版社，2009年，第129页。

生活在往昔‘情结’、‘原型’的阴影里”[24]。由此，我认为这种反复回溯的叙事实际上就是在隐晦地呈现着人生的一种宿命。也就是说，在小说开篇不久就隐藏了这条线索，而到了小说的中段，这种宿命仿佛幽灵一样，在小说中还时隐时现，比如老船夫预感到翠翠会重复母亲的命运，大老、二老都说也许命中注定就是个守渡船的人。而到了小说的后半段，当大老被淹死后，这条线就与其余的线索汇流交织到一起，从而制造了巨大的宿命感。在种种不幸面前，人们只能乖乖地认命，相互安慰道：“这是天意！一切都是天意”，“算了吧”[25]。由此，所有的困惑都变得豁然开朗，其实大老突然被淹死，翠翠的亲事再起波澜，这样的安排一点儿都不突兀，因为小说在前面早已暗暗地做了精心的铺垫，它看似出于偶然，实则却是出于人性之“常”。

最后，谈谈“起兴”。 如前文所论，《边城》这篇小说试图讲述的主要就是人性的“常”与“变”。关于沈从文是怎样表现“常”的，通过以上所讨论的“点面”和“结构”已经找到了答案。至于他是如何表现“变”的，还需进一步分析。现代文明带给人类的“变”

[24] 刘洪涛：《沈从文作品中的时间形式》，《海南师范学院学报》，2003 年第 3 期。

[25] 沈从文：《边城》，《沈从文全集》（第 8 卷），北岳文艺出版社，2009 年，第 130、129 页。

有两个特点：一个它是逐渐的变化，一点一点的，若隐若无的，不为人察觉的；一个它是不可捉摸的、未知的，或者说只是一个势头、一个“趋势”[26]。关于第一个特点，许多研究者都从隐性线索的角度阐释过，不再赘述。至于后一个特点，我认为主要是得力于对“起兴”的运用。所谓“起兴”就是“先言他物以引起所咏之辞”，其产生的审美效果是“文已尽而意有余”。当我们再次将这篇小说倒着读时，就会发现其实整部小说所讲述的美好、波折和不幸都是为了引出小说结尾这句“这个人也许永远不回来了，也许‘明天’回来！”[27]而“先言的他物”，借助正文与最末这句的激烈撞击将小说的“意”，也就是悲剧性、不可知性推向高潮，从而在“文已尽”后为这篇小说制造出了“一种浩大的动势”[28]，使人读来在感到意犹未尽的同时，心中涌起无限的怅惘。

三、广度的拓展与神韵的彰显

如上可见，《边城》这篇小说绝不仅仅是一曲田园

[26] 王润华：《论〈边城〉的结构、象征及对比》，《沈从文小说新论》，学林出版社，1998 年，第 121 页。

[27] 沈从文：《边城》，《沈从文全集》（第 8 卷），北岳文艺出版社，2009 年，第 152 页。

[28] 毕飞宇：《小说课》，人民文学出版社，2017 年，第 49、48 页。

牧歌，如一泓浅浅的溪水清澈见底，而是一部探讨人性的深刻的寓言。它从“人之初”讲起，一路写出了人在与人、与自然、与命运、与文明之间发生关系时的基本状态。事实上，它不仅展现了一个极其深广的时空，还提出了一连串宏大又幽深的话题，既包涵我们是谁，从哪里来，到哪里去这些古老的哲学命题，也包括个人与国家、少数民族与汉族、人类与命运、历史与未来等这些迫切的现实问题。

意在探索人性、“改造国民性”的另一部经典之作是鲁迅的《阿Q正传》。倘若将二者加以比较，《边城》的独特价值就会凸显出来：或许《边城》在挖掘人性的深度上不及前者，但在表现人性的变化上、在民族视野的广度上、在对现代文明的警惕上、在对人与自然和谐关系的表现上，显然有更丰富的拓展；阿Q身上所体现的国民劣根性，是静态的痼疾，而《边城》所表现的既有人性之“常”，又有人性之“变”，是动态、开放式的；鲁迅主要关注的是汉民族的人性，而沈从文则突破以汉族为中心的单一视角，在“客观上呈现了中国由不同民族间的紧张对峙走向融合统一的‘中华民族’的过程，以及新的国家形象的形成过程”[29]。《阿Q正传》意

[29] 刘洪涛：《沈从文小说价值重估——兼论80年来的沈从文研究》，《北京师范大学学报（社会科学版）》，2005年第2期。

在启蒙，而《边城》又进一步，意在警醒现代性发展给人类所带来的弊端；《阿Q正传》侧重于开掘精神的存在，对人物的刻画运用的是白描，涉及日常生活和自然环境的细致铺写不多，而《边城》的描写却有血有肉，丰沛细腻，甚至可以说是无所不用其极，着力通过浓墨重彩的描绘去充盈读者的眼耳鼻舌，去刺激和调动人们的感官，从而使小说抵达一种审美的深刻。

而《边城》之所以有此强大的审美力量，从艺术的角度看，我认为主要在于他对民族形式的成功探索。沈从文曾在《习作选集代序》中清楚地讲过自己为什么要创作这篇小说。他说其中一个原因是有感于两年前文坛上所出现的有关“民族文学”的论争，而在他看来，与其这样在理论上无休止地争论，莫不如自己“试来写一个小说看看”，“因此《边城》问了世”[30]。这提示我们，研究《边城》应该特别注意他对民族形式的探索和尝试。令人欣喜的是，很多研究者都特别探讨了这一点，做出过许多精彩的解读。比如，有的指出小说体现了中国“山水画”的结构[31]，有的认为融化了唐诗的意

[30] 沈从文：《习作选集代序》，《沈从文全集》（第9卷），北岳文艺出版社，2009年，第5页。

[31] 王润华：《论〈边城〉的结构、象征及对比》，《沈从文小说新论》，学林出版社，1998年，第111页。

境，某些部分脱胎于《红楼梦》[32]；有的认为它汲取了民间故事和歌谣的长处[33]，还有的认为它深受中国传统叙事的影响[34]。此外，我认为本文以上所讲的“起兴”，作为传统文学中的一种重要的艺术手法，也可以补充进来。它们共同体现了我们民族形式的“神韵”，不仅促成了沈从文小说的民族特征和民族风格，还构成了美妙悠远的“意境”，使读者在审美的启悟中思索人的过去、现在与未来。

综上所述，《边城》是一部有关“人的发现”的寓言，充分体现了沈从文思想和文学创造上的独特性。他把“人的发现”这个舶来的命题“消化”成了一种思想方法，即从“人之初”起首，重新对人性，人在与人、与自然、与时间、与命运发生关系时的基本状态做全面的探究和推理，大大拓展了中国新文学在表现人性、民族、国民性改造等方面的广度。这篇小说在艺术上的卓越之处在于，成功运用了与这一思想内涵相契合的“点面”、“三角结构”和“起兴”的创作技巧，充分彰显了民族形式的神韵。

[32] 汪伟：《读〈边城〉》，邵华强主编：《沈从文研究资料（上）》，知识产权出版社，第29页。

[33] 凌宇：《沈从文小说的倾向性和艺术特色》，《沈从文研究资料（上）》，知识产权出版社，2011年，第211页。

[34] 吴正锋：《论沈从文小说与中国传统叙事艺术的关系》，《中国文学研究》，2016年第3期。

高在何处：论沈从文的人类本体论艺术思想

何小平
湖南省吉首大学文学与新闻传播学院副教授，吉首大学沈从文研究所副所长。

沈从文是中国现代为数很少的具有世界声誉的优秀作家。学界对沈从文的湘西本土意识与湘西表述之于其艺术独特性的内在关联，非常关注，也由此形成了诸多定论，大多把沈从文视为地域文学之代表。事实上，沈从文的湘西表述、现代中国都市表述背后潜隐的是现代中国乃至是全世界在现代化过程中所存在的普遍性问题，比如文化转型问题、人的异化问题、传统文明与现代文明的冲撞问题等等，其现代湘西形象就是现代中国形象乃至现代世界形象，其现代湘西问题就是现代中国问题乃至现代世界问题，其现代湘西表述实质上就是现代中国表述乃至现代世界表述。所以我们更应该透过其具有地缘特征的感性形式，关注其湘西地缘表述背后的国家意识与中国意义、人类意识与世界意义。当今，尤其是在习近平同志提出“构建人类命运共同体”的倡导之下，中国日益成为人类命运共同体的重要建设者。在这种人类命运与共的理念之下，沈从文的文艺创作中的“人类”意识和世界意义也随之凸显其合理性与积极性。沈从文具有强烈的“人类”意识，以“人类”的立言人作为其文化理解和文化阐释身份，关爱人类的情感、思想、理念、理想等之下所呈现出的各种生命感性形式。因此沈从文对人类怀有“不可言说的温暖”、“洞彻心肺”的同情，还有凝聚于人类未来理想所特有的强旺坚韧的精神品质。

沈从文的艺术思想境界高远而永恒。沈从文运用审美的方式所进行的抽象哲学思考以及艺术之思，立足于人类的生存、健康发展，为人类社会实现可持续发展而立言，反映出了他宽阔而深刻的人类视域，这也是他的文化思想、审美思想和艺术思想走向深刻的基本标志，因此也具有鲜明的现实价值与世界意义，沈从文在其作品《烛虚》里如此表述他文化思想、审美思想和艺术思想的出发点："察明人类之狂妄和愚昧，与思索个人的老死病苦。一样是伟大的事业，积极的可以当成一种重大的工作，在消极的也不失为一种有趣的消遣。"[1]沈从文在"人类"意识及其"人类"视域之下，实现了对湘西本土意识、民族国家视域的超越，走向了思想的深邃，也走向了现实条件下不被人理解甚至被人误读的世纪孤独。沈从文思想境界之高，其艺术创造成就让人崇敬不已；但高处不胜寒，其历史境遇也让人感叹不已。

一、沈从文的"人类"意识

沈从文具有的这种"人类"意识，在中国现代知识分子那里并不是个案。虽然说中国现代知识分子的精神往往集中在如何解救中华民族危机的这种历史理性与国家情怀上，但并不是说他们就缺乏人类整体意识与世界情怀，更不能说他们都是狭隘的民族主义者。在中国二十世纪二三十年代，以进化论为先导的人类学思想在中国很有影响力，大批的现代作家具备空前的"世界主义意识"，在他们的文学表述以及文化研究活动中都有

[1] 沈从文：《烛虚》，《沈从文全集》（第12卷），北岳文艺出版社，2002年，第3页。

表现，比如鲁迅、茅盾、周作人、郑振铎等人编辑“世界文学大系”，在收集、翻译、研究多国神话、童话小说、民间故事、传说等民间文学作品的过程中，就持守一种受西方进化论影响而产生的“世界一体”的观念。沈从文亦如此，在他的艺术创作走向成熟之后，他的“人类”意识，实现了对湘西本土意识、中华民族国家意识的超越，把人看作是“类”的存在，这是一种“世界主义意识”与终极的人类关怀。于是，沈从文走向了对湘西地域文化、对国家民族文化甚至全人类整体文化的反思、批判与重建。

沈从文思想境界之高，并非天生而成。事实上，一个作家的思想的高度并不是一蹴而就，而是有其历练与磨砺过程。沈从文的“人类”意识，作为他艺术思想内涵的高度的重要体现，在他的艺术思想发展中有一个从潜隐到显露，再到强化，最后归聚的过程。早在 1934 年，沈从文在散文集《湘行书简》里的《历史是一条河》一文中，就清晰地反映了他厚重的人文情怀，表达了他对人类的深情之爱。沈从文从沅水这条河，得到了许多人生的智慧，也对人类有了更深入的思索。他把爱与憎的思考维度，从身边所接触过的各型各色的人，拓展到了整个人类。沈从文的文化视域，从湘西地域拓展向了整个世界、整个人类，这种思想意识的提升还可以从沈从文在 1934 年年初返回湘西路途之中，给妻子张兆和写的书信中看得出，他说：“我会用我自己的力量，为所谓人生，解释得比任何人皆庄严些与透入些！三三，我看久了水，从水里的石头得到一点平时好像不能得到的东西，对于人生，对于爱憎，仿佛全然与人不同了。我觉得惆怅得很，我总像看得太深太远，对于我自己，便成为受难者了。这时节我软弱得很，因为我爱了世界，爱了人类。”[2] 被重重物质外壳包裹着的、具有一颗颗刚硬的心的现代民众，能理解到沈从文那颗柔软的心吗？能理解到沈从文的大憎与大爱吗？沈从文的思想由此已经开始远涉，从人性的神性处，从生命的尊严处，去思考人类与世界的历史、现在与未来。此时，沈从文的文化思想、审美思想和艺术思想在逐步地走向成熟和深邃。随着沈从文的生活阅历的增多，阅读经验的积累，以及他文化视野的逐步拓展，他的“人类”意识也逐步加强。沈从文的这种“人类”意识，在三十年代中期沈从文从上海回到北京后的文学创作和诸多论述中也有反映。比如，沈从文在 1935 年发表于北平的刊物《实报》上的杂文《一个读报者对报纸的希望》一文中，对于人类之爱的重要性进行了诠释，充满了对人类远景

[2] 沈从文：《历史是一条河》，《沈从文全集》（第 11 卷），北岳文艺出版社，2002 年，第 188 页。

的凝眸关注，这说明沈从文的爱，已经超越了狭隘的民族性和地域性的束缚，走向了对人类整体未来命运之关注，他说：“人类最不可缺少的是‘爱’。应当爱自己，爱旁人，爱正义，爱真理，爱事业，爱社会，爱国家。正因为爱才能使人类进步，由愚蠢黑暗到智慧光明。因为爱，相伴的常是牺牲，明白爱的到应当牺牲时，自然不会吝惜牺牲。”[3]爱从自己开始，推及旁人，深入到民族、国家与社会，直达真理，这是沈从文艺术创作中的思想的出发点，哪怕充溢着悲情，悲情背后也仍然能看到沈从文对于人类的大爱所在。

沈从文的“人类”意识，在文学创作活动的各个过程之中都有不同程度的审美反映。就算是在以湘西地缘表述为主要特征的创作初期和中期，其鲜明的地缘性特征的背后仍然会洋溢着“人类”意识。因为沈从文笔下的湘西世界，其历史、其现实、其未来的各种可能际遇，不管何种状态，本身都会是人类世界在发展过程中的一个缩影。沈从文笔下的湘西这种地缘性表述，只不过是用象征的形式在反映人类社会各种生存境遇中所存在的普适性问题，用具有湘西地域特征的感性形式来理性思考人类普遍生存状态，比如人性的生物性、社会

[3] 沈从文：《一个读报者对报纸的希望》，《沈从文全集》（第14卷），北岳文艺出版社，2002年，第91页。

性与神圣性，生命的异化、本真与庄严，也可以说他的湘西表述背后具有深刻的中国意义与世界意义，道理也在这里。沈从文的地缘性表述之所以具有世界性，就其思想内涵的深度而言，在于其实现了对人及人类的终极关怀，渗透着“人类”意识，对人类有种悲悯的宗教情怀，都有对人类的大爱。凡是能有这种大爱的作家，他在思想上就已经具备了一个“大家”的思想高度与深度，这是一个伟大作家的基本思想素养要求，不仅仅是沈从文。我们知道，“人类”意识是一种全人类性的价值观，超越了狭隘的地域与民族限制，体现了整个人类的普遍诉求与利益，具有跨越地域空间和时间存在的普遍性。这种“人类”意识，已经成为当代人类的基本人文价值取向和基本的人文素养，也成为了时代诉求，但在二十世纪上半叶沈从文所处的历史阶段，这种“人类”意识却受到了种种非难，被斥之为抽象，或加之以人性抹煞阶级性的罪名。难能可贵的是，沈从文始终不改变初衷，他的价值取向始终指向人、指向人类这一终极目标。可以说，沈从文担当的是一个知识分子的真正使命，表现出了为实现整个人类的幸福与持续发展而真正践行的那种责任与担当。这种“人类”意识从思想上主导着沈从文的文化理解和文化阐释。应该说就是沈从文的创作思想上的这种“人类”意识，使得沈从文的文化思想、审美思想和艺术思想契合了世界文化发展潮流，超越时代，也超越了许多中国现代作家。

二、艺术的旨归：为人、为人类

沈从文的“人类”意识归聚于他的人类本体论艺术观上。在他看来，审美和艺术呈现，应该以人类为立足点、出发点和终结点，艺术应该以实现人类的终极关怀为旨归。沈从文的艺术人类本体论思想，在他和友人的诸多的书信来往中也有所体现，在《新废邮存底·二八一·关于学习》里，他明确提出，文学艺术应该为人类健康发展做出憧憬、期望，他认为作家在文学艺术创作时，“先得学习‘想’，学习向深处远处‘想’。这点出自灵台的一线光辉，很明显将带你到一个景物荒芜然而大气郁勃的高处去，对人类前进向上作终生瞻望。”[4]

人作为文艺的本体，是因为艺术是为人类的精神生活而服务的，人一方面创造了物质和精神世界，又生存于其创造的世界之中。而在人所造的精神世界中，艺术的地位不可替代，因为艺术更能完整全面地承担起文

[4] 沈从文：《新废邮存底·二八一·关于学习》，《沈从文全集》（第14卷），北岳文艺出版社，2002年，第349页。

化承载之功能，更能深刻地反映我们的存在之根，生命之本，“艺术作品是一种在人类面前展示人类是什么的方式，因而在人类的思想中我们就可以找到艺术作品的普遍需求。”[5]艺术应该以人及人类为本体，对应着“艺术是人为的，也是为人的”审美原则。艺术不仅仅为单个的人，更应该是为人类整体和为实现人类社会可持续发展而服务的。沈从文的心中总有一种大爱，叫做人类之爱，叫做世界之爱。事实上，人类在面对身与心、人与外部世界的分离时，在面对人的精神、人的灵魂、人的根基虚无化而无所依恃时，寻求心灵的慰藉及精神的家园，往往走上艺术审美之途或宗教之途。走向审美之途，则通过艺术去恢复、发展人的感性生命力，通过艺术审美使骚动不安的灵魂得以安宁，沈从文的审美和艺术创作的根本宗旨就是为人类。沈从文这时超越了其个人意识的局限，而深入到了集体的无意识领域之中，其艺术创作不再是作为个人抒写小我之一时得失哀乐，而是作为人类的灵魂在对人类全体说话。

在沈从文看来，艺术是人类不可或缺的文化要素。特别是在对人类精神的呵护，对人类灵魂的安放上，审美和艺术更是责无旁贷。艺术理应求真，更应该向善，

[5] 汉斯—格奥尔格·伽达默尔：《真理与方法——哲学诠释学的基本特征》，上海文艺出版社，1994年，第62页。

在外在的形式上应该给人一种美感，同时艺术应该在思想上有积极导向性，使人走向崇高，走向对理想生命状态的憧憬，使得生命趋向神圣。沈从文是把艺术牢牢地建立在为人服务、为人类服务的基础上的，在沈从文看来，“或积极的提示人，一个人不仅仅能平安生存即已足，尚必需在生存愿望中，有些超越普通动物肉体基本的欲望，比饱食暖衣保全首领以终老更多一点的贪心或幻想，方能把生命引导向一个更崇高的理想上去发展”。[6] 基于此，沈从文把文学创作作为提升人的生存状态，解救人类自身弊病的自我赎救之途，艺术是人的一种生命生存和提升方式。所以从艺术为人的角度，沈从文真正实现了艺术以人类为本体，站在人类的高度来审美反思人类的生存境遇，这本身超越了地域、民族与国家，也超越了各种文化偏见，具有永恒性。在构建人类命运共同体的当代诉求下，沈从文的这种艺术人类本体论艺术观，越发凸显其现实的合理性与积极性，这是沈从文留给我们的宝贵精神遗产。

[6] 沈从文：《小说作者和读者》，《沈从文全集》(第12卷)，北岳文艺出版社，2002年，第66页。

三、艺术的思想原则：引人向善，构建人性之美

在这种以人类为本体的艺术本体论之下，沈从文提出了他的艺术思想原则：引人向善，构建人性之美。这是沈从文承续和持守中国儒家传统的“以善为美”审美理念的结果。沈从文文化思想、审美思想与艺术思想的厚重感，就根源于此。仁者仁心！在沈从文看来，饱经沧桑的现代中国在面临着社会和文化的全方位转型的过程中，文化重建的重要措施在于经典重造。先撇开形式之创造不说，经典的首要具备条件是崇高的思想。在他看来，好的作品在思想方面，必须要有一种向善的力量，才能对生命做深入的理解，把自然生命导向神圣与崇高处，使得人的生命具有更高的价值和意义。沈从文在《小说作者和读者》里，比较深刻地谈到了这个问题，他认为，引人向善的思想标准是艺术作品首先要倡导的，“我们得承认，一个好的文学作品，照例会使人觉得在真美感觉以外，还有一种引人‘向善’的力量”。[7]

思想标准是经典评价的重要维度，即以善为美，这是中国儒家文化传统所倡导的，沈从文也持守之。沈从

[7] 沈从文：《短篇小说》，《沈从文全集》（第16卷），北岳文艺出版社，2002年，第493页。

文在《水云》中认为，美是善的表现形式，文化应该向善，向善是艺术作品的重要标准。“人生应当还有个较理想的标准，至少容许在文学和艺术上创造那个标准。因为不管别的如何，美丽当永远是善的一种形式，文化的向上就是追求善的象征！”[8] 作品引人向善的力量，主要体现在人性问题的思考上，这一点，在沈从文的艺术思想中表现得非常突出。沈从文所讲的思想标准，不仅仅是站在中国现代国民性重造的问题上，更是站在整个人类生存与发展过程中的生命问题上。生命问题，往往集中在人性维度上。人性的标准成为了沈从文艺术思想标准的内核。沈从文在1935年，在《论穆时英》一文中，认为作品应该根植人事，贴近人生，只有那些故事性强、内容能立足人性深度的文学作品才能恒久，他说：“一切作品皆应植根在‘人事’上面。一切伟大作品皆必然贴近血肉人生。”[9] 沈从文在《习作选集代序》中也明确地提出，自己的写作的核心是人性，围绕着人性，来表达他对社会的理解，对人类的思考。“我只想造希腊小庙。选山地作基础，用坚硬石头堆砌它。精致，结实，匀称，形体虽小而不纤巧，是我理想的建

[8] 沈从文：《水云》，《沈从文全集》（第12卷），北岳文艺出版社，2002年，第107页。

[9] 沈从文：《论穆时英》，《沈从文全集》（第16卷），北岳文艺出版社，2002年，第233页。

筑。这神庙供奉的是‘人性’。”[10]在创作实践中，人性书写是沈从文艺术创作的核心问题，在谈到《边城》的创作初衷时，他肯定了对符合人性美好的形式的憧憬，“我要表现的本是一种‘人生的形式’，一种‘优美，健康，自然，而又不悖乎人性的人生形式’。”[11]

沈从文在一些文学评论文章中，也重点论述了艺术的人性标准问题。在《小说作者和读者》中，他认为，作品应该以人性为准则，而这种人性准则应该强调超越地域、时代和民族的普遍性特征，他说：“一个作品的恰当与否，必需以‘人性’作为准则。是用在时间和空间两方面都‘共通处多差别处少’的共通人性作为准则。”[12]沈从文对艺术的人性表达原则问题的看法是深刻的，特别是对人性的普适性表达的主张，也成为了艺术的审美超越性特质存在的根本原因所在。

人性原则是艺术的基本准则，这是沈从文艺术思想的核心内容，对人性的关怀是艺术的最高原则。沈从文认为，第一等的艺术，是启迪人的心灵、关注人性的最崇高处。对于人性本身的关注，不仅仅是艺术家要关心

[10] 沈从文：《习作选集代序》，《沈从文全集》（第9卷），北岳文艺出版社，2002年，第2页。

[11] 沈从文：《习作选集代序》，《沈从文全集》（第9卷），北岳文艺出版社，2002年，第5页。

[12] 沈从文：《小说作者和读者》，《沈从文全集》（第12卷），北岳文艺出版社，2002年，第8页。

的，更是一个高明的政治家要关心的，但是当下的政治家，还有社会学家一般不关心人的内心层面的建设，只是关心外在的经济建设，关心短期的经济指标，对于人的精神层面包括宗教、信仰、灵魂等在内的内心需要是无暇顾及的。而人的精神层面的需求往往显得更为重要，对人性的关怀也应该是一种最高的政治性，政治家更应该去理解人之为人，“这也就是明日真正的思想家，应当是个艺术家，不一定是政治家的原因。政治家的能否伟大，也许全得看他能否从艺术家方面学习认识‘人’为准。”[13] 这段文字说明，沈从文把人性提升到了政治的高度。在沈从文看来，人性不仅仅只是艺术家应该关注的对象，艺术所表达的对象，而更应该成为哲学家关注的基本对象。这是沈从文此时的思想高度，也表达了他的政治理念。虽然沈从文的这种观点有可能很容易被视为一种浪漫，脱离现实，但是从艺术的属人性和艺术的为人属性的高度来说，是深刻的。因为审美和艺术的最高的政治性就在于关爱人类本身，当然也包括了人性。谁说沈从文不懂政治，谁说沈从文远离政治？那是彻底的偏见，本身也来自于对艺术和政治关系的狭隘的理解。从人类的灵魂建设和精神满足这个角度来

[13] 沈从文：《虹桥》，《沈从文全集》（第 10 卷），北岳文艺出版社，2002 年，第 391 页。

说，这是艺术最高的思想品质和政治高度，沈从文由于有了“人类”意识的高度，才有这种审美和艺术的思想的高度。

四、艺术家的人类责任感和理性精神

首先，在沈从文看来，艺术家应该要有人类责任感。为了引人向善，真正达到艺术的这种社会功用，作为艺术创造的主体，艺术家应该具备对人类的高度责任感和担当意识，要从人类求生的庄严景象出发，对人生抱有深厚同情与悲悯，把艺术创作看作是严肃而庄严的人生事业，对个人生命与工作又看得异常庄严。艺术家自身生命的价值和意义就在于，用审美创造和艺术作品来表达对人生的理解，来表现人类追求崇高和光明的基本诉求，使得民众能从愚蠢、迷信、小气、虚伪、懒散、自私中走出来，使得民众心中有理想，思想趋高尚，行为能奋斗，这就是艺术家的事业。而这就需要作家超越政治的个人功利，凝眸于人类远景。“作者还另有大愿与雄心，能超越小政治的个人功利，会用这个时代人类哀乐得失取予作为镜子，把自己生命淘深，且能从深处表现多数更年青的诚实而健康的感觉和愿望，他们的作品，当然就可望成为明日指导者的指导。”[14]沈从文本人何尝不是如此。

其次，对艺术家来说，要能够在自己的热情和理性之间进行调和，好好控制热情和理性的运用尺度，才能突破感性的种种约束，真正持久地为人类服务。“必如此方能把自己这点短短生命中所有的力量，凝聚到一件行为上去；必如此方能把生命当真费到‘为人类’努力”。[15]这是沈从文在感性和理性的结合问题上，对艺术家提出的建议。笔者认为，沈从文对艺术家感性和理性的结合的意见是正确的，因为对于一个艺术家来说，感性和理性的关系的处理，是一个艺术家在艺术创作中必须要面对的问题，也决定了艺术家的艺术创作的成败。在审美和艺术创造中，理性首先体现在思想上，要有服务社会的责任和担当意识，对人生对社会应该有全面的了解和分析，这需要社会理性和历史理性的介入和引导，才能透过人生中具体的生命现象达到对生命本质的理解。在沈从文看来，在审美发现和审美创造过程中，艺术家的热情需要得到理性的约束，才能较好地把握艺术形式，从而达到审美创造的目的。确实，艺术家

[14] 沈从文：《“文艺政策”检讨》，《沈从文全集》（第17卷），北岳文艺出版社，2002年，第288页。

[15] 沈从文：《废邮存底·给某作家》，《沈从文全集》（第17卷），北岳文艺出版社，2002年，第222页。

光有生命的激情是远远不够的，得加强社会理性和历史理性才能使艺术创作走得更远。沈从文在《文运的重建》中，对知识分子提出了理性的要求："理性抬了头，方有对社会一切不良现象怀疑与否认精神，以及改进或修正愿望。"

再次，作为创作主体，为人类服务，艺术家应该在孤独中持守坚韧。沈从文在《废邮存底》中第十二篇的《给某作家》一信，这是给巴金的回信，其中谈到了艺术家的孤独和人类之爱的关系问题。沈从文认为，艺术家因为爱了人类，而又对人类的种种弊病产生诸多憎恨，这种爱恨交织在一起的感情显得非常复杂而不为世人理解和支持，所以往往显得孤独和寂寞。这种爱憎交织的情感寓之于心而形之于文，艺术家用审美的方式彰显着爱与恨，本身就是一种孤独的事业，艺术家应该在孤独之中坚持服务于人类的宗旨而不放弃。只要坚持服务于人类的这种责任担当意识，孤独也可以成为一种力量之源。沈从文以孔子为例，他认为孔子在面对社会的诸多问题时，首先调适自己的心灵，坚守信念，自己心灵强大了，再把自己的力量从自己推及他人，再为社会服务，为人类服务。沈从文认为，孔子应该比我们都能洞悉人类的愚与坏。孔子之所以是伟人，不但因为他对生命、对人生、对社会有份爱，也因为他能有一种比较强而有力的理性，去面对人类的愚与坏。“与人类对面时，却不生气，不灰心，不乱，只静静的向前”。[16] 人类理想是需要时间来实现的，应该长期坚守，而不是短暂的奋勇一击，所以沈从文认为，为了人类的利益，应该坚持长期为人类服务，所以应该做长明灯，他说：“一盏长明灯或许更能持久些，对人类更合用些。生命人格，如雷如电自然极其美丽眩目，但你若想过对于人类有益是一种义务，你得作灯。一切价值皆从时间上产生，你若有理想，你的理想也得在一分长长的岁月中方能实现。”[17]

在沈从文的抽象抒情期，沈从文的艺术思想走向了深刻。这种深刻的主要标志是沈从文的文化视野已经从民族、国家拓展到了整个人类。沈从文云南抽象抒情期，深化了对文学的社会功用的思考，这种深化有两个原因：其一，是中国民族抗战形势所然，必然强调文学的社会功用问题；其二，是沈从文本人的思想在走向深入，他此时不断对人生、对生命、对社会等进行抽象哲思，他的思想已经从各种生命感性形式的思考，走入到了对生命表现形式背后的生命本质的思考。在沈从文看

[16] 沈从文：《废邮存底·给某作家》，《沈从文全集》（第17卷），北岳文艺出版社，2002年，第222页。

[17] 沈从文：《废邮存底·给某作家》，《沈从文全集》（第17卷），北岳文艺出版社，2002年，第222页。

来，文学不仅仅要为国家、民族服务，同时也要为人和人类健康的生存与发展服务。可以说，沈从文将艺术的社会功用发挥到了极致。沈从文的文艺创作本身就是由人类生存之事实走向对人类生存之要义的抽象思考的，其诸多表述文本本身也就是其“人类”意识及在此基础之上所形成的“人类”本体论艺术思想的载体。

《晨报副刊》与沈从文早期作品发表

李端生
吉首大学文学院与新闻传播学院教授，吉首大学沈从文研究所副所长。

《晨报副刊》系“五四”时期我国著名的四大报纸副刊之一，而且居于副刊方阵领军位置，其当时产生的影响和日后的历史功绩，均在我国新闻事业发展历程中涂上浓抹重彩的一笔。沈从文是从湖南西部山区边城走出来的具有世界影响的作家，年轻的他当时迈出人生转折关键的一步，也是受到“‘五四’运动余波”（沈从文《自我评述》语）的助推，进而在北京接受苦痛与奋斗的先期历练，终成一代大家。而沈从文入京早期为了生存、生活和心中梦想付出的文学创作行为，都与生长于北京的《晨报副刊》发生着十分密切的关系。从一定意义上而言，“五四”运动沐浴出的著名出版物《晨报副刊》，为沈从文日后文学事业的升腾贡献出了重要的青云之力。因此，“五四”运动余波在北京仍给年轻的沈从文以积极影响，而“五四”稍后延办下来的《晨报副刊》与沈从文早期文学创作及其作品发表，就成为本文展开的切入点。因为在沈从文一生发表作品的出版物中，数《晨报副刊》推出的为最多，这对文学创作刚起步的一个乡下青年，该是多大的推引。此外，2018 年是《晨报副刊》停办 90 周年，2018 年也是沈从文离世 30 周年。我们从一份报纸副刊终结与一位作家去世纪念的关系上推出本文，也见出切入这个选题的研究价值。

一、《晨报副刊》有关情况与沈从文初期投稿

我国新闻史学界对“五四”前后的《晨报》及《晨报副刊》的评介或专题探究，应该说已不是一个陌生的话题，这方面研究成果自不会羞涩。因为这份报纸及其副刊，在我国新闻传播史领域确有多方值得关注与肯定的价值，其示范、标本功能也当存在，是“五四”时期

我国新闻事业业绩绕不过去的评价对象。所以，本文不想在这方面过多花费笔墨而显出赘言之感，包括《晨报副刊》这样的名称，也将沿用历史习惯与公认的说法，尽管《晨报副刊》、《晨报副镌》与《晨报附刊》三名同存，同与"五四"时期其他三报——《京报副刊》、《民国日报》"觉悟"副刊、《时事新报》"学灯"副刊名称比较起来确有异样，值得琢磨细究一番。那么，我们在这部分只围绕"《晨报副刊》与沈从文早期作品发表"的主题，表达一些史实及评述内容，仍然有着积极的意义，也为后文的展开提供一种必要铺垫。

《晨报》的前身是1916年8月创刊于北京的《晨钟报》，由梁启超为首的研究系主持，1918年9月因研究系与段祺瑞执政府发生政见矛盾被后者查封，该年12月改名《晨报》继续出版，并将第七版固定为副刊版，但无刊名。1919年"五四"运动爆发前夕，李大钊接手主编《晨报》第七版，改用白话文刊稿，设立新的专栏，《晨报》副刊版整体面貌为之一新。后任编辑继承先风，该报副刊影响越来越大。1920年7月，《晨报》第七版由孙伏园主编，副刊读者与来稿大为增加。为适应新形势，《晨报》主持人决定扩充第七版，变为四开四版可独立印刷和装订成册，并随主报版配发的报纸附刊样态，且于1921年10月12日取名《晨报副镌》

(即更为人称之的《晨报副刊》）正式出版发行。因此，孙伏园又成为《晨报副刊》首任主编。孙伏园 1918 至 1926 年间生活、工作在北京，曾入北京大学文科学习，并系文学研究会发起人之一，深受时任北大校长蔡元培“兼容并包”思想的影响，进而贯彻在他所主编的《晨报副刊》实际工作中，使该刊在介绍新思潮、宣传新文化、促进新文学、推出新作家、讨论新学术诸方面实绩显要，成为“五四”时期报纸副刊一面领军旗帜。

正因为《晨报副刊》的社会影响，1924 年已进入北京城谋求发展的青年沈从文，就认真关注起这份可以单独订阅的报纸来。在他一边克服个人生存中各种困难，一边拿笔开始写文投稿时，《晨报副刊》就成为沈从文文学起步中的重要投稿园地。但让后人难以明白的是，尽管沈从文积极关注并倾心投稿于《晨报副刊》，而在孙伏园主编该刊时期，沈从文的文学初梦并没有在北京城这份有影响的报纸副刊上做成。对于这份人生遭遇，沈从文在 20 多年后写的一篇长文《一个人的自白》中有这样的表述：“我把所有初期作品上百篇，向一个著名副刊投稿时，结果却只作成一种笑话传说，被这位权威编辑，粘接成一长幅，听人说在一回什么便宜坊□□客吃烤鸭□□，当着所去一群名教授 ×××× 说……一齐揉入字纸篓里。这另外一种现实教育，这对我的侮辱，还是一个曾经参加这次宴会的某 ××，后来和我相熟以后，亲自告我的。”[1] 上述引文中的“著名副刊”即指《晨报副刊》，“权威编辑”指孙伏园。沈从文对这件事一直较为在意，在其他场合也多有提及，并指名道姓。至于他说的“初期作品上百篇”是否有那么多，无从考证，但至少可说明，沈从文在文学创作和投稿初期对《晨报副刊》的看重，这应归因于该副刊的社会影响与前面所述的对来稿兼容并包的刊登风格，这显然与主编孙伏园的编刊思想一脉相承。但不知孙伏园当时对文学青年沈从文的作品为何是另一种处理态度？还得让人们用心揣摩和求证。不过，《晨报副刊》从 1921 年 10 月到 1924 年 10 月三年间在孙伏园的主持下，取得了极大成就，成为“五四”时期四大报纸副刊之首，这是应该充分肯定的。

二、《晨报副刊》对沈从文作品大量接纳的基本原因

1924 年 10 月下旬，《晨报副刊》主编孙伏园因故辞职，离开《晨报》社，不久后受聘担任《京报副刊》

[1] 沈从文：《沈从文全集》（第 27 卷），北岳文艺出版社，2002 年，第 18 页。

主编。《晨报副刊》便由刘勉己继任主编，后来瞿世英、徐志摩相继主持该刊。在孙伏园辞职不久的 1924 年 11 月上中旬，处于投稿不顺、穷困潦倒中的沈从文，不得已给当时任教于北京大学的郁达夫写信，述说自己的状况和悲苦。郁达夫收信后冒着大雪专门来到沈从文蛰居的寒酸寓所，看望了寒冷中的沈从文，并赠毛围巾，请吃饭，送钱给他。郁达夫回家当晚就写了一篇《给一个文学青年的公开状》的文章，刊登在 1924 年 11 月 16 日的《晨报副刊》上，公开为沈从文的遭遇鸣不平，并将沈从文介绍给《晨报副刊》新任主编。有了这层关系和郁达夫那篇“公开状”的呼吁，沈从文写于 1924 年 12 月中旬的散文《一封未曾付邮的信》较快得以在 1924 年 12 月 22 日第 306 期《晨报副刊》上发表。这是沈从文 1924 年来京后以文谋生计写出投出去许多篇稿子后，至今能够被人发现并确认是他公开发表的第一篇作品。随后，他投的另一篇杂文《我恨他的是……》也在 1924 年 12 月 28 日第 311 期《晨报副刊》上被刊出。两篇在《晨报副刊》年末期上发表的作品，成为沈从文 1924 年的标志性收获。1925 年 1 月 30 日和 31 日，《晨报副刊》分两次又发表沈从文的短篇小说《公寓中》。该小说创作于 1924 年 11 月间，是迄今所能发现并确认的他写成时间最早的一个作品，估计在郁达夫冒寒来看望他的前后完成，但公开发表的时间则晚于后面写成的《一封未曾付邮的信》和《我恨他的是……》。因此，从目前考证的结果角度看，沈从文迄今被确认写成时间最早和被确认属于他创作的作品，都在《晨报副刊》上面世，尽管时间已到1924年末和1925年初，中国的时局已进入第一次国共合作阶段，但从“五四”运动期间走过来的《晨报副刊》，仍然给一个受“五四”运动余波助推来京寻求发展的青年沈从文一种标志性肯定和极大鼓舞。从那以后，沈从文在《晨报副刊》发表作品已成常态，且数量尤多。于是，《晨报副刊》终于成为沈从文文学事业起步的重要奠基石，一直到1928年6月该刊停办前夕，沈从文前后与之结缘三年又五个月。

那么，沈从文何以在孙伏园离职《晨报副刊》后作品得以大量在该刊发表呢？从主观上来言，他写成后的许多作品投向《晨报副刊》是个基本前提；就客观上来说，继任孙伏园之职的后几任主编，从各个方面考虑后以包容之心接纳了沈从文投来的作品稿件，这是一个重要条件。对此，沈从文本人也予以认可：“我的作品得到出路，恰是《晨报》改组由刘勉己、瞿世英相继负责，作品才初次在《小公园》一类篇幅内发表。后来换了徐志摩先生，我才在副刊得到经常发表作品机会。”[2]引文中沈从文所提及的《小公园》是《晨报副刊》中设置的“栏目”之一，比如孙伏园主编该刊时，鲁迅的代表作《阿Q正传》就连载于其中的“新文艺”栏目内。由此可见，沈从文对《晨报副刊》几位继任主编是心存感念的，尤以徐志摩为甚。因为从1925年10月起，徐志摩继任《晨报副刊》主编，“徐志摩主编后，也曾对副刊加大改革力度，版式欧化，唯美色彩明显，与孙伏园主编时迥异。他特约梁启超、赵元任、陈西滢、闻一多、余上沅、郁达夫、沈从文等名家执笔。当时沈从文还是一名大学生，徐志摩非常赏识他。”[3]引文中说沈从文是大学生，这与事实不符，沈从文1924年到1927年在北京期间只是北京大学等几所高校的一名业余旁听生，但徐志摩非常赏识沈从文则是事实。1925年10月1日，徐志摩在其正式接任《晨报副刊》主编于当日刊登的表明编辑主张的文章《我为什么来办我想怎么办》中，已将沈从文作为“新近的作者”与梁启超、刘海粟、胡适、闻一多、郁达夫、陈源等各方面学者专家40人一起列为约稿对象。这年11月11日，徐志摩在《晨

[2] 沈从文：《沈从文全集》（第12卷），北岳文艺出版社，2002年，第380页。

[3] 姚福申、管志华：《中国报纸副刊学》，上海人民出版社，2007年，第99页。

报副刊》上再次刊出沈从文的散文《市集》，并以《志摩的欣赏》为题在《市集》文后写登了一段附记，称这篇散文是“多美丽多生动的一幅乡村画”。原来尚在1925年3月，沈从文以湘西农村一次赶集为题材，写了篇散文《市集》，一开始在《燕大周刊》上发表，不久被《京报·民众文艺》(周刊）转载。该文被徐志摩看中已是第三次刊发了。

由于得到徐志摩等几任主编的赏识，沈从文从1925年始在《晨报副刊》的发稿量一路走高，他对徐志摩尤心存感激，二人也成为至交文友，建立了深厚情谊，直到1931年11月徐志摩因飞机失事而罹难。对于徐志摩的评价，沈从文在20世纪80年代初回答凌宇所提的“您是如何与徐志摩结识的”问题时说：“因投稿而相熟。我对于他的散文和诗的成就，都感到极大的兴趣，且比较理解他对人的纯厚处，和某些人说的‘花花公子’完全不同。所以我在一九三六年良友出的习作选题记中，提到他对我的好影响。到我作《大公报》文艺副刊编辑时，对陌生作者的态度，即充分反映出他对我的好影响。工作上要求自己较严，对别人要求却较宽。”[4]由此可以认为，如果说《晨报副刊》对于沈从文

[4] 刘洪涛：《沈从文批评文集》，珠海出版社，1998年，第335页。

早期作品发表建立了特别功绩的话，那么徐志摩就是这功绩的重要的实际建立者，他不但有力助推了沈从文的文学业绩，也影响了沈从文日后的一些思想与行为。

三、《晨报副刊》发表沈从文早期作品基本概貌

从1924年12月在《晨报副刊》发表处女作到1928年6月该刊停办的三年零五个月期间，沈从文共在上面发表各类作品计约110篇（首）。《晨报副刊》由此成为沈从文一生发表作品最多的出版物，构成统计沈从文创作成果的核心对象之一，在沈从文所接触的众多报刊中占据着十分重要的位置。现从以下几个方面对《晨报副刊》发表沈从文早期作品情况作一基本陈述分析。

沈从文在《晨报副刊》上发表的这100多篇（首）作品，从其选题与内容来看，大致可分为三个基本部分：一是反映与表达他的家乡山水与风土人情的题材，这是这批作品中最具特色的部分。从一定意义上说，湖南西部土地上的那些地理、人文、民族、风情以及一些人物、事件，是沈从文通过《晨报副刊》向世人作了一次很好和较早的展示。二是沈从文来到城市谋生后，通过自己观察、感悟、体验后，选取题材，对城市的人物、生活和社会风貌作了艺术化反映与表达；三是沈从

文自己作为个体生命在生存中的体验与感悟，他通过文字记录下来，借助《晨报副刊》向世人作了展示。表征以上这三个基本内容的作品实例，限于篇幅，本文没有具体列举，文后附录“北京《晨报副刊》发表沈从文早期作品基本情况一览”可供线索提示，并通过《沈从文全集》阅读到他这些早期作品的具体内容。

沈从文于《晨报副刊》上发表的作品在体裁和表达形式上呈现多样化，具体来说有散文、杂文、小说（主要为短篇）、诗歌、剧本、书信、书序。可以说，文学作品的四大基本表现样式（散文、诗歌、小说、戏剧），沈从文通过《晨报副刊》都作了创作后的公开展示。尤其是自由体诗歌与剧本体裁，一方面反映了沈从文早期文学创作方式的尝试领域，另一方面也为他本人及读者留下了难得的两类作品，特别是剧本在沈从文以后的文学创作样式中几近难觅。这说明他的文学实践认识与创作手法成熟后，擅长的还是小说与散文（尤其是前者），而自由诗与剧本作为他早期文学的一段创作尝试，被《晨报副刊》主要记录下来，也实属难得。

从《晨报副刊》发表沈从文早期作品的频度来看，除了1924年年底的两篇作为起步的标志外，1925、1926、1927这三年，该刊发表他的作品都是频率很高的，1925年有40篇（首）左右，1926年有35篇左右，

1927年有20余篇。这三年中在《晨报副刊》发表作品呈逐年递降的特点，其中一个原因是沈从文开先认定并能经常刊发他作品的出版物主要是《晨报副刊》，以后，随着知名度的提升和作品的不断成熟，沈从文投稿面和接纳他作品的报刊都大为扩张，因此，在《晨报副刊》上面世的作品相应减少。当然，有一个事实依然存在，那就是该刊时常在某一段时间接近连续或逐日地刊出沈从文的作品，而各月份之间也令沈从文的作品不出现冷淡时段，给读者的感觉是沈从文在1925、1926、1927这集中的三年当中，几乎每月均有一定量作品在《晨报副刊》上发表，甚至有的某期同时发表2—3篇作品，频度之高估计当时没有第二个作者能够超越。这从另一个侧面证明了沈从文创作的勤奋。

随着发稿难度的降低甚至消失，沈从文在《晨报副刊》上作品的内容长度也日渐明显，这当中也有创作表达需要和体裁要求上的原因。再加上报纸发表作品编排技术上的考虑，“连载”方式又构成《晨报副刊》发表沈从文作品的一大特点。这个特点在1925年已出现，但不是很明显，1926年陡然增加，如这年当中的一个短篇小说《菌子》就连载了5次；1927年成为《晨报副刊》连载沈从文作品（主要是短、中篇小说）的高峰年，他的《早餐》《乾生的爱》《篁君日记》《长夏》

《老魏的梦》《喽罗》《连长》《雪》《这个男人和那个女人》《老实人》《好管闲事的人》《船上岸上》等，多为短篇小说，却均以连载而面世，其中《老实人》连载达10次；1928年，沈从文的散文《南行杂记》也连载了4次。这年，他的另一个短篇小说《新梦》连载9次。从另一个角度理解，连载文艺性作品也是报纸媒体设下悬念、吸引读者、留住订户的有用手段。沈从文的上述作品进行连载是否成为《晨报副刊》的这种手段？值得有心者小探一番。

最后，我们再看看沈从文在《晨报副刊》上发表作品时的署名情况，有点超出常人想像，他较少使用真名，而大多采用了若干自取的笔名如休芸芸、芸、芸芸、小兵、懋琳、凤哥、茹、璇若、甲辰、何远驹、疑珷、王寿、张蠘、自宽、罗俊、王玖、则迷、远桂等。从常理来言，一个乡下青年为了实现作家梦，当投稿有了转机和顺利后，更多使用真名则十分有利于声名的扩大，从而在社会上引起众人关注。沈从文则在其文学事业起步之际，大量使用笔名，这是否和当时《晨报副刊》编辑的处理意图与行为有关？个中之故似乎也值得一探。另外，沈从文一生发表文章所使用的笔名达50余个，而《晨报副刊》上出现了18个左右，占了他所有笔名的三分之一，也为他以后发表文章复用这18个笔名开了先河。

四、《晨报副刊》之于沈从文文学事业的意义

《晨报副刊》在三年多时间内发表的沈从文100余篇（首）作品，对于沈从文当时和以后的多重意义，应该被认识到，特别是对沈从文文学事业的影响，可以从以下几方面作出一定分析总结。

第一，沈从文创作的散文、诗歌、小说、剧本几大文学样式的处女作品，全部由《晨报副刊》率先推出，这对文学青年沈从文来说，是他来京谋求自己人生理想实现的标志性事件，是对他日后持续的文学创作活动的极大鼓舞与鞭策。当然，《晨报副刊》也成为沈从文尝试几种文学形态创作的重要试验田。它对于沈从文日后的文学事业具有奠基和启示的作用。

第二，自1924年底投稿局面打开后，沈从文的文学创作与谋求作品发表的行为即处于同步进行状态。除了《晨报副刊》，他自1924年12月到1928年5月间，也向北京及京外相关报刊投稿，当时的《京报 · 民众文艺》《燕大周刊》《京报副刊》《京报 · 文学周刊》《语丝》《现代评论》《国语周刊》《东方杂志》《小说月报》《世界日报 · 文学》《中央日报 · 艺术运动》诸报刊都发表过沈

从文的有关作品。但总体上从数量与质量比较而言，它们均没超过沈从文在《晨报副刊》上发表的作品，上述中有的报刊对沈从文作品只是偶发一次。由此可以认为，沈从文在《晨报副刊》上推出的这些精神劳动结晶，是他早期文学成就的集中体现，也是他后来文学创作质与量进一步标高发展的极重要的前奏。从统计的角度而言，《晨报副刊》上所发表的这100余篇（首）各式作品，构成沈从文一生创作的重要部分，也成为2002年沈从文百年诞辰纪念年隆重出版的《沈从文全集》中的重要构成部件。

第三，通过《晨报副刊》这一媒介的牵引，青年沈从文有幸结识了郁达夫、林宰平、徐志摩、闻一多等一大批教育界、文学界、艺术界、学术界名人，并因他们的赏识、推荐和鼓励，减少了个人发展中的一些不利因素。这对刚开始文学起步的沈从文是十分重要的外部因素，所以，《晨报副刊》在1924年底到1928年上半年间对沈从文人际关系圈的形成发挥了重要的联络与沟通作用。

第四，《晨报副刊》几年间对沈从文100余篇各式文学作品的刊发，扩大了沈从文的社会影响，提升了他的知名度，为他赢得自己的读者群立下功劳。沈从文日后成为饮誉中外的一代文学大师，早期《晨报副刊》对他的积极助推功用应予肯定。这也构成“五四”时期我国报纸副刊对文学发展产生重要作用的成功个案。

第五，沈从文来京后积极写作和投稿，不排除他想以此道解决个人生存中物质窘困的动机，而《晨报副刊》大量刊发他的作品并支付相应的稿酬，的确给经济上陷入困境的沈从文帮了大忙。这在客观上也为沈从文的持续文学创作提供了积极的物质保证，有利于他创作心境的平稳和从容。

当然，沈从文在《晨报副刊》上发表的这批早期作品，由于多种因素所致，同他以后的巅峰之作相比，还存在差距。这也属正常，不可一味苛求。而沈从文本人就《晨报副刊》于他的多重意义心中也是有数的，该刊在他心目中占据着不可抹去的位置和应得的评价。他曾在1928年7月上海现代书局出版的《老实人》短篇小说集卷首题写到该集子“文多发表于《晨副》(即《晨报副刊》——引者注)、《现代评论》等刊物。可作初期习作代表”。[5]他在1926年2—6月连载发表的一篇文章《北京之文艺刊物及作者》(刊于《文社月刊》)中写道：“我先把《晨报副刊》提出的原故，是因为它在北京提倡新文艺的刊物中算一个较老的刊物。……我们若

[5] 沈从文：《沈从文全集》(第14卷)，北岳文艺出版社，2002年，第459页。

论及此间数年来对文艺上有所贡献的刊行物时，无论如何，我看忘却不了它。”[6] 时过20年后的1946年，沈从文又在另一篇文章中总结道：“在中国报业史上，副刊原有它的光荣时代，即从五四到北伐。北京的《晨副》（即《晨报副刊》——引者注，后同）和《京副》（即《京报副刊》），上海的《觉悟》和《学灯》，当时用一个综合性方式和读者对面，实支配了全国知识分子兴味和信仰。”[7] 实际上，沈从文念及和评价《晨报副刊》的文字不止以上所举几例，而他文学创作早期和《晨报副刊》的情缘，与其他作者（作家）相比较，确确实实多了几分由衷与深厚。

[6] 沈从文：《沈从文全集》（第17卷），北岳文艺出版社，2002年，第5页。

[7] 沈从文：《沈从文全集》（第16卷），北岳文艺出版社，2002年，第447页。

附录：

北京《晨报副刊》发表沈从文早期作品基本情况一览

（根据 2002 年北岳文艺出版社出版的《沈从文全集》统计）

序号	篇名	署名	刊名	日期	号（期）数	作品类型
1	一封未曾付邮的信	休芸芸	晨报副刊	1924.12.22	306	散文
2	我恨他的是……	休芸芸	晨报副刊	1924.12.28	311	杂文
3	遥夜（一及二）	芸	晨报副刊	1925.1.19	13	散文
4	公寓中（连载）	芸芸	晨报副刊	1925.1.30	18	短篇小说
	公寓中	芸芸	晨报副刊	1925.1.31	19	
5	遥夜（三）	芸	晨报副刊	1925.2.3	22	散文
6	遥夜（四）	芸芸	晨报副刊	1925.2.12	30	散文
7	三贝先生家训	芸芸	晨报副刊	1925.2.20	37	短篇小说
8	遥夜（五）	芸芸	晨报副刊	1925.3.9	52	散文
9	流光	休芸芸	晨报副刊	1925.3.21	63	散文
10	春月	休芸芸	晨报副刊	1925.5.9	103	诗歌
11	致唯刚先生	休芸芸	晨报副刊	1925.5.12	105	散文
12	失路的小羔羊	休芸芸	晨报副刊	1925.5.14	107	诗歌
13	屠桌边	休芸芸	晨报副刊	1925.5.21	112	短篇小说
14	怯步者笔记——端阳	沈从文	晨报副刊	1925.7.16	1226	散文
15	到坟墓的路	沈从文	晨报副刊	1925.7.22	1230	诗歌

（续表）

序号	篇　名	署名	刊名	日　期	号（期）数	作品类型
16	到坟墓去	沈从文	晨报副刊	1925.7.23	1231	诗歌
17	长河小桥	沈从文	晨报副刊	1925.7.31	1236	诗歌
18	绝食以后（含寄林宰平信）（连载）	沈从文	晨报副刊	1925.8.4	1240	短篇小说
	绝食以后	沈从文	晨报副刊	1925.8.6	1242	
19	莲蓬	则迷	晨报副刊	1925.8.12	1248	短篇小说
20	余烬	沈从文	晨报副刊·文学旬刊	1925.8.15	78 号	诗歌
21	遥夜（九）	休芸芸	晨报副刊	1925.8.21	1254	诗歌
22	第二个狒狒	沈从文	晨报副刊	1925.8.22	1255	短篇小说
23	到北海去	沈从文	晨报副刊·文学旬刊	1925.8.25	78 号	散文
24	崖下诗人（连载）	沈从文录述	晨报副刊	1925.8.27	1259	短篇小说
	崖下诗人	沈从文录述	晨报副刊	1925.8.29	1260	
25	画师家兄	沈从文	晨报副刊	1925.8.31	1261	短篇小说

（续表）

序号	篇名	署名	刊名	日期	号（期）数	作品类型
26	用 A 字记录下来的事	沈从文	晨报副刊·文学旬刊	1925.9.5	80 号	短篇小说
27	西山的月	沈从文	晨报副刊	1925.9.7	1267	散文
28	旧约集句——引经据典谈时事	沈从文	晨报副刊	1925.9.12	1270	诗歌
29	白丁	则迷	晨报副刊·文学旬刊	1925.9.15	81 号	短篇小说
30	棉鞋	沈从文	晨报副刊	1925.9.21	1276	短篇小说
31	希望	休芸芸	晨报副刊	1925.9.27	1281	诗歌
32	一天是这样度过的	沈从文	晨报副刊	1925.10.21	1293	散文
33	扪虱一	小兵	晨报副刊	1925.10.24	1295	杂文
34	夜渔	休芸芸	晨报副刊	1925.10.26	1296	短篇小说
35	卖糖复卖蔗	沈从文	晨报副刊	1925.10.29	1298	剧本
36	市集（附志摩的欣赏）	沈从文	晨报副刊	1925.11.11	1305	散文
37	赌徒	沈从文	晨报副刊	1925.11.12	1306	剧本
38	水车	休芸芸	晨报副刊	1925.11.14	1307	散文
39	更夫阿韩	休芸芸	晨报副刊	1925.11.16	1308	短篇小说

（续表）

序号	篇　名	署名	刊名	日　期	号（期）数	作品类型
40	关于《市集》的声明（附徐志摩信）	从文	晨报副刊	1925.11.16	1308	书信
41	玫瑰与九妹	休芸芸	晨报副刊	1925.11.19	1400	短篇小说
42	扪虱二	小兵	晨报副刊	1925.11.23	1402	杂文
43	瑞龙	沈从文	晨报副刊	1925.11.26	1404	短篇小说
44	野店	沈从文	晨报副刊	1925.11.28	1405	剧本
45	移防	沈从文	晨报副刊	1925.12.7	1406	短篇小说
46	叛兵	沈从文	晨报副刊	1925.12.19	1412	诗歌
47	赌道（连载）	休芸芸	晨报副刊	1926.1.23	1429	短篇小说
	赌道	休芸芸	晨报副刊	1926.1.25	1430	
48	通信	小兵	晨报副刊	1926.3.6	1449	书信
49	母亲	懋琳	晨报副刊	1926.3.10	1451	剧本
50	我喜欢你	小兵	晨报副刊	1926.3.10	1451	诗歌
51	占领渭城	凤哥	晨报副刊	1926.3.11	1361	短篇小说
52	残冬	小兵	晨报副刊	1926.3.13	1362	诗歌
53	爱	茹	晨报副刊	1926.3.18	1365	诗歌
54	堂兄	凤哥	晨报副刊	1926.3.20	1366	短篇小说

（续表）

序号	篇　　名	署名	刊名	日　期	号（期）数	作品类型
55	生之记录（一）	沈从文	晨报副刊	1926.3.27	1370	散文
	生之记录（二）	沈从文	晨报副刊	1926.3.29	1371	散文
56	悔	茹	晨报副刊	1926.3.31	1372	诗歌
57	母亲（连载）	懋琳	晨报副刊	1926.3.31	1372	剧本
	母亲	懋琳	晨报副刊	1926.4.5	1374	
58	重君	芸	晨报副刊	1926.4.7	1375	短篇小说
59	梦	小兵	晨报副刊·诗镌	1926.4.8	第 2 号	诗歌
60	盲人（连载）	懋琳	晨报副刊	1926.4.14	1378	剧本
	盲人	懋琳	晨报副刊	1926.4.17	1379	
	盲人	懋琳	晨报副刊	1926.4.19	1380	
61	云曲	茹	晨报副刊	1926.4.14	1378	诗歌
62	呈小莎	茹	晨报副刊	1926.4.17	1379	诗歌
63	绿的花瓶	懋琳	晨报副刊	1926.5.3	1386	散文
64	槐化镇	懋琳	晨报副刊	1926.5.5	1387	短篇小说
65	还愿——拟楚辞之一	小兵	晨报副刊·诗镌	1926.5.6	第 6 号	诗歌

（续表）

序号	篇　　名	署名	刊名	日　期	号（期）数	作品类型
66	月曲	茹	晨报副刊·诗镌	1926.5.6	第6号	诗歌
67	X	茹	晨报副刊	1926.5.19	1392	诗歌
68	寄柏弟	茹	晨报副刊	1926.5.31	1398	诗歌
69	菌子（连载）	沈从文	晨报副刊	1926.6.14	1404	短篇小说
	菌子	沈从文	晨报副刊	1926.6.16	1405	
	菌子	沈从文	晨报副刊	1926.6.21	1407	
	菌子	沈从文	晨报副刊	1926.6.23	1408	
	菌子	沈从文	晨报副刊	1926.7.3	1412	
70	薄暮	茹	晨报副刊	1926.6.28	1410	诗歌
71	黎明（连载）	从文	晨报副刊	1926.6.28	1410	短篇小说
	黎明	从文	晨报副刊	1926.6.30	1411	
72	哨兵（连载）	从文	晨报副刊	1926.7.26	1422	短篇小说
	哨兵	从文	晨报副刊	1926.7.28	1423	
73	三兽窣堵波（附文《关于〈三兽窣堵波〉》）	懋琳	晨报副刊	1926.7.31	1424	剧本
74	《第二个狒狒》引	沈从文	晨报副刊	1926.8.2	1425	书序

（续表）

序号	篇名	署名	刊名	日期	号（期）数	作品类型
75	我的小学教育	懋琳	晨报副刊	1926.8.18	1432	短篇小说
76	Lá o me ì，zuohen！（苗语："妹子，真美呀！"	懋琳	晨报副刊	1926.8.30	1437	散文
77	传事兵（连载）	懋琳	晨报副刊	1926.9.11	1442	短篇小说
	传事兵	懋琳	晨报副刊	1926.9.13	1443	
78	一个晚会（连载）	从文	晨报副刊	1926.9.29	1449	短篇小说
	一个晚会	从文	晨报副刊	1926.9.30	1450	
	一个晚会	从文	晨报副刊	1926.10.2	1451	
79	过年	懋琳	晨报副刊	1926.10.25	1463	剧本
80	松子君（连载）	沈从文	晨报副刊	1926.11.22	1479	短篇小说
	松子君	沈从文	晨报副刊	1926.11.24	1480	
81	筸人谣曲（前文）	懋琳	晨报副刊	1926.12.25	1498	诗歌说明文
82	筸人谣曲（谣曲选录1—21）	懋琳	晨报副刊	1926.12.27	1499	诗歌
	筸人谣曲（谣曲选录22—尾声）	懋琳	晨报副刊	1926.12.29	1500	诗歌
83	早餐（连载）	璇若	晨报副刊	1927.6.17	1974	短篇小说

（续表）

序号	篇名	署名	刊名	日期	号（期）数	作品类型
	早餐	璇若	晨报副刊	1927.6.18	1975	
	早餐	璇若	晨报副刊	1927.6.20	1977	
84	草绳（连载）	璇若	晨报副刊	1927.6.21	1978	短篇小说
	草绳	璇若	晨报副刊	1927.6.22	1979	
85	乾生的爱（连载）	璇若	晨报副刊	1927.6.23	1980	短篇小说
	乾生的爱	璇若	晨报副刊	1927.6.24	1981	
	乾生的爱	璇若	晨报副刊	1927.6.25	1982	
86	怯汉（连载）	璇若	晨报副刊	1927.6.27	1984	短篇小说
	怯汉	璇若	晨报副刊	1927.6.28	1985	
87	春（连载）	甲辰	晨报副刊	1927.6.29	1986	诗歌
	春	甲辰	晨报副刊	1927.6.30	1987	
88	或人的家庭	璇若	晨报副刊	1927.7.1	1988	短篇小说
89	篁君日记（连载）	璇若	晨报副刊	1927.7.13	1999	中篇小说
	篁君日记	璇若	晨报副刊	1927.7.14	2000	
	篁君日记	璇若	晨报副刊	1927.7.15	2001	
	篁君日记	璇若	晨报副刊	1927.7.16	2002	
	篁君日记	璇若	晨报副刊	1927.7.18	2004	

（续表）

序号	篇　　名	署名	刊名	日　期	号（期）数	作品类型
	篁君日记	璇若	晨报副刊	1927.7.19	2005	
	篁君日记	璇若	晨报副刊	1927.7.20	2006	
	篁君日记	璇若	晨报副刊	1927.7.21	2007	
	篁君日记	璇若	晨报副刊	1927.7.30	2016	
	篁君日记	璇若	晨报副刊	1927.9.22	2069	
	篁君日记	璇若	晨报副刊	1927.9.23	2070	
	篁君日记	璇若	晨报副刊	1927.9.24	2071	
90	长夏（连载）	何远驹	晨报副刊	1927.8.1	2018	中篇小说
	长夏	何远驹	晨报副刊	1927.8.2	2019	
	长夏	何远驹	晨报副刊	1927.8.3	2020	
	长夏	何远驹	晨报副刊	1927.8.4	2021	
	长夏	何远驹	晨报副刊	1927.8.5	2022	
	长夏	何远驹	晨报副刊	1927.8.6	2023	
91	老魏的梦（连载）	疑斌	晨报副刊	1927.8.18	2035	短篇小说
	老魏的梦	疑斌	晨报副刊	1927.8.19	2036	
	老魏的梦	疑斌	晨报副刊	1927.8.20	2037	
	老魏的梦	疑斌	晨报副刊	1927.8.22	2039	

（续表）

序号	篇　　名	署名	刊名	日　期	号（期）数	作品类型
	老魏的梦	疑斌	晨报副刊	1927.8.23	2040	
92	筸人谣曲选（连载）	远桂	晨报副刊	1927.8.20	2037	诗歌
	筸人谣曲选	远桂	晨报副刊	1927.8.22	2039	
	筸人谣曲选	远桂	晨报副刊	1927.8.26	2043	
93	秋	甲辰	晨报副刊	1927.8.26	2043	诗歌
94	喽罗（连载）	璇若	晨报副刊	1927.9.5	2053	短篇小说
	喽罗	璇若	晨报副刊	1927.9.6	2054	
	喽罗	璇若	晨报副刊	1927.9.7	2055	
	喽罗	璇若	晨报副刊	1927.9.8	2056	
95	游二闸（连载）	沈从文	晨报副刊	1927.9.28	2075	散文
	游二闸	沈从文	晨报副刊	1927.9.29	2076	
	游二闸	沈从文	晨报副刊	1927.9.30	2077	
96	觑——瞟	甲辰	晨报副刊	1927.10.8	2085	诗歌
97	连长（连载）	璇若	晨报副刊	1927.10.24	2100	短篇小说
	连长	璇若	晨报副刊	1927.10.25	2101	
	连长	璇若	晨报副刊	1927.10.26	2102	

（续表）

序号	篇名	署名	刊名	日期	号（期）数	作品类型
98	《到世界上》自序（连载）	沈从文	晨报副刊	1927.10.26	2102	书序
	《到世界上》自序	沈从文	晨报副刊	1927.10.27	2103	
99	雪（连载）	沈从文	晨报副刊	1927.10.27	2103	短篇小说
	雪	沈从文	晨报副刊	1927.10.28	2104	
	雪	沈从文	晨报副刊	1927.10.29	2105	
	雪	沈从文	晨报副刊	1927.10.31	2107	
100	这个男人和那个女人（连载）	王寿	晨报副刊	1927.11.21	2128	短篇小说
	这个男人和那个女人	王寿	晨报副刊	1927.11.22	2129	
	这个男人和那个女人	王寿	晨报副刊	1927.11.23	2130	
	这个男人和那个女人	王寿	晨报副刊	1927.11.24	2131	
	这个男人和那个女人	王寿	晨报副刊	1927.11.25	2132	
	这个男人和那个女人	王寿	晨报副刊	1927.11.26	2133	
101	老实人（连载）	张蠖	晨报副刊	1927.12.7	2144	短篇小说
	老实人	张蠖	晨报副刊	1927.12.8	2145	
	老实人	张蠖	晨报副刊	1927.12.9	2146	

（续表）

序号	篇　　名	署名	刊名	日　期	号（期）数	作品类型
	老实人	张巇	晨报副刊	1927.12.10	2147	
	老实人	张巇	晨报副刊	1927.12.12	2149	
	老实人	张巇	晨报副刊	1927.12.13	2150	
	老实人	张巇	晨报副刊	1927.12.14	2151	
	老实人	张巇	晨报副刊	1927.12.15	2152	
	老实人	张巇	晨报副刊	1927.12.16	2153	
	老实人	张巇	晨报副刊	1927.12.17	2154	
102	艺术杂谈	自宽	晨报副刊	1927.12.12	2149	杂文
103	好管闲事的人（连载）	罗俊	晨报副刊	1927.12.19	2156	短篇小说
	好管闲事的人	罗俊	晨报副刊	1927.12.20	2157	
	好管闲事的人	罗俊	晨报副刊	1927.12.21	2158	
	好管闲事的人	罗俊	晨报副刊	1927.12.22	2159	
	好管闲事的人	罗俊	晨报副刊	1927.12.23	2160	
	好管闲事的人	罗俊	晨报副刊	1927.12.24	2161	
104	船上岸上（连载）	休芸芸	晨报副刊	1927.12.29	2165	短篇小说
	船上岸上	休芸芸	晨报副刊	1927.12.30	2166	
	船上岸上	休芸芸	晨报副刊	1927.12.31	2167	

（续表）

序号	篇　　名	署名	刊名	日　期	号（期）数	作品类型
105	杂谈	自宽	晨报副刊	1928.1.9	2172	杂文
106	南行杂记（连载）	璇若	晨报副刊	1928.2.1	2189	散文
	南行杂记	璇若	晨报副刊	1928.2.2	2190	
	南行杂记	璇若	晨报副刊	1928.2.3	2191	
	南行杂记	璇若	晨报副刊	1928.2.4	2192	
107	杂谈六	自宽	晨报副刊	1928.3.22	2239	杂文
108	新梦（连载）	王玖	晨报副刊	1928.5.1	2279	短篇小说
	新梦	王玖	晨报副刊	1928.5.2	2280	
	新梦	王玖	晨报副刊	1928.5.3	2281	
	新梦	王玖	晨报副刊	1928.5.4	2282	
	新梦	王玖	晨报副刊	1928.5.5	2283	
	新梦	王玖	晨报副刊	1928.5.7	2285	
	新梦	王玖	晨报副刊	1928.5.8	2286	
	新梦	王玖	晨报副刊	1928.5.9	2287	
	新梦	王玖	晨报副刊	1928.5.10	2288	
109	“紫禁城骑马”归来	自宽	晨报副刊	1928.5.18	2296	杂文

《湘行散记》的版本批评

李玲　彭林祥

李玲，广西大学文学院2017级研究生；
彭林祥，广西大学文学院副教授。

国家社科基金重大项目"中国现代文学名著异文汇校、集成及文本演变史研究"（17ZDA279）

《湘行散记》是沈从文创作中的经典散文作品，是研究沈从文、了解湘西风土人情的重要载体。从1934年的初刊发表到2002年《沈从文全集》的出现，《湘行散记》在近70余年的出版过程中，作者沈从文亲自（或参与）修改四次，先后出现了数十种不同的版本，学术界在研究该散文集或出版社在不断重印《湘行散记》时，选择的版本也各有不同。[1] 因此，梳理《湘行散记》的版本变迁，概括并分析修改内容，鉴定各版本优劣，显得尤为重要。

一、《湘行散记》的版本源流

1934 年年初，因母亲病危，沈从文匆匆赶回湘西老家看望。在这次往返湘西的路程中，沈从文以书信的形式不断把路上的“一切见闻巨细不遗全记下来”向夫人张兆和报告[2]。回到北平之后，沈从文把这些书信一一做出整理，然后又根据书信中部分内容陆续写成了一些散文，并以“湘行散记”为名陆续在报刊上发表。具体发表顺序及刊载报刊，如下表：

[1] 如赵顺宏的《〈湘行散记〉的审美意蕴》依据的是文集本《湘行散记》，刘学云的《沉痛隐忧与乡土悲悯——〈湘行散记〉：归乡主题的再演绎》使用的版本为全集本《湘行散记》，翟业军的《〈湘行书简〉〈湘行散记〉新论》使用的版本也为全集本《湘行散记》等。人民文学出版社 1992 版《沈从文别集——湘行集》（收入《湘行散记》）依据选集本重印；北岳文艺出版社 2002 年版《湘行散记》（插图本，包括《湘行书简》、《湘行散记》、《新湘行记》三部分）依据开明本编入，并增加了黄永玉的插图和卓雅拍摄的湘西风景图片多幅；北京十月文艺出版社 2008 年版《湘行散记》（收《湘行散记》、《湘行书简》、《湘西》、《烛虚》）以全集本（沿用了注释，但未采用插图）重印。

[2] 这些书信，沈从文生前未公开发表。1991 年由沈虎雏整理、编辑成《湘行书简》，编入《沈从文别集·湘行集》，1992 年由岳麓书社出版。

表1：《湘行散记》发表顺序及刊载报刊一览表

发表顺序	初刊时名称	报刊名称及期数	时间
1	湘行散记：鸭窠围的夜	《文学》第2卷第4号	1934年4月1日
2	湘行散记：一个同我过桃源的朋友[3]	《大公报·文艺副刊》第59期	1934年4月18日
3	湘行散记：一九三四年一月十八日	《大公报·文艺副刊》第74期	1934年6月13日
4	湘行散记：辰河小船上的水手	《文学》第3卷第1号	1934年7月1日
5	湘行散记：一个多情水手与一个多情妇人	《大公报·文艺副刊》第82期	1934年7月7日
6	湘行散记：五个军官与一个煤矿工人	《国闻周报》第11卷第29期	1934年7月23日
7	湘行散记：老伴	《学文》第1卷第4期	1934年8月
8	湘行散记：虎雏再遇记	《水星》第1卷第1期	1934年10月10日
9	湘行散记：滕回生堂的今昔	《国闻周报》第12卷第2期	1935年1月7日
10	湘行散记：桃源与沅州	《国闻周报》第12卷第11期	1935年3月25日
11	湘行散记：箱子岩	《水星》第2卷第1期	1935年4月10日

[3] 此篇收进散文集《湘行散记》初版时，篇名改作《一个戴水獭皮帽子的朋友》。

发表顺序	初刊时名称	报刊名称及期数	时间
12	湘行散记：一个近视眼朋友[4]	《水星》第2卷第2期	1935年5月10日

后因郑振铎的推荐，沈从文以“湘行散记”为名把这系列文章纳入商务印书馆出版的丛书“文学研究会创作丛书”，《湘行散记》于1936年3月出版[5]，是为初版本。沈从文利用出版单行本《湘行散记》之机，对发表后的各篇散文存在的瑕疵，从字、词到句、段，都进行了修改。该书出版后，有评论认为作者的创作带有浓厚的地方色彩，大多都是其生活实录，“是一本很可一读的创作，在作者自己也算是一部成功的创作，因为他在无论那一篇里，都能写得细致和美丽的……而且他也绝对不是空洞无物的”。[6]此书市场反响颇不错，当年8月就再版，1938年5月印至第三版。

1943年，桂林开明书店从4月份开始陆续出版沈从文修订的系列作品，统称“沈从文著作集”，散文集

[4] 此篇收进散文集《湘行散记》初版时，篇名改作《一个爱惜鼻子的朋友》。

[5] 由于出版时商务印书馆将《滕回生堂的今昔》的稿件丢失，因此仅收入11篇散文。

[6] 芸非：《书报评介：“湘行散记”》，《学风》（安庆）第6卷第6期，1936年9月15日。

《湘行散记》包括在内。利用这次出版之机，沈从文对《湘行散记》又进行了一次全面的修改。开明本的《湘行散记》于1943年12月出版[7]，是为开明改订本。开明本以一小孩的画作为封面，颇富童趣。此外，开明书店还为该书在1944年4月推出了土纸初版本。叶圣陶还为开明书店《湘行散记》写了广告，认为作者“对湘省的认识真确而深刻，他写各方面的问题，虽则似乎极琐细平凡，但是在一个有心人看来却极有意义，值得深思”[8]。开明本《湘行散记》问世后，销路也颇不错。1946年10月再版，1948年3月三版，1949年1月四版。

解放后，沈从文离开了文学界，转入历史文物研究，其作品鲜有机会得到重印（再版）。《湘行散记》在三十余年的时间里，没有机会再版。“文革”结束后，文学家的沈从文浮出历史地表，其作品陆续得以重印。80年代初期，四川人民出版社为沈从文印行了一套《沈从文选集》，《湘行散记》被收入选集中第1卷于1983年出版。在选集本的《序》中，沈从文表示该本选集的

[7] 在开明版《湘行散记》中，《滕回生堂的今昔》依旧未被收录。

[8] 叶至善、叶至美、叶至诚编：《叶圣陶集》第18卷，江苏教育出版社，2004年，第354页。

编选工作由凌宇负责。[9] 选集本《湘行散记》以开明本为底本进行修改，且从原载刊物上补录了《滕回生堂的今昔》。至此，散文集《湘行散记》终得以完整面貌示人。选集本《湘行散记》是在新的时代语境下出版，因此，比起初刊本、初版本和开明本，在排版上由直排变为横排，增加了注释 2 条，繁简字之间也做出了调整，对文中的一些字词句段也进行了增删、修改。同时，选集本在目录前添加了作者照片、作者手迹、出版说明和《序》。

1984 年 3 月，广州花城出版社和生活 · 读书 · 新知三联书店香港分店共同出版了《沈从文文集》，散文集《湘行散记》编入了文集的第 9 卷。在该书的版权页上，记载了凌宇作为本书的特约编辑参与了编选工作。文集本《湘行散记》以选集本为底本，同时又参考了开明本。文集本只修改了少量句段，其余只是对一些字词进行同义转换。文集本在目录前添加了作者照片、1936 年商务印书馆版《湘行散记》的封面和作者手迹。

2002 年 12 月，北岳文艺出版社出版发行了《沈从文全集》，《湘行散记》编入全集第 11 卷（收入同卷的还有《湘行书简》和《湘西》）。根据全集本记载，收

[9] 笔者曾就此事咨询参与过文集编选工作的凌宇先生，他说当时收入文集的文章主要由张兆和先生审阅，主要由张先生修改，并征得了沈先生同意。

进全集本的《湘行散记》是根据1934年开明书店改订本编入的，文中的改动只有7处，且皆为同义字词的转换，其余内容与开明本无异。但全集本《湘行散记》增加了注释34条，并有插图3幅。

近十余年来，以《湘行散记》为名的各种版本层出不穷。如人民文学出版社2003年版、北岳文艺出版社2002年版、北京十月文艺出版社2008年版、长江文艺出版社2010年版、天津人民出版社2013年版、江苏人民出版社2015年版，等等。这些版本要么以选集本或文集本重印，要么以全集本重印，文字上没有新的修改，版本研究价值不大。

总之，《湘行散记》自问世以来，先后出现了初版本、开明本、选集本、文集本、全集本等不同的版本。其中以初刊本到初版本、初版本到开明本、开明本到选集本的改动最大，而选集本到文集本、开明本到全集本则没有大的修改。

二、《湘行散记》初刊本到初版本的修改

由于初版本未收《滕回生堂的今昔》一篇，因此，把初刊本和初版本《湘行散记》进行对校时，共对校了11篇文章，初版本《湘行散记》在初刊本的基础上，共

修改[10]了179处[11]，这些修改主要体现在以下五个方面：

一是删减字、句，使文本表达更流畅。这方面的修改有35处。如《桃源与沅州》：

> 那个特派员的身体，于是被兵士用刺刀钉在城门木板上，示众三天，三天过后，方砍作五份，派火夫用箩筐抬到河边去，抛入屈原所称赞的清流里喂鱼吃了。（初刊本）
>
> 那个特派员的身体，于是被兵士用刺刀钉在城门木板上，示众三天，三天过后，便抛入屈原所称赞的清流里喂鱼吃了。（初版本）

作者把“方砍作五份，派火夫用箩筐抬到河边去”删去，避免了读者在阅读时联想到过于血腥的场景，也使句子表达更加简洁。再如《一个爱惜鼻子

[10] 确定修改处的标准是：标点符号变化未纳入统计；字、词的更换或删减为一处；字、词的增加为一处；字、词在一句中的顺序发生变化为一处；若在一句中有多处修改，则视为一处；增加一句话或一段话为一处；删掉一句话或一段话为一处。虽然按照这个计算修改次数的标准进行统计，但在具体统计中仍会有出入，难以做到绝对的准确，修改次数也只是一个大致的结果，供读者参考。

[11] 每一篇的修改次数如下：《一个戴水獭皮帽子的朋友》21处；《桃源与沅州》6处；《鸭窠围的夜》3处；《一九三四年一月十八日》11处；《一个多情水手与一个多情妇人》33处；《辰河小船上的水手》4处；《箱子岩》3处；《五个军官与一个煤矿工人》43处；《老伴》0处；《虎雏再遇记》20处；《一个爱惜鼻子的朋友》35处。

的朋友》：

这个人虽成天踢球，眼睛不能辨别面前的皮球同牛粪，心地则雪亮透明。（初刊本）

这朋友眼睛不能辨别面前的皮球同牛粪，心地可雪亮透明。（初版本）

由于前文已经在叙述他踢球了，把“这个人虽成天踢球”改为“这朋友”，直接与对他的评价相接，用简单明了的话语达到了最自然贴切的语言表达。

二是增加字、句，使意思表达更准确，文章的前后连贯更严谨。这方面的修改有89处。作者写作《湘行散记》系列散文时，是边写边刊，加之忙于编辑《大公报·文学副刊》等其他事务，“急就章”导致其作品在语词、句等方面欠斟酌之处不少。利用《湘行散记》初版之机，沈从文对作品中许多内容都做了补充，这些字、词、句的补充使文字表达和创作艺术方面趋于完善。如“等等向西方走去”改为“那卦上说，若找人，等等向西方走去”，增加语句后，前后句的衔接不至于太过突兀。“五个年青人皆呆着”改为“五个年青人皆呆了许久，骂了许久，也笑了许久。皆觉得被骗了一次”，改后的句子表现出五个年青人在面对矿工跳井后的表现，是五个军官递进化的情绪反应的体现，也可以展现出其性格特征。“我那理想中的伟人从此便失踪了”补充了“就生事打坏了一个人”，说明了虎雏“从此便失踪了”的原因，表达上更具因果连贯性。在《虎雏再遇记》里：

“我要骂人怎么样？我骂你，你到码头等我！”

小豹子被那军人折辱了，似乎记起我的劝告，一句话不说，摇摇头，默然钻进了船舱里。（初刊本）

“我要骂人怎么样？我骂你，我……你到码头等我！”

我担心这口舌，要喊叫它，“××！”

小豹子被那军人折辱了，似乎记起我的劝告，一句话不说，摇摇头，默然钻进了船舱里。（初版本）

初版本增加了作者喊虎雏的文字，既能表现作者当时希望勿生事端的心态，又对虎雏的性格做出了隐性补充。虎雏就像一头不愿吃亏的小豹子，被这军人折辱后必定不能忍受，更不会忽然“记起我的劝告”。因此，在作者喊他之后，他才会无奈地“摇摇头，默然钻进船舱”。

三是对文本叙述做出细节补充。这部分的修改有

48处。如“掌舵的把死者剩余的衣服交给亲长，烧几百钱纸手续便清楚了”一句中补充了“说明白落水情形后”，更符合生活常理。“长潭中日夜皆有五十只以上打鱼船，浮在河面取鱼”补充了“载满了黑色沉默的鱼鹰”；“码头间无时不有若干黑脸黑手脚汉子，把大块烟煤运送到船上”补充了“向船舱中抛去”等，这些补充不仅让语句更连贯紧凑，表现动作的完整性，也对苗民日常生活的场景做出更具体的描绘，使读者对当地生活有更多的了解。在《五个军官与一个煤矿工人》中：

第二天，那个矿工带领四个散移弟兄来到了，点了香烛，杀了鸡，把鸡血开始与烧酒调和。（初刊本）

第二天，那个狡猾结实矿工，带领四个散移弟兄来到了窑上，很亲热的一谈，见得十分投契，点了香烛，杀了鸡，把鸡血开始与烧酒调和。（初版本）

“狡猾结实”勾勒出矿工性格，“窑上”点明两方相会的地点，“很亲热的一谈，见得十分投契”体现五个军官的机智和矿工一行人的上当，为接下来故事的发展做铺垫。

四是对时间的真实性作出考证和修改。这方面的修改共 3 处。在《辰河小船上的水手》中：

> 我自从离开了那个水獭皮帽子的朋友以后，独自坐到这只小船上，已闷闷的过了三天。（初刊本）
>
> 我自从离开了那个水獭皮帽子的朋友以后，独自坐到这只小船上，已闷闷的过了十天。（初版本）

据《沈从文年谱》记载，1934 年 1 月 11 日，沈从文住进老朋友曾芹轩开的杰云宾馆，12 日在朋友曾芹轩的陪同下到达桃源，13 日沈从文从桃源上行离开。若以初刊本记载“过了三天”计算，三天后的日期则为 15 或 16 日，此时沈从文在缆子湾或鸭窠围，而本文后段说到隔天小船就到达目的地浦市。因此，初版本修改的“过了十天”比较符合年谱里记载的资料，即 1 月 20 日下午到达浦市[12]。

五是对当地的苗民生活、湘西风情等叙述作出修改。这方面的修改有 18 处。如“这些人自然也就完事了”改为“这些到地狱讨生活的人自然也就完事了”，把矿工工作的辛劳和危险做了精准的概括。矿工们没办法选择命运，也不得不承担生活的悲苦，但他们依旧努

[12] 吴世勇：《沈从文年谱》，天津人民出版社，2006 年，第 147—148 页。

力生活，表达了作者对这些在底层生活的人们的赞美。在《五个军官与一个煤矿工人》中：

河面一无所有，异常安静。煤矿停顿了，烧石灰人也逃走了。（初刊本）

河面一无所有，异常安静。上下行商船皆各停顿到上下三十里码头上，最美观的木筏也不能在河面见着了。煤矿全停顿了，烧石灰人也逃走了。（初版本）

商船在河面的消失，既表明当时湘西局势的紧张，又侧面表现出往日出现在河面上的商船把夜景装点得十分美丽的景象。

在30年代初的创作中，沈从文还处在不自觉的文体探索阶段。从某种程度来说，沈从文对各种文学体式间的区别并不是非常清楚。因此，有的诗像散文，有的散文则类似小说。他常打破小说、散文、诗歌和戏剧等传统文体的界限，把各种文体交融在一起。比如，沈从文常以写小说的方法进行散文创作，并把这种文体归为“小说游记”。沈从文自己也说过：“我愿意在章法外接受失败，不想在章法内得到成功。”[13]他不满足于简单记

[13] 沈从文：《〈石子船〉后记》（1931年），《沈从文批评文集》，珠海出版社，1998年，第222页。

述湘西的见闻，而是把写人叙事的小说笔法糅进游记散文，描写湘西的全部，包括山水、人情、风俗等，使之形成有机的整体。散文小说化是沈从文早期在写湘西系列时所采用的文体模式。初版本删掉了初刊本中一些情节描写和形象刻画，使叙述变简洁，又对历史时间做出真实性考证和修改，这是作者试图减弱小说的痕迹，增强散文的纪实性的表现。当然，初版本《湘行散记》的散文小说化痕迹依旧存在。

三、从初版本到开明本《湘行散记》的修改

将开明本与初版本《湘行散记》对校，沈从文在初版本的基础上又修改了 119 处（开明本同初版本均无《滕回生堂的今昔》一文）[14]。总体上讲，作者进一步对文章的艺术性进行了强化，主要体现在增加语句、细节补充和人物形象等方面。

一是增加语句，对文本细节处进行补充叙述。这方面的修改有 36 处。如“但不妨事，这人才真是一个活

[14] 每一篇的修改次数如下:《一个戴水獭皮帽子的朋友》20处;《桃源与沅州》0处;《鸭窠围的夜》11处;《一九三四年一月十八日》8处;《一个多情水手与一个多情妇人》15处;《辰河小船上的水手》4处;《箱子岩》2处;《五个军官与一个煤矿工人》10处;《老伴》7处;《虎雏再遇记》16处;《一个爱惜鼻子的朋友》26处。

鲜鲜的人”中补充了“把两种性格两个人格拼合拢来”，补充部分使“活鲜鲜的人”有了划定的范围。“那女人笑着不理会”补充为“抿嘴笑着”，把夭夭的神情具体化。“两只耳朵”改为“两只冻得通红的耳朵”，“同我握手，大声说道”补充了“握得我手指酸痛”，这些细节部分表现了人物的动作和神态，也刻画出人物率真的性格。

二是增强苗民的形象刻画。这方面的修改有 17 处。如“你真是……从京里来的人，简直是个京派”后补充了“什么都不明白。入境问俗，你真是……”，刻画出印瞎子紧张害怕的神情，如今的他只能在社会环境中苟且偷生。“夭夭小婊子偷人去了！投河吊颈去了”前补充了“叫骡子又叫了”，丰富了夭夭诙谐洒脱的性格。生活虽不易，但夭夭们在面临贫贱时，不逃避也不心生畏惧，而是选择平静接受，坚韧地活下去，并保持积极乐观的常态。《一个戴水獭皮帽子的朋友》中：

他钻进舱里笑着轻轻的向我说：“牯子老弟，我们看好了的那幅画，我不想买了。我昨晚上还看过更好的一本册页！”

“你又迷路了吗？你不是说自己年纪已老了吗？”

……

于是他同一匹豹子一样，一纵又上了岸，船就开了。（初版本）

他钻进舱里笑着轻轻的向我说："牯子老弟，我们看好了的那幅画，我不想买了。我昨晚上还看过更好的一本册页！"

"什么人画的？"

"当然仇十洲。我怕仇十洲那杂种也画不出。牯子老弟，好得很……"话不说完他就大笑起来。我明白他话中所指了。

"你又迷路了吗？你不是说自己年纪已老了吗？"

……

"一路复兴，一路复兴，"那么嚷着，于是他同一匹豹子一样，一纵又上了岸，船就开了。（开明本）

开明本丰富了"牯子大哥"的形象。他是故作风雅的，也是豪爽直率的，代表了湘西人民原始、自然、纯朴的品质。

除此之外，初版本中出现的"皆"、"莫不皆"在开明本中或改为"都"、"就"，或被删除，还有一些词被同义且更具白话文意义的词语取代，如"快愉"、"钓网"、"那儿"、"为得是"改为"愉快"、"鱼网"、"哪儿"、"为的是"等等，但这些字词的改变还不彻底。

1940年代以来，沈从文的文笔更趋于成熟，修改后的开明本《湘行散记》在内容上虽还有散文小说化特征，但在艺术上作者开始节制情感。同时，出于对读者、文坛人士的批评和自身进行文字试验等因素，沈从文在作品中着意减少了湘西方言的同时，形成了自己独特的语言风格。凌宇曾称："沈从文成熟期小说的语言，具有独特的风貌——格调古朴，句式简峭，主干凸出，少夸饰，不铺张，单纯而又厚实，朴讷却又传神。"[15] 在开明本《湘行散记》中，作者又对一些时间、数字以及地点进行考证和修改，对人物描写的内容进行了削减。总之，从初版本到开明本的修改，《湘行散记》的艺术性得到提升，语言的流畅性也得到完善，对细节的补充和湘西风情的刻画也充满更多的表达力量。同时，散文的小说化痕迹在开明本中被进一步削弱，纪实性增强。

四、从开明本到选集本《湘行散记》的修改

选集本《湘行散记》的前11篇以开明本为底本进行修改，并据原载刊物上补入《滕回生堂的今昔》，至此，选集本《湘行散记》共收文12篇。选集本最直观

[15] 凌宇：《从边城走向世界：对作为文学家的沈从文的研究》，三联书店，1985年，第318页。

的改变是在排版上由直排变为横排，添加注释 2 条、作者照片、作者手迹、出版说明和《序》等副文本。与开明本对校（加上《滕回生堂的今昔》与初刊本对校），选集本《湘行散记》在文字上又修改了 372 处[16]。选集本的修改主要体现在以下方面：

一是增加字句或调整字句顺序，使表述更细致、更连贯。这方面的修改有 143 处。如“白脸长身女孩子”补充了“头发黑亮亮的”；“上岸走去”补充为“上南岸走去”；“许多等待修理的小船，皆斜卧在岸上”改为“一字排开斜卧在岸上”等。添加的词语使人物形象、行动方向和物品位置更具体。“‘是你！是你！……’”改为“‘是你！是茂林！……’‘茂林’是干爹给我起的名字”，叫出“茂林”，更能表现大哥时隔多年仍记得作者，见到作者时不敢置信的心情。但是，选集本也有对人们的生活描写进行删减的，如在《一个多情水手与一个多情妇人》中：

锅中蒸了一笼糯米饭，长年覆着搁在门口的老粑

[16] 每一篇的修改次数如下：《一个戴水獭皮帽子的朋友》30 处；《桃源与沅州》40 处；《鸭窠围的夜》15 处；《一九三四年一月十八日》17 处；《一个多情水手与一个多情妇人》14 处；《辰河小船上的水手》15 处；《箱子岩》52 处；《五个军官与一个煤矿工人》36 处；《老伴》59 处；《虎雏再遇记》17 处；《一个爱惜鼻子的朋友》52 处；《滕回生堂的今昔》25 处。

槽，那时节业已翻动，粑槌也洗得干干净净，只等候把蒸熟的米饭倒下，两人就开始在一个石臼里捣将起来。……（开明本）

锅中蒸了一笼糯米饭倒下，两人就开始在一个石臼里捣将起来。……（选集本）

开明本对人们过年时蒸糯米饭的过程有详细叙述，丰富了过年时节苗民忙碌也欢乐的景象。在选集本中，这段描写只是简单掠过，刻画乡民生活的艺术表现力被削弱了，但这或许也恰是试图削弱小说成分的体现。

二是对地名、人名、数字、时间做出修改，这方面的修改有33处。如“武陵地方某大旅馆”具体为“武陵地域中心春申君墓旁杰云旅馆”；“其中一个是我的同宗兄弟”补充了“名叫沈万林”；《虎雏再遇记》里的“××，××”具体为人名“祖送”；“那一天正是五月初五”改为“五月十五”，这些经过仔细考证后的修改使文本叙述更具历史真实性。但选集本中也有与历史真实性不尽相符的修改：

十四年后我又有了机会乘坐小船沿辰河上行，应当经过箱子岩……计算那什长年龄，二十一岁减十四，得到个数目是七。（开明本）

十五年后我又有了机会乘坐小船沿辰河上行，应当经过箱子岩……屈指计算那什长年龄，二十一岁减十五，得到个数目是六。（选集本）

作者回到湘西看望母亲的时间在1934年初，若据选集本中十五年进行计算，作者上次沿辰河上行的时间就是1919年，但据《沈从文年谱》记载，1919年1月，沈从文随部队移驻到怀化镇，并在怀化镇驻守一年。1920年，由于“靖国联军”内部摩擦，沈从文所在的部队撤出芷江，返回辰州。同年7月，离开辰州驻地回到老家凤凰。[17]因此，若以开明本中十四年进行计算，与年谱所记载的时间正好相符。《滕回生堂的今昔》中也出现与历史真实性不相符的修改：

民国二十二年旧历十二月十一，距我同那座大桥分别时将近十八年。（初刊本）

民国二十二年旧历十二月十九，我同那座大桥分别时将近十八年。（选集本）

据《沈从文年谱》记载，作者于1934年1月22日

[17] 吴世勇：《沈从文年谱》，天津人民出版社，2006年，第10—11页。

到达老家凤凰，1 月 27 日离开家乡返回北京。[18] 将民国二十二年旧历十二月十九转换成新历是 1934 年 2 月 2 日，而民国二十二年旧历十二月十一转换成新历是 1934 年 1 月 25 日，此时作者还未离开家乡回京。因此，开明本所记载的日期更符合历史事实。

三是对文本细节做出补充。这方面的修改有 73 处。如“长街尽头飘扬着税关的幡信”补充了“用红黑二色写上扁方体字”；“五人皆作商人装束，其中有四个各扛了小扁担”补充为“贵州商人装束”、“扛了担贵州出产的松皮纸”；“军需官”、“副官长”和“副官”前都加了军衔，“老弱兵士”也补充是“新刷下来的”。这些细节补充使读者对当时环境、场面和军队情况有了更具体的了解。

四是对湘西地域特有风景和风情民俗的修改，这方面的修改有 27 处。如“向游客发个利市”后补充了“来个措手不及，不免吃点小惊”；“敲着船舷各处走去”补充了“用木棒槌有节奏的”。对湘西风情描写还有如下修改：

石壁半腰中，有古代巢居者的遗迹，石罅间悬撑起

[18] 吴世勇：《沈从文年谱》，天津人民出版社，2006 年，第 148—149 页。

无数横梁，暗红色大木柜尚依然好好的搁在木梁上……把百子边炮从高岩上抛下，尽边炮在半空中爆裂。（开明本）

石壁半腰约百米高的石缝中，有古代巢居者的遗迹，石罅隙间横横的悬撑起无数巨大横梁，暗红色长方形大木柜尚依然好好的搁在木梁上……把“铺地锦”百子鞭炮从高岩上抛下，尽鞭炮在半空中爆裂，形成一团团五彩碎纸云尘。（选集本）

选集本中对湘西风情民俗的修改，让读者看到一个宛若桃花源般的湘西，湘西的独特风景依靠着自然的原始依托，更让人感受到平凡生活中的美好，同时也负载着作者的赞美情怀。

五是对苗民性格和生活场面的修改，这方面的修改有 21 处。如“想到这些眼泪与埋怨，如何揉进这些人的生活中”的“生活”改成“生命”；“十个铜子一天”后补充“我还不满师，哪会给我关饷”。在《桃源与沅州》里：

我还想说他们的行为，比起风雅人来也实在道德的多。（开明本）

我还想说，他们的行为，比起那些读了些“子曰”，

带了五百家香艳诗去桃源寻幽访胜，过后江讨经验的“风雅人”来，也实在还道德得多。（选集本）

水手在艰难的生活压迫下每日奔波，他们的工作卑微，地位低下，修改后的句子更能体现水手的生活艰难。同时，通过对比水手野性的原始和“风雅人”的虚伪，把水手真善美的品质展现，表现作者对这些有隐忍、坚持、原始、纯真性格的底层人民的赞美。再如《一个戴水獭皮帽子的朋友》里：

他笑了，“沈石田这狗肏的，强盗一样好大胆的手笔！”……从三岁起就欢喜同人打架，为一点儿小事，不管对面的一个大过了他多少，也一面辱骂一面挥拳打去。（开明本）

他笑了，“沈石田这狗养的，强盗一样好大胆的手笔！”说时还用手比划着，“这里一笔，那边一扫，再来磨磨蹭蹭，十来下，成了。”……从五岁起就欢喜同人打架，为一点儿小事，不管对面的一个大过他多少，也一面辱骂一面挥拳打去。不是打得人鼻青脸肿，就是被人打得满脸血污。（选集本）

对牯子大哥语言、动作和往事的补充，丰富了他原始野性的乡民气息，虽然剽悍、粗犷，甚至满口脏话，但他却给人自然、洒脱的感受，苗民形象也就丰富起来了。

但需要注意的是，选集本中一些改动使表述显得啰嗦，表达不够简洁，反而丧失了作家语言表达的原味。如在开明本里，“脏东西”、“活辞典”、“唯一的行业”、“新东西”、“一二作家”等词到了选集本里，就修改为“瓜果皮壳脏东西”、“活生生的大辞典”、“唯一的快乐行业”、“对我说来还可说是极新的东西”、“三五稍稍知名或善于卖弄招摇的作家”等。还有一些句子上的修改，如开明本里“看到他们那么大声吵骂”到了选集本改为“看到他们那么气急败坏大声吵骂无个了结”、“这大虫有时昂的一吼，山谷响应许久”改为“这大虫有时白天‘昂’的一吼，夹河两岸山谷回声必响应许久”、“可以到小街上买点东西”改为“可以到城里城外一条正街和小街上买点东西”等，这些修改虽使表达更细致，却又造成了语言的拖沓，有画蛇添足之感。加之张兆和亲自参与对文本的具体修改，改变了作家独有的语言表达习惯。

此外，随着时代以及政治环境的变化，选集本的修改自然受到了影响。如把“毛泽东”都改为“毛委员”；在初版本或开明本中还颇忌讳的词如“革命”、“狂热”、

"长沙"以及一些政治人物如顾千里、张采真等在选集本中出现。这些修改从侧面体现中国几十年来发生的政治变革。

总之，尽管选集本《湘行散记》的修改在表达方面变得细致、充分了，却又显得不够简洁，造成了语言艺术上的拖沓。加之张兆和的介入，改变作品的语言习惯。同时，选集本对历史时间的修改，与历史事实不尽相符，这也对选集本在叙述真实性方面造成一定影响。这一次的修改并未让作品在艺术上得以完善。也正因如此，后来全集本《湘行散记》并没有以选集本为底本收入，而是选择了开明本作为底本。

五、文集本、全集本《湘行散记》的修改

文集本以选集本《湘行散记》为底本，在选集本的基础上修改了近50处。其中包括9处句子的修改和2段文字的删减。另外，有几处修改参照了开明本，又恢复到了开明本的叙述语句。如"便在那龌龊不堪万人用过的花板床上"(开明本)，到了选集本则删掉"龌龊不堪"一词，而文集本又改回该词。"如何揉进这些人的生活中"(开明本）在选集本中把"生活"改为"生命"，文集本又改为"生活"。由于开明本没有收入《滕回生

堂的今昔》一文，因此，文集本对此文的修改以选集本为底本的同时，也参照初刊本进行修改。如初刊本中“大人，把少爷拜给一个吃四方饭的人作干儿子”，到了选集本添加上“少爷属双虎，命大”，文集本又将该句删去。除此之外，文集本中的修改部分大多是对字词进行同义替换，如“流行歌曲”、“山岨”、“天晚了”、“匣子炮”、“干儿子”、“干爹”等分别替换成“新歌”、“山嘴”、“天夜了”、“盒子炮”、“寄儿”、“寄父”等。其余内容与选集本相同，不作改动。可以说文集本是以选集本为底本又参考开明本（《滕回生堂的今昔》参照初刊本）而形成的一个新版本。

全集本前11篇以开明本《湘行散记》为底本，《滕回生堂的今昔》据原载刊物编入。全集本在开明本基础上的修改只有7处，每一处修改都是字词的同义转换。如“北京”、“一分”、“道德的多”、“长”、“她”、“木椿”改为“北平”、“一份”、“道德得多”、“涨”、“它”、“木桩”。但是，为了便于读者对其内容的理解以及增加纪实性，增加了注释34条[19]、插图3幅等副文本因素。

在我看来，《湘行散记》在版本变迁的过程中，沈

[19] 主要包括对文中涉及的方言（6条）、地名（4条）、历史人物或文学作品中人物（11条）、时间（2条）、历史传说（2条）、书名及出处（5条）等的解释或说明。

从文（包括张兆和）对文本进行了多次修改，体现出作者对作品孜孜以求、精益求精、不断追求完美的精神。在众多版本中，开明本虽仍存在散文小说化的特征，但其文本的思想性、语言表达的艺术性得到丰富和深化，文本内容的真实性和精准性更符合历史事实，开明本《湘行散记》是众多版本中最好的一个版本。

《从文自传》初版本与开明本汇校

周秋月
东华理工大学硕士在读。

《从文自传》作为沈从文生平经历的自叙，既为我们再现了他前期的人生经历，也让我们找到了他小说创作中的许多重要素材，对于沈从文的生平研究以及创作素材研究都具有极其重要的价值。但“我的作品，下笔看来容易，要自己点头认可却比较困难”。[1] 出于这种

[1] 沈从文:《从文自传·附记》,北京十月文艺出版社,2013年,第284页。

原因，再加上沈从文作品再版次数多，沈从文对自己的作品总是一改再改，调整补充，以求尽善尽美。《从文自传》作为其生前不断修改的作品，自 1934 年初次由上海第一出版社出版以来，到 1984 年收入《沈从文文集》第九卷，历时五十年，除初版本外，又“出现了良友本、开明本、史料本、人文本、选集本、文集本等不同版本”。[2] 而后各大出版社也就根据包括初版本在内的这七个版本再版，抑或综合几种版本再版。

版本众多就使得此书的流通极其多样且混乱，而不同版本之间的疏离也使得研究者在参考时难以取舍，莫衷一是。对于《从文自传》各版本源流的综合研究，此前已有广西大学彭林祥副教授于《〈从文自传〉的版本问题》一文中做过阐述，但具体版本之间的详细差异未引起应有重视，鉴于此，本文将对《从文自传》的两个重要版本——初版本和开明本进行详细汇校，以期这一繁琐的工作能够使我们更为了解沈从文作品创作的美学追求，并揭示不同时期沈从文思想的演变。

[2] 彭林祥：《〈从文自传〉的版本问题》，《中国现代文学研究丛刊》2016 年第 3 期，第 41 页。

一

1932年，沈从文受邵洵美邀请在青岛完成这部自传，讲述自己1902–1922年进入都市前的人生经历，即沈从文的湘西经历。写作很顺利，仅历时三个星期，然而出版过程却较为曲折，直到1934年7月才得以出版问世。自传共十八个篇章，共计六万余字，中间经过一次修改后（良友本），四十年代初沈从文又仔仔细细将这部作品从头到尾、细针密缕地进行了一次修改（即开明本），此次修改遍布全书，云屯雾集，可谓大刀阔斧。经过此次修改，开明版《从文自传》增至近七万字（六万八），通过对这两个版本逐字逐句地对校统计，笔者发现，从初版本到开明本总计修改1533处。为更进一步明晰各篇章具体修改情况，基于初版本，本文将开明本《从文自传》内容增删数据列举如下（见表1）：

表1：开明本《从文自传》各章增删数据一览表

篇名	增	删	改	总计	标点合计
《我所生长的地方》	29	15	22	66	5
《我的家庭》	6	2	6	14	7
《我读一本小书同时又读一本大书》	90	17	68	175	25

（续表）

篇名	增	删	改	总计	标点合计
《辛亥革命的一课》	39	12	40	91	25
《我上许多课仍然不放下那一本大书》	84	27	50	161	28
《预备兵的技术班》	26	14	22	62	13
《一个老战兵》	21	14	32	67	15
《辰州（即沅陵）》	34	10	32	76	13
《清乡所见》	18	3	16	37	4
《怀化镇》	55	8	32	95	19
《姓文的秘书》	13	6	12	31	4
《女难》	49	10	63	122	32
《常德》	28	13	24	65	10
《船上》	11	5	9	25	4
《保靖》	47	16	38	101	22
《一个大王》	111	29	70	210	34
《学历史的地方》	17	5	29	51	19
《一个转机》	42	6	36	84	25
合计	720	212	601	1533	304

从表中可以看出这些修改主要包括字词的增、删或更替，其中删除处较少，最主要的还是增添字词句，共计 720 处，其次是对字词句的重新斟酌并修改，共计 601 处。字词的修改包含以下几个重要方面：其一，将许多带有文言色彩的字词替换为了更为白话、通俗的字

词，如将“皆”改为“都”，将“各”改为“共同”，将“尚好”改为“很好”，“故”改为“因此”，“方”改为“才”……诸如此类的改变，合计 104 处，其中对“皆”字的修改最多，达 57 处，不过修改并不彻底，有的同一句话中相同两处字词，却只修改一处，如初版本《女难》一篇第八自然段中的“第三次消息来时，却说我们军队全部皆覆灭了，营长，团长，旅长，军法长，秘书长，参谋长完全皆被杀了”。其它改变暂且不谈，这一句中两个“皆”字，到了开明本，第一个“皆”字改为了“都”，第二个“皆”字却没有修改。其二，开明本将初版本中的“仍然”一词都改作了“还”、“依然”、“还是”、“照旧”或是直接删掉，共计 13 处；将“要的是”里的“的”都改作了“得”；将“过某处去”里的“过”都改成了“到”。最后，标点的增加与订正也是其中很重要的一部分，1533 处修改中，标点共计 304 处。细枝末节的修改，让我们看到作者严肃认真的创作态度。

沈从文写这本自传时，是抱着“不断变换作品的内容和形式，用不同的方法处理文字组织故事，进行不同的试探”[3] 的态度进行创作。所以，在写作中并未完全按

[3] 沈从文:《从文自传·附记》，北京十月文艺出版社，2013 年，第 284 页。

自传的要求来，而是带有小说笔法，具体体现之一就是对年代、数字的模糊。而在开明本中，作者却有意使一些表述显得更精确，如初版本中《我所生长的地方》一篇第二段“在那城市中，安顿了无数人口”到了开明本便改为“在那城市中，安顿下三五千人口”。再如初版本第三段中“凡是有机会追随了屈原溯江而行那条常年澄清的辰水，向上走去的旅客和商人”至开明本改为“凡有机会追随了屈原溯江而行那条常年澄清的沅水，向上游去的旅客和商人”。将“无数”改为“三五千”，将“辰水”改为“沅水”，正是这些精确细致的修改令开明本得以减弱初版本中小说的痕迹，使得自传的真实性增强。

二

除了字词句以及标点这样细微的修改之外，《从文自传》还有许多重大增删处，如整个段落的增删。为进一步分析不同时期沈从文创作心理历程的演变，将开明本《从文自传》较之初版本《从文自传》的重要增删情况列举如下（见表 2）：

表 2 开明本《从文自传》重要增删内容一览表

篇名	重要增删说明
《我所生长的地方》	本篇并无段落的大增删，只是字句的修改处较多，而字句修改中多修改一些表述模糊的年代、数字词，增强了内容和表述的真实性。
《我的家庭》	增补了关于自己父亲信息的补充叙述；第 2、4 段增补母亲在军营中生活过的经历，侧面烘托作者受“军门之家”影响所养成的胆气与才识，以及好冒险的个性。
《我读一本小书同时又读一本大书》	第 11 段增补自己逃学后在学校受到的处罚； 第 15 段末增补边街饭铺鱼干挂在铺外拟人化可爱的神态，充满童趣； 第 19 段增补木匠同我说话时的神态和动作； 第 24 段对话中增补木匠说话神态； 增补第 31 段，写逃学后无所畏惧跑去人家园地里偷水果的趣事。
《辛亥革命的一课》	增补了第 4 段“我”不明混乱政治局势，天真地向表哥讨要花公鸡的对话； 第 28、36 段增补了自己对于被捕的无辜人民的同情。
《我上许多课仍然不放下那一本大书》	第 3 段增补“我”用泥塑教员后取的具体的名字。
《预备兵的技术班》	第 14 段末增补一句自己对于姊姊的死的看法。

（续表）

篇名	重要增删说明
《一个老战兵》	无重大增删。
《辰州（即沅陵）》	第13段增补“我”第一次进衙门的具体印象。
《清乡所见》	无重大增删。
《怀化镇》	将初版第6段拆分为两个自然段； 增补第13段写副官派人摆赌抽头； 第26段末增补在拷打无知乡民时作者录口供的情形。
《姓文的秘书》	无重大增删。
《女难》	第21段增补错以为那女孩也爱“我”的情形。
《常德》	第7段末增补写“我”这乡巴佬对于“城里人”及城里生活的好奇与惊讶。
《船上》	第1段增补我欠下账来的具体心境； 第3段末增补写到说此处描写的朋友就是其后《湘行散记》中的人物的注释。
《保靖》	第15段末增补了一句自己对于生命的看法。

（续表）

篇名	重要增删说明
《一个大王》	第 2 段增补了一句自己当时对于女人的态度； 增补第 28、29 段写了两句大王同女土匪的对话； 第 31 段增补写在听闻女匪死后，自己的心情； 增补第 37 段写到自己在龙潭住了半年； 第 46 段末增补旅长而后不得善终的事。
《学历史的地方》	第 8 段删除段落中分散描述的各个朋友以后的遭遇，又统一将各人遭遇增补到段尾。
《一个转机》	第 1 段增补写到调进报馆后的具体住宿环境； 第 2 段增补我与印刷工人谈论冰心《超人》的对话。

从图表中可以看出重要的删减很少，大部分都是一些增补，共增补 6 个自然段，过往细节以及对话具体内容是增补的主要方面。除此之外，更重要的增补是一些表达沈从文在新时期的新思想以及对于往昔岁月的自我批判与审视的内容。《从文自传》作为个人记忆的书写，真实地展示了沈从文对于人生的选择和对于自我的认知，他用温习个人生命发展过程的方式为我们描绘滋养了他的写作生命的湘西世界。而从初版本到开明本的演进，不仅展示沈从文对于艺术精益求精的追求，也展示

出他在不同历史时期的心路历程及对于现实的认知。

三

语言是作品内容的构成，它直接影响到了作品的气质、氛围和风格。《从文自传》初版本到开明本的修改既是对于作品字词句的订正，更是文本整体风格的再塑造。

许多关于沈从文作品语言风格的研究都表明其前期作品多口语化，而后期反而从口语化走向更加雅化、诗化。但经过此次版本对比，笔者却发现了另一面，从初版本到开明本，就词汇的修改来说，反倒恰好是从文言词汇的使用转变到通俗化、口语化。[4]二三十年代，沈从文的创作还不自觉地从自己阅读的大量宋人笔记中吸取营养，重诗意，重神韵，许多词汇都有文言色彩的痕迹。到了三十年代末四十年代初，沈从文创作又向前走了一步，口语化和散文化已经锤炼得更加精致、流畅。沈从文在《从文自传》史料本附记中也表示“本人学习用笔还不到十年，手中一支笔，也只能说正逐渐在成熟中，慢慢脱去矜持、浮夸、生硬、做作，日益接近自然……前一段十年，基本上在学习用笔……”。其创作

[4] 具体参照本文第一部分。

语言从矜持生硬到自然流畅，这在此次版本校勘也得以体现出来。具体说来：首先是作者将文言色彩的词汇替换为了口语化的通俗字词，使得开明本《从文自传》比初版本更加自然淳朴，符合沈从文的湘西叙事风格。由此可见，与一般所说沈从文的创作是一个诗化的过程不同，从初版本到开明本的修改所体现的非但不是从口语到诗化，反而是将词语修改得更加通俗。但是应该强调的是，这也并非是直接将作品修改得直白简易，因为另一方面，对于《从文自传》多处细节的增补完善，使得文言字词改到通俗字词却不至破坏作品的神韵，反而能使作品于平淡中见奇崛，从做作、生硬走向自然流畅、漫不经心。其次，对于以前遣词造句的旧习惯的更改也是很重要的一点。“句法短峭简练，富有单纯的美，沈从文常以此自夸，这种风格的造成，是他有意的努力。”[5] 在《从文自传》修改中我们便可看见作者的此种努力，例如在《我读一本小书同时又读一本大书》一篇第六段中有一句从初版本的“逃学记录点数，在当时便比任何一人为高”改为开明本的“逃学记录点数，在当时便比任何一人都高”。再如《我生长的地方》一篇第四段将“长时期处置到政治”改为“长时期管理政治”，

[5] 苏雪林：《沈从文论》，原载《文学》1934 年 9 月第 3 卷第三期，转引自《苏雪林选集》，安徽文艺出版社，1989 年，第 457 页。

将晦涩且不符合用语习惯的词语句子进行修改，使得语言更为自然。然后是对于助词“的”的删减，开明本《从文自传》的修改，增补为主，删减很少，但助词“的”的删除就达 20 处之多。助词“的”会迫使语言成分增加，产生累赘感，为确保句子的简明朴素，短峭凝练，沈从文在开明本中将文中的助词“的”能删就删，删到最为简练，达到古朴的韵味。此外，标点的修改是开明本《从文自传》的修改中最细微的，在修改中所占比例也不小，达到近五分之一，单从这一点修改上我们就能看出作者对艺术完美的无上追求。总之，《从文自传》从初版本到开明本的修改，足以使我们看到沈从文对其作品的精雕细刻、精益求精，以及对于作品语言简明自然、清新质朴的美学追求。

此次修改除了可以从词汇方面看出沈从文对于作品语言的美学追求外，也可从重大修改处窥见不同时期其思想和对于过往经历看法的转变。在写《从文自传》的时候，沈从文正在青岛大学做讲师，那时候“学习情绪旺盛，工作效率高”，因此仅仅花费三周时间完成创作。而此时沈从文离开湘西不过十年，这个“不过”是相较开明版修改《从文自传》时而言的，在青岛大学任教期间是沈从文创作生命十分旺盛的时期，他曾这样回忆这段时期：“民廿过了青岛，海边的天与水，云物和草木，重新教育我，洗炼我，启发我。又因为空暇较多，不在图书馆即到野外，我的笔有了更多方面的试探。且起始认识了自己。”沈从文在此先后创作了《从文自传》、《记丁玲》、《月下小景》、《八骏图》等重要作品，其代表作《边城》也是在此酝酿而成。在写作《从文自传》之前，沈从文也早已出版和发表了大量的作品，[6]成为备受瞩目的作家。在青岛期间，沈从文不仅在文学创作上获得了丰收，还结交了一大批情意相投的学者、教授、朋友，如杨振声、闻一多、赵太侔、陈翔鹤、宋春舫、臧克家等。此外，也是在创作《从文自传》这一年的暑假，沈从文对张兆和长达三年的情书追求终于有了一个美满的结果。凡此种种，生活不可谓不如意。因此在回忆起湘西岁月来时，更多的是温情，况且时日还不甚久远，在描绘起来的时候也就并没有像后期修改时那样增补更多的怀念与审视。

离开青岛大学以后，四十年代初，桂林开明书店计划出版沈从文修改后的作品，沈从文便在良友本的基础上对《从文自传》进行了再次修改，十年过去，沈从文此时的心境却完全不同于初了。1938年，炮声将沈从文从北平“驱逐”到了昆明，这一待，就是八年。在这期

[6] 沈从文公开发表小说始于1924年12月22日在《晨报副刊》发表的《一封未曾付邮的信》，署名休芸芸。而后又陆续出版和发表了许多作品，重要作品如《虎雏》、《记胡也频》等。

间，他把创作眼光转移到了散文上来，到昆明不久后便创作了《湘西》，这部沉郁稳重、略带感伤心情的著作，淡化了对于湘西的赞美之情，某些篇章[7]甚至透露出对于当时时局的愤懑。1939年，沈从文的一篇《一般或特殊》引起关于“反对作家从政”的论争，他也因此受到了来自左翼文学家的批评指责。此外，在联大授课也并不愉快，小学学历的沈从文时常被其他教授瞧不起。“可以说，昆明八年，对于沈从文而言，不仅仅是居住地、生活环境上的变更，更是人生阅历、思想追求相应地在创作上有自觉追求和突破的特殊阶段。”[8]这此后，沈从文将自己置身于社会潮流之外，不无自负地继续营造自己的文学梦，这也使他陷入两难境地。一句“政治上的自弃，文学上的自负”[9]最能概括出他这个时期的生活状态。

在抗战文艺轰轰烈烈开展的四十年代，沈从文却被挤出社会，与文坛的热闹游离，渺小而寂寞地生存着，内心矛盾折磨着这个时期的沈从文，于是，他越来越面向自我内心，思考生命的形式，进入沉思时期。除了能在这个时期的作品中发现这些沉思之外，其实在他

[7] 如《辰溪的煤》等。

[8] 吴正峰：《论后期沈从文创作艺术的现代追求》，《求索》2005年第3期，第157页。

[9] 邱艳萍：《四十年代沈从文研究——1938到1949年沈从文精神及心理探寻》，西南师范大学，2001年。

对自己以前作品的修改中也可窥见二三。通过初版本和开明本的校勘，就可以窥见他四十年代思想的新变化。其一，修改中增添了很多童真童趣性事件的细节描写，这个时期在昆明被动地远离社会潮流的沈从文，距离上一次回到家乡凤凰已有近十年光景，[10] 重新翻阅润色自己三十年代的作品，回顾儿时的记忆再看看眼前的失落，沈从文更加怀念起儿时的童真淳朴，于是增加很多充满童真的描绘。如初版本《我读一本小书同时又读一本大书》第十五段中“又有小饭铺，门前有竹筒插满了用竹子削成的筷子，有干鱼同酸菜，用钵头放在门前柜台上”到开明本增补后为“边街又有小饭铺，门前有个大竹筒，插满了用竹子削成的筷子，有干鱼同酸菜，用钵头装满放在门前柜台上，引诱主顾上门，意思好像是说，‘吃我，随便吃我，好吃！’每次我总仔细看看，真所谓过屠门而大嚼。”又如同篇中开明本增补的第三十五段。[11] 其二，开明本对于《从文自传》的修改中，增补了很多具有思想性、自我审视性的句子。如开明本中多处增补展现乡下人与城里人的对立的句子，体现他四十年代与社会的隔阂加深。虽则初版本中也充满了作者对于自己“乡下人”的嘲弄，而开明本又有更

[10] 1938 年逃往昆明途中，沈从文也回了一次湘西，但也只到沅陵，未曾回到凤凰。

[11] 详见表二。

近一步的增加。第一篇第一段就添了句“我应当照城市中人的口吻来说”；《常德》一篇中“在我这乡巴佬的眼中……”；沈从文时时把自己的姿态摆正，跟“城里人”对立起来，在《女难》一篇中写到自己的乡下人气质，到修改时又加上一句“到任何处总免不了吃亏”。《一个转机》里添加的“一看情形知道我是乡巴佬”。可见在混乱社会或者说是城里漂泊的这些年里，作者这个乡下人没少受到挫折，比起三十年代来，又多了份愤懑。对家人的感情在这个时期也有新变化，从初版本的“爸爸平时倒很爱我”，到开明本修改为“爸爸平时本极爱我”，一个“极”字看出这时期沈从文对待父亲态度的变化，到《预备兵的技术班》一篇中还有对于姊姊的死的看法。除此之外，在修改到辛亥革命看砍头的事件以及黑暗的军营生活时，相对于初版本的温和，开明本多了人文关怀和对政治的一些见解，如《辛亥革命的一课》中，共增补两处“无辜”等表达作者同情的词语来形容被砍头的百姓，另有一处修改表达自己对屠杀无辜百姓的不解，《怀化镇》一篇中也增补了拷打无知乡民的事情。最后是对于自己的解读，回过头审视自己或是表达自己的看法。如用上“不管做什么总去做，不大关心成败”(《预备兵的技术班》)、“任何得意生活中总不自骄”(同上)、“且那么渴慕自由”(《辰州》）这样的句子去审视过去的自己。

开明本的增补中，一句“尽管向更远处走去，向一个生疏世界走去”（《一个转机》）应该最能代表前期沈从文的思想：无所畏惧，跟命运打赌，去闯去战斗。而一句“应死的倒下，腐了烂了，让他完事。可以活的，就照分上派定的忧乐活下去”（《保靖》）却又体现了他四十年代的思想，“作为乱世中一种栖息灵魂的权宜之计，他从对国家民族前途命运的关注和思索的焦虑中，回到个人化立场，试图将焦虑的灵魂摆渡到一个相对宜于栖息的疏放散淡的境地”。[12] 比起前一时期，有悲观，有失落，有看不清自我命运的焦灼与无奈，在无奈中无助中使生命形式终归于平淡，这也多少解释了沈从文四九年以后的人生选择。

以上校改之例证，仅为各类情况之一二。综上，通过对《从文自传》初版本与开明本的详细汇校，对版本间具体差异进行系统梳理，借此版本汇校中的细微差别探索沈从文对于作品语言清新、质朴的美学追求以及在初版本与开明本不同历史时期其思想的演变。

[12] 坂本达夫：《疏放散淡的灵魂过渡——沈从文四十年代小说创作变化考察》，上海大学，2008 年。

沈从文先生修改《文字书法发展史》

杨璐
北京古籍出版社原总编辑。

我曾向沈从文先生请教写作经验，他拿给我一张稿子，满纸都是他用毛笔草书增删修改过的，字迹密密麻麻如蚁群相斗，几乎再没有下笔的间隙，他说："文章是改出来的。"

我问《湘行散记》中的问题，沈先生送我"从文自存参考"的底本，并作眉批加注释，对这部四十年前的成名之作，他边讲还边作了几处修改。从修改处，我似乎能感悟到先生文字修改达到的境界是：真水无香，大象无形，浑脱自然，了无修改痕迹。这境界非常人可企及。

因我认识草书，沈先生说："咱们都是《草诀》出身，师出同门哦。"所以有幸为先生抄写书稿。先生的书稿是毛笔草书小字，满篇增删勾乙，句旁改句，行间加行，纸外贴纸，有的稿页甚至几无形状。我用毛笔行书誊抄，以为是供出书用的清抄本，没想到先生是为了再次在抄件上继续修改。我认为高手改文章，一般没有绝对的好或绝对的不好，只是把修改点放在全文中看，更需要强调哪一个侧面。我似感到先生对学术著作修改的严苛要求是：准确、客观、具体、形象。他的书是改出来的。

沈先生所著《文字书法发展史》(先生谦称《文字书法发展》，但作为题目似不完整。）是一部五言长诗，按时间顺序，以碑帖和当时发掘的文物为资料，论述文字书法发展的过程。和古人的名著《书谱》《续书谱》不同，先生不仅从文字书法方面论述，而且从笔墨纸砚以及相关的社会政治、经济、军事、工艺、美学、哲学、考古等诸多方面全方位论述，由于有文物考古的深厚功力和丰富资料，所以先生的观点不囿于古人的臼窠和今人的樊篱，兼之形式活泼，使人耳目一新。这部书稿应有四份，“文革”中先生赠我两份，请沈虎雏先生观后认为一份是1970年在“五七”干校写的珍贵的初稿本，修改的也最多，与其它三种相互校雠，约有180余条修改。我由于虚度时日，学无所成，未必尽能理解先生修改的意图，更不可曲解先生的意思，所以对选取修改的例句不能作深入分析；沈先生后半生的学术研究若是一条恒河，这份材料不过是恒河中的一颗砂砾，然而若非此次依先生手稿披露，外人很难得知，这对沈先生后半生的研究毕竟是一个小小的缺憾，所以写出提供给先生的研究者们。希望诸位研究者在研究中遵循先生所说：“照我思索，能理解我。”

沈从文先生修改《文字书法发展史》，限于此文篇幅，从初稿中仅依序撮举50例，每例括号中是我作的简要说明。

1. 社会生产增，彼此交换频。“彼此”改为“物品”。

(强调远古社会交易是以物易物。)

2. 近世出甲骨，单字十万零。“近世”改为“殷墟”。

(强调甲骨出土地点。)

3. 凡此诸名物，会意兼形声。“形声”改为“象形”。

（强调象形文字，而上古发音难考。）

4. 每事必龟卜，主持有专官。“有”改为“设”。

（强调人员机构的设立。）

5. 殷商有史序，文献可互徵。“文献”改为“文物”。

（强调以文物互徵，是此书特点。）

6. 畜牧富牛羊，六畜日以繁。“畜牧”改为“游牧”。

（陈述生产方式。另两“畜”字避复。）

7. 部落尝兼并，国体已形成。“尝”改为“常”；“已形成”改为“规模成”。

（准确说明国体雏型的形成。）

8. 出土实物多，史事益可参。“事益可”改为“志可比”。

（强调史事来源。以文物证史志及古典文学，是沈老学术思想。）

9. 丝帛极精致，遗物留印痕。“留印痕”改为“迹分明”。

（准确说明文物状态。）

10. 青釉陶出现，亦逾三千年。“亦逾”改为“也过”。

（口语化、通俗明白，似是沈老修改的原则之一。）

11. 主要是熔器，青铜因以生。“以”改为“此”。

（同上。）

12. 冶炼铸器物，兵器日益精。“兵器日益”改为“戈矛制作”。

（更具体化，即更形象化。）

13. 殉葬双马车，还可再复原。“殉葬”改为“华美”；下句改为“装饰更多端”。

（强调铜车马的精美。）

14. 铜器尚铭刻，笔法艺术增。“尚”改为“著”。

（“尚”是崇尚，须有史料支持；“著”仅说明文物状态。沈老严谨。）

15. 甲骨朱墨书，笔意尚若新。“朱墨书”改为“有朱书”；“笔意”改为“鲜明”。

（甲骨朱墨书，文物在台北，且对墨书痕迹有争议，改为“有朱书”则更严谨。）

16. 西周中叶后，社会生产增。改为“社会结构新，财富集累增”。

（强调社会变革、财富积累。）

17. 诸侯各赐器，体制始转繁。“赐”改为“制”；“体制”改为“字形”。

（强调制作者的变化牵动文字的变化。）

18. 传世科斗书，即于此时兴。“传世”改为“大篆”；“即”改为“多”。

（强调科斗书是大篆之一种；科斗书兴起于何时？“即”，就是，意肯定，而“多”则留有研究余地，较客观。）

19. 散盘毛公鼎，结构见典型。“结构”改为“铭刻”。

（强调文字。）

20. 不在笔法异，惟见布置新。“惟”改为“却”。

（强调石鼓文的文字结体变化。）

21. 中原重传统，四言韵文生。“韵文生”改为“著韵文”。

（避免四言韵文生成的问题，不是此文要点。）

22. 吴越善刻镂，世传鸟篆文。“善”改为“工”。

（用词更准确。）

23. 传世诸钱币，约略见一斑。

（此两句在发表中无。）

24. 燕赵所作书，流传尚多般。“流传”改为“体制”。

（强调地域相邻而文字有异。）

25. 迁延及末世，大国尊楚秦。“及”改为“到”。

（通俗，准确。）

26. 丹漆绘龙蛇，生动如飞腾。“龙蛇”改为“五彩”；“生动如”改为“龙蛇若”。

（强调荆楚“五彩”的华美漆器。）

27. 政治统一后，天下书同文。“政治”改为“政权”。

（准确。）

28. 为便于应用，简体易流行。“简体”改为“简字”。

（准确。西汉中叶简字民间流传不成体系，亦无简体之名。）

29. 文人作辞赋，字体因此繁。“因此”改为“又转”。

（承接紧密。强调汉赋推动文字由简入繁。）

30. 试作一分析，组织实谨严。改为“乍看近潦草，结构实谨严”。

（对章草阐述准确。）

31. 相传始于秦，事恐不可凭。“于秦”改为“程邈”。

（严谨。隶书起源，可以排除个人，但不便排除朝代。）

32. 刘向整旧籍，体制尚多端。“整”改为“理；“体制”改为“字体”。

（流畅，准确，强调文字。）

33. 王充入洛阳，始能作《论衡》。下句增改为“骤然眼界明；辟谬而理惑，新书传《论衡》”。

（承接上文，强调了王充入洛著书过程。）

34. 俗儒抄经史，讹乱更易增。“讹乱更易”改为“草率讹乱”。

（强调讹乱原因：无知、草率。）

35. 东汉中叶后，石刻多翻新。“石刻”改为“隶法”。

（准确。强调隶书多种变化。）

36. 实因工具异，笔法更多端。“实因”改为“或因”。

（准确、客观。笔法的变化，除工具外还有多种因素。）

37. 拘谨殊有余，活泼无所增。改为“法度虽严明，拘滃转困人”。

（强调汉石经书法对人的束缚。）

38. 锺繇传《戎路》，尚余分隶音。“《戎路》”改为“《宣示》”。

（锺繇《宣示表》相比《戎路表》更具代表性，亦更含分隶遗风。）

39. 余刻《吊比干》，亦可见一般。始知首石经，影响及宋元。

（此四句在发表中无。）

40. 稍后诸镜铭，体制尚相沿。首句改为“陈隋铭诸镜”。

（指明时代，更准确。）

41. 秀美如簪花，相接如比肩。“如簪花”改为“簪花格”。

（准确。“簪花格”专指娟秀工整的书法。）

42. 破体随时见，假借亦有增。“有增”改为“相因”。

（强调了简体字从唐代说唱文到宋代通俗小说的相承关系。）

43. 隶法存古意，静琬隋刻经。下句改为“泰山石刻经”。

（准确。隋僧静琬刻经，其隶法之风不及泰山石经高古。）

44. 《乐毅》与《遗教》，时代犹比邻。

（此两句发表中无。沈老句下加注：“在九行后或加十字。”）

45. 国诠《善见律》，美秀冠群英。下句初改“就中独称尊”，又改“就中数特精”。

（对《善见律》在唐写经中的地位评价，三种有不同程度，沈老严谨。）

46. 唐人重张旭，遗墨久无传。“唐人”改为“唐代”，“久无传”改为“无多存”。

（上句改，有不同的内涵。下句改，或涉及四十年前沈老对所传张旭墨迹《古诗四帖》的考量、斟别。沈老严谨。）

47.《四十二章经》，或出自明人。下句初改“字体近明人”，又改“字体近盛明”。

（严谨、准确。《四十二章经》墨迹本在台北，署名“怀素”。对此墨迹本的否定，沈老亦极谨慎，三种不同的否定，一次比一次清晰、准确，最终下注道：“字体结构近文氏子弟书。”）

48. 使转严法度，顿挫见精神。“见精神”改为“得意新”。

（准确。“见精神”泛指书法风貌，“得意新”指书法在顿挫技法的创新。）

49. 至于述师传，常谈近老生。“至于”改为“屈指”。

（形象。）

50. 歙徽出佳墨，黄山始知名。古松遭焚余，得失账难清。

（此四句发表中无。）

另外，沈从文先生又于1970年冬在“五七”干校

"双溪丘陵高处" 在此手稿上作《题记》道："在零下数度中，用二毛五学生习字笔，就毛五小瓶墨水瓶口蘸笔作成。房中时已结薄冰。乡居中，七十岁犹能作此，诚幸运也。"

补述于此，对沈从文先生的研究或有用。

沈从文对西方古典音乐中「和声」思想的理解

何芊蔚
苏州大学外国语学院讲师。

一、沈从文与西方古典音乐

自三十年代中后期起，直至他的晚年，沈从文一直对西方古典音乐十分感兴趣，时常在作品中提起音乐，尤其是西方古典音乐。不仅如此，他还一直有当个音乐家的梦想。1952 年，在给小儿子沈虎雏的信中沈从文写道：

我小时又极欢喜音乐，直到廿来岁时，还常常在夜梦里作个音乐家，唱得自己感动十分，醒后还异常惆怅难过。特别是理解音乐虽不深，一遇到好乐曲，永远是感动得要流泪。[1]

直到70年代，他还在给友人的信件中提到自己学作曲的愿望："如果还有个什么机会，去和音乐学院师生一道，我肯定还有第四次改业机会，即作曲。还是一切'由无到有'，有个一年把习题时间，也会取得些收成的。"[2] 黄永玉先生也曾证明过沈从文对音乐，尤其是西方古典乐的喜爱和深刻的理解：

表叔说："音乐，时间和空间的关系！"这是个准确定律。是他30多年前说过的话。他喜欢莫扎特，喜欢巴赫，从中也提到音乐结构，他真是个智者，他看不懂乐谱，可能简谱也读不清，你听他谈音乐，一套又一套，和音乐一样好听，发人聪明。[3]

[1] 沈从文：《致沈虎雏（19520123）》，《沈从文全集》（第19卷），北岳文艺出版社，2009年，第305页。

[2] 沈从文：《复彭子冈、徐盈（19710219）》，《沈从文全集》（第22卷），北岳文艺出版社，2009年，第440页。

[3] 黄永玉：《平常的沈从文》，《吉首大学学报（社会科学版）》，1999年第3期。

黄永玉的这番话，发表于1998年，沈从文逝世十周年之际。[4]他所说的三十年前，大约是在六七十年代。众所周知，沈从文来自湖南湘西，在他的湘西地方作品中，处处有对苗族民歌的描写，而他对西方音乐的了解却不常为人所知。那么他对西方古典音乐的喜爱是从何时起，又由何而来呢？金介甫曾写道，当沈从文在四十年代有钱买了一台留声机后，他发现了自己对音乐，尤其是西方古典乐的热爱[5]，且在五十年代初，沈从文自杀未遂后最迷茫的时期，是古典乐给了他一方避难所[6]。但实际上，沈从文对西方古典音乐的了解应该始于更早。在1951年的一封信中沈从文曾写过：

而读毛文选时，且更多的联系到近三十年社会和现代史的种种变化与发展。正和过去十七年前，与马思聪、梁宗岱三人同听音乐一样。三个人听了七小时的悲多汶等全套曲子，同是一双耳朵，却各有所得，各有影响。思聪从作曲者，指挥及种种器乐的独奏过程上，领会了许多我们不易学习的东西。宗岱得的音乐史中一些欣赏印象，一些在客厅中可以增加谈风的东西，也可能

[4] “98，国际沈从文研究学术讨论会”，于1998年9月29日至10月4日在吉首大学沈从文研究所举办。

[5] Kinkley, J. C. Odyssey of Shen Congwen, Stanford University Press, 1987, p. 28.

[6] Kinkley, Odyssey, p. 267.

得到些文学思想上的东西。我呢，在直接方面似乎毫无所得，但间接，转化，却影响到此后的一些工作，特别是几本书，一些短篇，其中即充满乐曲中的节奏过程，也近于乐曲转译成为形象的一些试验。但理会到这点，可说不出。[7]

从上述信中的“十七年前”可以判断，这场与梁宗岱和马思聪的音乐交流应该是1934年左右（据刘洪涛描述，沈从文的时间概念不强）[8]，或者说是三十年代中期。这封信还明确的一个问题是，沈从文所承认的西方古典音乐对他的影响是“间接”的。而沈从文大量提及湘西和苗族民间音乐的小说主要集中于三十年代中叶之前，所以这个时间点可能是关键所在。

在沈从文的早期小说中（二十年代），对西方音乐的描绘较少，一般都存在于对比“绅士”阶层的生活方式和“乡下人”在大城市的苦苦挣扎的描述中。从传统意义上来说，中国古典乐（如古琴音乐等），与文学紧密相连，且在文人学士的教育中不受最高重视。[9] 在未

[7] 沈从文：《致张兆和（19511119-25）》，《沈从文全集》（第19卷），北岳文艺出版社，2009年，第178页。

[8] 刘洪涛：《沈从文小说与现代主义》，《秀威资讯科技》2009年，第163页。

[9] Liang Ming-Yüeh. Music of the Billion: An Introduction to Chinese Musical Culture, Heinrichshofen Edition, 1985, 174.

深入接触西方古典乐的时期，沈从文很可能对其也有类似的认知。

从我国的音乐教育角度来看，1927年在上海成立的国立音乐学院是中国第一个正式的西式音乐教育学院。[10] 这就意味着，沈从文1928年到上海时，中国的西式音乐教育才刚刚起步，相关理论课程，比如和声学课程只可能在一些大学（比如国立北京女子高等师范学校及北京大学）的音乐研究会等教授[11]，且没有证据证明沈从文参加过这类课程。在此之前，除了可能短暂地向刘天华学过一点琵琶以外，沈从文很难有接触音乐理论的机会了。

由此可断，三十年代中叶之前，沈从文对西方古典乐，甚至是所谓音乐教育都是不了解的，他在当时很可能认为音乐教育只是为了让学生能够谱写《南行杂记》(1928）中那些商科学生唱的难听的流行歌曲。[12] 这也可以解释为什么沈对音乐教育的180度大转弯也发生在三十年代中期之后——在此之前他在作品里几乎未提及任何专业的西方音乐概念词也可以和这时他对音乐教育

[10] Liang, Music of the Billion, 137.

[11] 刘靖之：《中国新音乐史论集》，中国新音乐史研讨会，香港大学亚洲研究中心，1986年，第11页。

[12] “这里学生学商科的就能唱这靡靡之音，只听到‘情哥哥’‘来了’‘两下’‘拉倒’之声音。”沈从文：《南行杂记》，《沈从文全集》(第11卷)，北岳文艺出版社，2009年，第79页。

的无知相互映证。另外，沈从文对西方古典音乐中具体曲目的描述，对音乐教育的社会意义或是音乐对写作的影响的深入探讨的确都发生在三十年代中后期，且大多数相关文字出现在四十年代。

然而，即使是沈从文晚期的信件依旧显露出他对西方古典音乐的了解并不是完全专业的。七十年代早期，他写了两封信给在学习音乐的窦达因，说自己在初学写作之时“从不看当时极流行的什么‘小说作法’影响，（你们一定会受作曲法影响！）就只是用各种不同方式去写”[13]。但是，在给窦写的另一封信中，沈说“如有了作曲的基本知识……搞个五几年”，[14]他也可以写出很好的音乐来。这说明了，尽管沈有兴趣，但从未学过作曲相关知识。更具体说来就是，哪怕沈从文在写作时的确试验了所谓的“作曲知识”，这种知识也应是与窦这样的人所学习的音乐理论知识不同的。

有部分研究认为，沈从文曾尝试用西方古典音乐的结构来写作，然而由于他对西方古典音乐专业知识

[13] 沈从文：《复窦达因——给一个学音乐的，第二信（19720616）》，《沈从文全集》（第23卷），北岳文艺出版社，2009年，第158页。

[14] 沈从文：《复窦达因——给一个学音乐的，第一信（19720407）》，《沈从文全集》（第23卷），北岳文艺出版社，2009年，第38页。

的缺乏，这很难做到。谭文鑫在博士论文《沈从文的文学创作与音乐》[15]中分析，《丈夫》和《柏子》中运用到了西方音乐的作曲结构，来证明沈从文所说的“音乐中的复合过程”[16]，诚然，这其中有些关联，且谭的分析有些许道理，但是从创作时间来看，这两部作品分别写于1930年和1928年，而直到1934年，沈从文在听贝多芬时，还认为自己梳理音乐与写作的关联时“……理会到这点，可说不出”，那在这之前，沈作品中体现的“音乐中的复合过程”就更难具体化到如此理论的层面了。

那沈所谓“音乐中的复合过程”到底指什么？很有可能，这里的语义重点并不在“过程”，而在于“复合”：对于沈来说，这也许是指将不同的音符组合在一起，而不是某一种音乐结构的复合，也才能和他后来所说的“如知和声作曲，必可制成比写作十倍深刻完整动人乐章”[17]相符合。“和声”和“乐章”也的确是在沈从文本人作品中，出现过的最专业的两个音乐术语了（且不是传统中国音乐概念，而来源于西方古典音乐），且

[15] 谭文鑫：《沈从文的文学创作与音乐》，湖南师范大学，2010年，第29页。

[16] 沈从文：《关于西南漆器及其他》，《沈从文全集》（第27卷），北岳文艺出版社，2009年，第25页。

[17] 沈从文：《烛虚》，《沈从文全集》（第12卷），北岳文艺出版社，2009年，第25页。

"和声"这个音乐概念，的确在中国现代音乐的发展中，起到了至关重要的作用。

二、西方音乐中"和声"概念在民国时期的传播

上海国立音乐学院的奠基人，中国现代音乐的先驱萧友梅（1884—1940）在解释和声学的时候说过："和声学并不是音乐，它只是和音的法子，我们要运用这进步的和声学来创造我们的新音乐"。[18]邓波在《中国1949 年以前的和声与对位教学》中指出："我国第一批留学日本和欧美的音乐家，对西洋和声理论在音乐作品中广泛运用的情形极为推崇。"[19]且二十世纪初期的中国音乐家和学者普遍认为中国传统音乐中只有单旋律音乐，而无和声（英文：harmony），是中国现代音乐发展的主要阻碍，也是关键切入点之一。

和声学早在二十世纪初就被留洋学生介绍入中国，并由此进入中国音乐课堂教学，但在初期大多教材都是译述形式，如 1914 年高寿田的《和声学》等，且当时和声在中国音乐中的音乐还处于萌芽阶段。而 1927 年

[18] 萧友梅：《音乐家的新生活》，《萧友梅全集》，上海音乐学院出版社，2004 年，第 616 页。

[19] 邓波：《中国 1949 年以前的和声与对位教学》，《中国音乐》，2010 年，第 78 页。

国立音乐学院的成立，的确大力推动了和声学在中国的教学与发展，是中国现代音乐史上的一个重要转折点，萧友梅与黄自也成为了中国和声学研究及教学的代表人物。在此之后，和声与对位的音乐概念，逐渐深入影响了中国音乐的创作。1929 年，黄自创作了中国第一部交响乐——《怀旧》，作为他在耶鲁大学的毕业项目，该交响乐作品 1930 年首次在中国上演[20]，且直到黄自 1938 年去世之际，他还在致力于编写一部更好的中国的和声学教材[21]。这一时期中国音乐家及音乐教育者的努力，培养了一大批包括贺绿汀在内的优秀的中国本土作曲家，推动了中国音乐的改良和发展，将“和声”的概念真正地融入中国音乐里去。著名的语言学家、音乐家赵元任也曾提出“中国人要么不做音乐，要做音乐，开宗明义的第一条就是得用和声”，由此可见，对和声思想的重视，不仅在理解中国音乐接受西方音乐的影响方面是一个关键，和声思想也很可能曾通过赵元任这样的跨语言与音乐两界的学者传入文学家中，影响他们的创作。

而这种萧友梅等音乐家眼中十分具体化、科学化的

[20] 刘靖之：《中国新音乐史论集》，香港大学亚洲研究中心，1994 年，第 37—38 页。

[21] 刘靖之：《中国新音乐史论集》，香港大学亚洲研究中心，1994 年，第 40 页。

“和音的法子”，是不可能被沈从文这样没有学过音乐的文学家去理论性地消化的。在本论文开头引用的信件中，沈说：“思聪从作曲者，指挥及种种器乐的独奏过程，领会了许多我们不易学习的东西。宗岱得的音乐史中一些欣赏印象，一些在客厅中可以增加谈风的东西，也可能得到些文学思想上的东西。”显然，在这个时期他对贝多芬的理解，既不是马思聪在音乐理论上的体会，也还未具体到梁宗岱的“文学思想”。这里值得一提的是，梁宗岱早年留学欧洲，相比同时期的沈从文，梁在西方古典音乐的方面的涉猎更加深入，且于1931年拜访了罗曼·罗兰，1942年翻译了其作品《歌德与悲多汶》。所以，沈从文若是受到和声学的影响，也并不会具体到懂得怎样将音对位，而更可能是因为当时“和声”概念的盛行，对他产生了抽象的、间接的影响，并且通过与友人的探讨，加深了他对于和声能够创造音乐之美的感受。

三、沈从文所谈及和理解的“和声”

所以，一旦沈从文了解了西方古典音乐，他首先注意到的就是这个中国音乐与西洋音乐的关键区别所在——和声，并且非常敏锐地感受到它的美。在1940

年创作的《烛虚》中他写道：

永生意义，或为生命分裂而成子嗣延续，或凭不同材料产生文学艺术。也有人仅仅从抽象产生一种境界，在这种境界中陶醉，于是得到永生快乐的。

我不懂音乐，倒常常想用音乐表现这种境界。正因为这种境界，似乎用文字颜色以及一切坚硬的物质材器通通不易保存（本身极不具体，当然不能用具体之物保存）。如知和声作曲，必可制成比写作十倍深刻完整动人乐章。

表现一抽象美丽印象，文字不如绘画，绘画不如数学，数学似乎又不如音乐。因为大部分所谓“印象动人”，多近于从具体事实感官经验而得到。这印象用文字保存，虽困难尚不十分困难。但由幻想而来的形式流动不居的美，就只有音乐，或宏壮，或柔静，同样在抽象形式中流动，方可望能将它好好保存并加以重现。

……凡此种种，如由莫扎克用音符排组，自然即可望在人间成一惊心动魄佚神荡志乐章。[22]

[22] 沈从文：《烛虚》，《沈从文全集》（第12卷），北岳文艺出版社，2009年，第24—26页。

从以上文字中，我们可以总结出来沈从文对音乐的几点理解：一、音乐比文字更容易创造一种抽象境界；二、要知道怎样作曲需知道运用和声；三、音乐是流动的；四、音乐是音符的排组。所以，沈从文认为要创造一个永生抽象的境界，最好是通过排组不同的音符来创造变化的和声，这也恰好符合黄永玉谈到的，“表叔说：音乐，时间和空间的关系！”时间即指音乐的流动性，而空间，就是说音符的纵向排组而达成的和声。

可以说，沈从文对音乐的理解的确是非常精准的，他所关注的，不是交响乐乐章与乐章之间的联系，或者所谓的音乐结构。音乐结构在历代不同音乐家的创作中都可变化，但属于音乐永恒的问题，是怎样用和声化解不同音符之间的矛盾，使其形成共鸣，且通过不断变换这种共鸣，使音乐流动起来，化作抽象的境界。

所以，沈从文文学创作中后期开始对西方古典音乐的认知和应用，应当从西方音乐与中国民间音乐的最大区别处入手，也就是对和声学的运用。沈从文所谈及的作曲方法，很有可能即为“和声作曲”。

四、沈从文的“和声”美学在写作及教育上的意义

在沈从文的创作晚期（四十年代到五十年代初期），

对“和声”这个概念的重复再一次暗示了他对西方音乐的理解在于对和声的重视，以及和声这种“和音的法子”怎样融合不同的声音。在《凡事从理解和爱出发》(1951) 中，沈写道：

写短篇懂乐曲有好处，有些相通地方，即组织。音乐和小说同样是从过程产生效果的。政治中讲斗争，乐曲中重和声。斗争为从矛盾中求同，和声则知从不同中求谐和发展。唯其不同，调处得法反而有个一致性，向理想奔赴如恐不及。这才真是艺术！政治艺术的最高处，应当是指挥者与作曲家共同的长处都能领会，实用，而将两者长处集于一身。[23]

这段话的重点在于沈所谓的“组织”，这绝不是音乐叙事结构上的“组织”，而是对不同声音的“组织”，是与《烛虚》中所说的“音符排组”一致的，即“不同中求谐和发展”。音乐和小说都有一种“即时性”(temporality)，因为乐谱和书籍都需要被“表演”(enacted 或 performed)，[24] 这就是沈从文所说的“从过程中产生效果”。但这种过程又和叙事结构是不同的

[23] 沈从文：《凡事从理解和爱出发 19510902》，《沈从文全集》（第 19 卷），北岳文艺出版社，2009 年，第 109 页。

[24] Timothy Peter Martin, Joyce and Wagner: A Study of Influence , Cambridge University Press, 1991, 145

概念——是一种从音符到和声、从矛盾到统一的过程。“谐和”（或者“和谐”）的概念在中国传统音乐中也存在（有趣的是，在英文中同样是harmony这个词，与“和声”相同），但是与沈从文所指的西方音乐体系中国的该概念不同。中国传统意义上的“和谐”通常是指“宫、商、角、徵、羽”这五音在音程上的关系所象征的“天人合一”。[25] 而沈从文所指的谐和，从上述引文来看，指的是将不同的声音、节奏和曲调整合起来形成好的音乐的过程。而这种理解，事实上更加接近西方交响乐的美学概念，并需要一名能够看透这其中原有混乱的作曲家来完成。且与中国传统音乐中的“和谐”不同，西方交响乐才需要一位指挥家来指挥不同的乐器，不同的声音，是沈从文所指的“指挥者与作曲家共同的长处领会”。

沈从文在《关于西南漆器及其他》（1949）中有对音乐的功能又更深层的解说：

……意识中有“承认”与“否定”两种力量永远在争持，显得混乱而无章次。唯有音乐能征服我，驯柔我。一个有生命有性格的乐章在我耳边流注，逐渐浸入脑中襞折深处时，生命仿佛就有了定向，充满悲哀与善

[25] Liang, Music of the Billion, 178.

良情感，而表示完全皈依。[26]

沈的挣扎来源于“承认”和“否定”两种力量在他思想中形成的争持和冲突，或者说“不和谐音”。音乐之所以可以“征服”和“驯柔”他，即是因为音乐可以统一所有的争持，产生和声，从而让混乱无章次的音符有了美好的意义。所以准确说来，就是和声的特点——包容一切争持，甚至是不谐和音，让沈从文能够着迷于音乐的价值。

四十年代晚期，作为一名西南联大的教授，沈从文曾提出了音乐教育的重要性。作为一名教育者，沈从文背负着更多责任——教育民众，描绘一幅民族和国家的新蓝图。在这一阶段的文章中，他曾列数了中国存在的各种问题并探讨解决方式，在这一时期，他更多地去写议论性的文章而不是小说。而在沈从文的理解中，特别是西方古典名乐可以在重塑中国思想的进程中起到作用。在 1947 年的《北平通信》中他写道：

广播法重新订正，主要是为每日必于一定时期，作世界名曲名乐章之介绍与演奏，时间宜在午饭后，至少

[26] 沈从文:《关于西南漆器及其他》,《沈从文全集》(第 27 卷)，北岳文艺出版社，2009 年，第 21 页。

宜有二小时。届时除学生外，军警宪及各机构中级以上职员，均宜就地就近听取音乐，洗刷灵魂，使此高尚古典音乐，给予以一种新的教育。[27]

之后他又讽刺地写道："凡公务员对伟大音乐高尚美术缺少良好反应，只知玩牌喝酒……者，均得入医院休养治疗，久未治愈，即应离职。"[28] 尽管充满讽刺，但他对音乐高尚的教育意义是肯定的。并且，在1948年的《苏格拉底谈北平所需》中，他又强调了音乐的教育意义：

各系学生均得受高级音乐训练，凡对古典伟大音乐无反应，欢喜叽叽呢呢流行曲子，写不美观美术字，取洋名，过分阿谀师长，以及私领政治津贴之学生，均认为神经有病，病在脑系，得就专科医生治疗，治疗不愈，即行开除。[29]

这些话虽颇带有乌托邦式的讽刺，但却不全是因

[27] 沈从文：《北平通信——第一》，《沈从文全集》（第14卷），北岳文艺出版社，2009年，第356页。

[28] 沈从文：《北平通信——第一》，《沈从文全集》（第14卷），北岳文艺出版社，2009年，第359页。

[29] 沈从文：《苏格拉底谈北平所需》，《沈从文全集》（第14卷），北岳文艺出版社，2009年，第375页。

为沈从文对西方音乐的个人偏爱而来，而是他的确认为与流行音乐不同，古典音乐可以教育民众，且这种教育不是针对个人的，而是针对集体和国家的。在迎接新中国成立之际，他更加严肃地将新中国比作一首进行曲(《迎接秋天》1949)——“此时诚需要一种崭新人生哲学，来好好使此多数得重新分工合作，各就地位，各执乐器，各按曲谱，合奏一新中国进行曲。”[30]在此之前的几十载年月中，中国饱受战乱，如混乱的音符散落而不成乐章，在对新中国的愿景中，沈从文希望她能如一首交响曲一般抚平过去的伤痛而呈现生命的盎然：

惟交响乐好处全在“发展”，冬去春来，层冰解冻，溪流潺湲，各处均有鸟语花香，即战火焚灼之土地，亦将有青草生长，掩盖去人类残忍与不知所作成之种种，见出盎然生意……由通力合作追求，比独立探讨为易。惟音乐虽能使人类情感谐和，必乐曲、乐队、乐人、三者齐备而又合作方可期望见出效果。余私意诚深深盼望此乐队之组织，能包罗广大。[31]

[30] 沈从文：《迎接秋天》，《沈从文全集》（第14卷），北岳文艺出版社，2009年，第397页。

[31] 沈从文：《迎接秋天》，《沈从文全集》（第14卷），北岳文艺出版社，2009年，第397页。

在此，沈从文体现出“美育代政治”的理念，明确说明这种理念来源于五四新文化运动的先驱，来源于蔡元培的“美育代宗教”学说[32]，且如金介甫所说，这种思想是康德式的。[33] 沈从文将“苏格拉底”用于文章的标题，说明他也应当知道苏格拉底关于“美的效用”的学说，认为音乐是美的，且对社会有用。[34] 这里他委婉地将劳动人民比作交响乐团中的音乐家，将国家的未来比作一曲交响乐。这样的思想同时又映证了他对“和声”，即将不同音符排组的重视。

沈从文也曾将作家比作一个作曲家和指挥家，他说：“文字在我生命中，／正如同种种音符在一个伟大乐曲家／和指挥者手中一样，／敏感而有情，在组合中见出生命的洋溢。”[35] 这里，他用到了“组合”，他认为文字和音符，是文学和音乐两种艺术的组成元素，且它们是有情感和生命的，它们需要一位出色的作家，或是

[32] 沈从文：《苏格拉底谈北平所需》，《沈从文全集》（第14卷），北岳文艺出版社，2009年，第381页。

[33] 金介甫，付家钦译：《沈从文传》，国际文化出版社，2005年，第320页。

[34] 朱光潜：《西方美学史》，人民文学出版社，2012年，第39页。（本文之所以用到朱光潜谈苏格拉底，是因为沈从文在《苏格拉底谈北平所需》中提到阅读朱光潜对苏格拉底的评论。）

[35] 沈从文：《第二乐章——第三乐章》，沈从文：《沈从文全集》（第15卷），北岳文艺出版社，2009年，第214页。

作曲家和指挥家来“组合”，而非“叙述”(如果音乐叙事和小说叙事可以等同的话)。 这再次说明，对沈从文而言，西方古典音乐的美学关键在于“和声”。

当沈从文展望新中国的未来时，他想看到的是“通力合作”，就如交响乐团合作奏乐一样。所以音乐上的“组合”即为“组织”，是去让音乐与人的情感产生共鸣，让人与人产生共鸣。沈从文看重的，是人与人之间情感的共通和“谐和”，是情感的和声。因此，沈从文才会认为听不懂西方古典音乐的人无法和别人通力合作创建一个新的和谐的国家。在这个意义上，由于古典音乐可以教人“和声”之美，所以是有用的，而流行音乐做不到。

在沈看来，西方古典音乐不仅仅对一个社会有教育功能，也能够给他自己提供教育、治疗和引导。从某种程度上来说，在他文学创作的晚期，古典乐几乎成了他的一种新信仰。首先，沈从文认为，音乐是流动的而不是凝固的，这象征着精神上和灵感上的自由。在《绿魇》中，他写道：“音乐对于我的效果，或者正是不让我的心在生活上凝固，却容许在一组声音上，保留我被捉住以前的自由!”[36] 音乐能让他的心灵如“冬去春来，

[36] 沈从文：《绿魇》，《沈从文全集》(第12卷)，北岳文艺出版社，2009年，第156页。

层冰解冻”后潺湲的溪流般得到解放。不得不承认，在新中国成立之初，由于当时文艺界对他作品的否认，他是迷茫的，他企图自杀[37]。获救之后，他写过两首诗，虽然未被发表过，但是被收录在了《沈从文全集》中。这两首诗都是关于贝多芬的——《第二乐章——第三乐章》和《从悲多汶乐曲所得》，这个时候，他的心理创伤已在慢慢愈合。在这两首诗中，沈从文都提到了音乐的引导作用，在《第二乐章——第三乐章》中，他写："流云，流水，和流音，——随同生命／同在，还一同流向虚无。／一切在逐渐上升，沉着而肯定。／在申诉，在梳理，在导引。"[38]在《从悲多汶乐曲所得》中他又写道"节律引我上升，我上升／节律引我下降，我下降"[39]。这两首写于同一时期，相近的心理状态下，所以完全可以当作一首诗来读。"我"随着音乐上升和下降，既是旋律上的流动，也是不同和声中音符的高低变化。听着音乐的沈从文写道："它［指音乐］如水，可以浮沉大舟到它应到终点去"。[40] 这个时期的沈从文

[37] Kinkley, Odyssey of Shen Congwen, 268.

[38] 沈从文：《第二乐章——第三乐章》，《沈从文全集》（第15卷），北岳文艺出版社，2009年，第213页。

[39] 沈从文：《从悲多汶乐曲所得》，《沈从文全集》（第15卷），北岳文艺出版社，2009年，第216页。

[40] 沈从文：《第二乐章——第三乐章》，《沈从文全集》（第15卷），北岳文艺出版社，2009年，第214页。

就是这“大舟”，迷失在大海，不知道自己将漂向何方，但是贝多芬的交响曲引导他漂向一个目的地。“它如火，可以燃烧更多待燃烧的生命”[41]，而沈从文就是这更多生命中的一员，或者说他的创作生命在等待燃烧。贝多芬的音乐治愈了他，使他重新振作起来，投身到了后来他新的事业——文物研究中去，换了一种方式实现自己的价值。在后来的日子里，音乐一直是他的精神支柱，之中原因，从《由悲多汶乐曲所得》就能预见：

音乐比一切缥缈，却也比一切
更具强大启示与粘合，
将轻尘弱草重新凝固坚实。

音乐实有它的伟大，
即诉之于共通情感，
比文字语言更公正，纯粹，
又充满人的友爱和至情。[42]

从这个意义上来说，古典音乐终于使沈从文重新寻

[41] 沈从文：《第二乐章——第三乐章》，《沈从文全集》（第15卷），北岳文艺出版社，2009年，第215页。
[42] 沈从文：《从悲多汶乐曲所得》，《沈从文全集》（第15卷），北岳文艺出版社，2009年，第222页。

找到了生命的信念，使他“重新凝固坚实”起来。他相信音乐是因为音乐诉说的是“共通情感”，而共通情感的达成，正是因为音乐中的“和声”可以在每一个人的情感中产生好听的共鸣，且只有音乐可以做到。这种美是可以触及每一个人的，但却不像文字那般具体，会辩论，会伤人，而是抽象的，所以也是公正和纯粹的美。

从「工读主义」到批判消费：论1920年代沈从文的文化选择

吴　辰
海南师范大学副教授，曾于南京师范大学文学院进行博士后科研工作。

本文系江苏省博士后科研资助计划「新文化运动的发生研究：以作家书信、日记为中心（1701115C）」的阶段性成果。

“五四”时代的风云激荡将一群青年人的志向与刚刚成立不久的中华民国的“国运”紧紧地联系在了一起，在新文化的带动下，对个人与国家之间关系的探索成为了这个时代的一个具有普遍性的主题，各种社团也如雨后春笋般纷纷出现在公众的视野里。与旧式文人的雅集或是名士的清谈不同，“五四”时期各类社团的活动普遍具有一种政治实践的性质，活跃在社团中的青年们在进行风格迥异的理论建设的同时，也在身体力行地实践着其对于重构国家和个人之间关系的想象。由于这一时期许多社团活动的理论资源都来自于“五四”前后被大量译介的西方著作，这些青年人在面对民国初期中国错综复杂的政治生态时，往往并不能很好地认识现实中所出现的问题。“五四”时期的社团基于自己所仰仗的思想资源而进行的活动，大多带有一种浪漫主义的气息，这使得“理想”一词成为了当时的时代氛围，这一方面为民国初期中国的建设注入了活力并提供了多种可能性，另一方面这些脱离了现实基础的理想一旦介入了政治实践层面，其所要承担的风险却是巨大的。

与“互助社”、“少年中国学会”、“国民杂志社”、“改造社”等同时期出现的一批社团相比，“工读互助团”在理论和实践都可以说是“五四”时期最富有理想主义情怀的，其在理论构架上所具有的空想社会主义色彩在当时也是颇有建设性意义的。“工读互助团”理念甫一在中国传播，就立即引起了社会的关注，各界人士借助新兴的文化刊物纷纷加入有关“工读互助”的讨论，“工读互助”小组一时间也是遍地开花，呈现出一派生机勃勃的景象。随着新思想在中国国内的传播和出版技术的进步，有关“工读互助团”讨论的刊物被大量印发并扩散到了各地，使许多尚处于迷茫状态的青年人听到了远方朋友的呼唤，尤其是在地理位置偏远、文化建设相对边缘化的中国内陆腹地，这种前所未有的新思想给青年人带来的冲击更是巨大的，通过对于新思想的咀嚼，他们开始反思自己之前的生活，想象着一种与之前完全不同的个人与国家之间的互动关系。沈从文就是这些青年人之中的一员，“工读主义”的梦想催促着他离开湘西，离开这个在新思潮冲击下日渐萎靡的世外桃源。同时，“工读主义”思想也在1920年代影响着沈从文的文化选择，驱使着他不断对中国文化进行反思，对消费主义进行批判。

一

“工读主义”是在“五四”运动时期受到人们广泛关注的政治实践之一。早在“五四”运动之前，时为少年中国学会骨干的王光祈就曾经基于托尔斯泰的“泛劳动主义”构想提出了“新农村运动”，提到了“我们提倡半工半读，使读书者必做工，做工者亦得读书”。[1]1919年，周作人远赴日本，[2]向武者小路实笃学

[1] 王光祈：《少年中国学会之精神及其进行计划》，《少年中国》，1919年，第一卷第六号。

[2] 1919年3月15日出版的《新青年》第六卷第三号中，载有周作人的《日本的新村》一文，通过大量引述武者小路实笃关于“新村运动”的描述，大体勾勒了“日向新村”的面貌。

习“日向新村”的建设，将“新村运动”在实践上的成就介绍进中国，在入住日向新村的短暂的十余天中，[3]周作人第一次感受到了他所一直倡导的“人的生活”，在1919年底的天津学术演讲会上，周作人进一步阐释了其关于“新村”的设想：“新村的目的，是在于过正当的人的生活。其中有两条重要的根本上的思想：——第一，各人应各尽劳动的义务，无代价的取得健康生活上必要的衣食住。第二，一切的人都是一样的人；尽了对于人类的义务，却又完全发展自己的个性。现在要说明，这思想的根据，并不由于经济学上的某种学说，所以并不属于某派社会主义；只是从良心的自觉上发出的主张，他的影响，也在精神上道德上为最重大。”[4]周作人对于“新村主义”的介绍一时间在“新”青年的群体中反响很大，《新青年》《新潮》《少年中国》等进步刊物都纷纷刊登回应的文章，而北京工读互助团的成立更是将这一运动推向了高峰。1919年底，北京工读互助团在北京大学附近成立，很快便扩展到四个“互助小组”，同时，上海、武昌、天津、南京、广州、扬州甚至在当

[3] 周作人到达“日向新村”的时间是1919年7月7日，离开新村前往东京的时间是1919年7月16日。（参见周作人著，鲁迅博物馆藏：《周作人日记（影印本）·中》，大象出版社，1996年。）

[4] 周作人：《新村的精神》，《新青年》，1920年，第七卷第二号。

时稍显偏远一些的长沙都出现了工读互助性质的组织，并且其活动也得到了社会各界的广泛关注，《晨报》《星期评论》《时事新报》等在舆论界较有影响力的报刊都显示出了对各地工读互助团进展情况的极大兴趣，在当时社会上和青年群体中都颇有号召力的胡适、戴季陶、李大钊等人也分别对工读互助团的利弊做出了较为深刻的分析，其中李大钊、胡适等人还是北京工读互助团的发起人。

在工读互助团轰轰烈烈地开展建设活动的同时，其内部却潜伏着巨大的危机，这导致了工读互助团在全国范围内仅仅存在了一年左右的时间就销声匿迹了。正如倡导者们所构想的，工读互助团从本质上来说，是一个聚焦于精神和道德上的团体，是脱离了一定的社会基础的，有着强烈的乌托邦色彩和自身内在的封闭性。周作人在日本考察日向新村的时候就已经发现了其中存在的问题，“新村的农作物，虽略有出产，还不够自用，只能作副食物的补助”，[5] 这种问题在被直接移植进了“五四”时期的中国之后就显得更加突出了，因为对此时的中国而言，尚未正常运行的国家机器面临着更多的现实问题，而这些问题却是为工读互助团所有意或无意回避了的。工读互助团在全国范围内消失之后，作为其

[5] 周作人：《新村的精神》，《新青年》，1920 年，第七卷第二号。

重要成员之一的施存统对这一年左右的工读互助生活进行了深入的反思，并倡导青年人要去面对现实，提出了“投向资本家底下的生产机关”的主张：“社会没有根本改造以前，不能试验新生活，如果有人要试验新生活，还须跑到世外桃源去！比方新生活里不用兵，政府征兵怎么样？强盗来抢怎么样？新生活里实行共产，政府要纳税怎么样？政府要抽捐怎么样？新生活里主张自由，社会上人闯进来怎么样？地皮那里来？资本那里取？所做的工作是不是直接间接受资本家的支配，做资本家的奴隶？……‘投向资本家底下的生产机关去!’这句话真用得着！青年朋友呵！我们要改造社会，我们还须投向资本家底下的生产机关去!”[6] 而较早在中国宣传社会主义思想的戴季陶基于其所掌握的马克思主义经济学理论而做出的分析更是直接点明了工读互助团必然失败的原因，戴季陶认为：“在资本家的生产方法以世界的强力压迫着自由劳动者的时代，无论甚么人，没有不受这一个强力的支配。威迫个人的社会生活，妨碍学生的自由思想，为主的并不是家庭，不是官厅，不是学校，只是资本家生产法所代表的财产私有制。在这一种社会组织的下面，要想用很小一部分人的能力，一面作生产的工，一面达求

[6] 存统：《“工读互助团”底实验和教训》，《星期评论》，1920 年 5 月 1 日。

学的目的，在事实上是做不到的。而且以不熟练的工作能力，不完全的幼稚的生产机关，要想独立回复资本家生产制所侵蚀的‘剩余劳动时间’，更是做不到的。”[7]

时间到了1923年，当曾经醉心于“工读主义”的探索者们早已由乌托邦的迷茫中走出并开始更加深刻地思考社会变革的各种可能性的时候，[8]一位青年却被早已是明日黄花的“工读主义”吸引，不远千里来到北京，并因此改变了他一生的轨迹，这位青年就是沈从文。通过考察带有自叙性质的文本《从文自传》和《从现实学习》，[9]不难发现，沈从文在1923年放弃了即将来临的

[7] 季陶：《工读互助团与资本家的生产制》，《新青年》，1920年，第七卷第五期。

[8] 例如陈独秀、毛泽东、李大钊等人已经开始着手发展壮大刚刚诞生的中国共产党；周作人则发起“文学研究会”，提倡创造一种“为人生”的文学（《文学研究会宣言》，《小说月报》，1920年，第一卷第一号。）；胡适则开始着手对中国的一切历史文化作出“科学”的整理（《发刊宣言》，《国学季刊》，1923年，第一卷第一号。）。

[9] 《从文自传》初版于1934年，1943年开明书店出版修订本；《从现实学习》发表于1946年的《大公报》。发表之后，两文又多次再版，而当事人多尚存于世，就本论文涉及的内容，并未见有指谬；而且在这两个时期，沈从文曾多次卷入文坛论争，攻击沈从文的郭沫若等人也未针对这两篇文章所提事件的真伪做文章；另外，沈从文本人在1980年接受《新文学史料》采访时，回忆《从文自传》的写作过程，曾经说这部作品的形成是“就个人记忆到的写下去，既可温习一下个人生命发展过程，也可以让读者明白我是在怎样环境下活过来的一个人……部分读者可能但觉得‘别具一格，离奇有趣’。只有少数相知亲友，才能体会到近于出入地狱的沉重和辛酸。”（沈从文：《从文自传》，《沈从文全集》（第13卷），北岳文艺出版社，2002年，第367页。）所以，本论文作者认为，虽然内中不免有文学性的成分夹杂，但是这两篇自传仍有着较高的真实性。

“小绅士”的生活和相对优厚的军队俸饷[10]而毅然来到北京的这一行动，绝不是一时的头脑发热或是随波逐流的盲动，其背后有着很明确的指向。沈从文曾在各种场合屡次提到他来到北京是受到了“‘五四’运动余波的影响”，[11]而这“余波”主要指的就是1920年代初由北京兴起，沸沸扬扬蔓延到全国的工读互助运动。

沈从文与新文学的第一次接触是在湘西的报馆中，印刷工头赵奎武[12]“买了好些新书新杂志，削了几块白木板子，用钉子钉到墙上去”，在这些书中，沈从文最多提及的则是《新潮》《改造》《创造周报》等。这些书对于沈从文思想的影响是极大的。“为了读过些新书，知识同权力相比，我愿意得到智慧，放下权力。我明白人活到社会里应当有许多事情可作，应当为现在的别人去设想，为未来的人类去设想，应当如何去思索生活，且应当如何去为大多数人牺牲，为自己一点点理想

[10] 参见沈从文：《从文自传》，《沈从文全集》（第13卷），北岳文艺出版社，2002年。

[11] 沈从文：《从文自传》，《沈从文全集》（第13卷），北岳文艺出版社，2002年，第368页。其作于1988年的《自我评述》中也有“一九二二年‘五四’运动余波到达湘西，我受到新书报影响，苦苦思索了四天，决心要自己掌握命运，毅然离开家乡，只身来到完全陌生的北京。”（沈从文：《自我评述》，《沈从文全集》（第13卷），北岳文艺出版社，2002年，第397页。）

[12] “赵奎武”一名参见《沈从文年表简编》，在《从文自传》中记作“赵奎五”。

受苦，不能随便马虎过日子，不能委屈过日子了。”[13]在这之后，沈从文有着一个颇有意味的举动：为“工读团”捐款。从时间上看，沈从文在湘西报馆赵奎武处读到《新潮》《创造周报》《改造》等刊物的时间只有1923年夏天这短短的几个月，而他竟然在报刊上所宣传的工读互助理念的影响下，署名“隐名兵士”，将自己十天的薪饷捐献给了“工读团”，并认为这是一次“捐资兴学的伟大事业”，[14]这足以见得沈从文对于这一具有乌托邦色彩的政治实践的倾心。

但是如果翻阅沈从文可能阅读过的这些报刊，就会发现，从1921年之后，有关“工读互助团”实践的报道就基本消失了。从1919年底，当时最早也是规模最大的北京工读互助团成立，到1920年3月宣布解散，“工读主义”运动开始全面以失败告终，前后仅仅数月时间，[15]沈从文“捐资兴学”所经过的中介《民国日报·觉悟》在这段时间内对“工读互助团”的活动是颇为关注的，而在“工读互助团”销声

[13] 沈从文：《从文自传》，《沈从文全集》（第13卷），北岳文艺出版社，2002年，第360—362页。

[14] 参见沈从文：《一个转机》，《沈从文全集》（第13卷），北岳文艺出版社，2002年，第363页。

[15] 有关北京工读互助团最后的信息应是1920年10月28日，在《北京大学日刊》上刊登的《快！清洁！》一文，文章实际上是一则“北大工读互助团第四组底食品部——食劳轩”的广告，此后，就再无消息了。

匿迹前后，这份报刊也屡屡提到了它的失败，而失败的原因，又多归结于“经济的压迫”。其中论及上海的工读互助团，哲民说道：“上海的工读互助团也不过这两层困难，所以从第一次开筹备会到今日，一些还没有切实的表示，就因为经费难筹、会员难招的两个缘故。我对于这些事情，虽没有十分研究过，但从经验上看来，总不出上面所说的两个难题。”[16]而上海工读互助团在这一时期确实有着筹钱的举措，他们在刊物上公开求助：“在开始筹划的时候，约需一千元的费用，若是赞成我们的宗旨、而愿意帮助一般青年的人，希望能够在经济上赞助赞助为感！”[17]从1920年的境况来看，“工读互助团”作为一个新生事物，其在宣言中所描绘的前景还是颇为让人神往的，而在他们自己的理论构架中，其最大的问题就是资金的不足，只要解决了资金的问题，其思想主张就指日可待了。这样看来，1923年的沈从文看到的很可能就是这样的一类文字，而对于这之后不久出现的令人泄气的“工读互助团解散宣言”以及对于解散了的“互助团”所进行的阶级和生产关系维度上的深刻分析并不知

[16] 存统、哲民:《投向资本家底下的生产机关去》,《民国日报·觉悟》，1920年4月11日。

[17] 《上海工读互助团募捐启》,《星期评论》,1920年3月7日。

晓。[18]正如有研究者指出的：沈从文始终有一种“哲学的贫困”，他始终关心的是“形态”而不是“动态(演变过程)”，[19]对于事物的认知缺少发展维度而常常陷于静态观察局限之中。在沈从文眼中，“工读互助团”是一个已经“完型”的运动，而“工读主义”中“教育和职业合一的理想”是一个已经达成了的目标；而在湘西，沈从文看到了他的上司陈渠珍所兴办的“皮工厂，帽工厂，被服厂，修械厂，组织就绪已多日，各部分皆有了大规模的标准出品。第一班师范讲习所已将近毕业，中学校，女学校，模范学校，全已在极有条理情形中上课。……在无事无物不新的情形中，那分活动实在使我十分羡慕”。[20]这一切都在吸引着年轻的沈从文，怂恿他不断产生对于北京这一“工读主义”中心的遐想。

在“20 世纪第一个十年的后期，社会进化论、地方自治计划、西方教育和军事改革一下子都传入了湘西，跟着又是文学革命和 1919 年的五四运动”。[21]在这

[18] 参见《呜呼工读互助团》,《时事新报》, 1921 年 2 月 3 日。

[19] 参见赵园:《沈从文构筑的“湘西世界”》,《文学评论》, 1986 年第 6 期。.

[20] 沈从文:《从文自传》,《沈从文全集》(第 13 卷), 北岳文艺出版社, 2002 年, 第 363 页。

[21] (美)金介甫著, 符家钦译:《沈从文传》, 时事出版社, 1990 年, 第 6 页。

种语境下，新语词对于旧语词的冲击是显而易见的，而新旧语词之间的叠加更使得湘西的文化语境光怪陆离，即使是引导沈从文走上文学之路的湘西印刷厂工人赵奎武，在当时也认为冰心是和鱼玄机、随园女弟子类似的“天下闻名的女诗人”。在这种文化语境下，思想资源的附加值被大大提高，成为了一种被“附魅”的存在，文化，尤其是新文化，已经不单单是一种思想的资源，而成为了一种带有资本性质的东西。这种文化上的“魅”，使沈从文的思想顺理成章地服从于大量占有新语词的“五四”文化。“初初注意到时，真发生不少反感！可是，为时不久，我便被这些大小书本征服了。我对于新书投了降，不再看《花间集》，不再写《曹娥碑》，却喜欢看《新潮》《改造》了。”在这种服从中，沈从文甚至放弃了自己的主体性：“我崇拜他们，觉得比任何人还值得崇拜。我总觉得稀奇。他们为什么知道事情那么多。一动起手来就写了那么多，并且写得那么好。可是我完全想不到我原来知道比他们更多，过一些日子我并且会比他们写得更好。”[22]这就使沈从文对北京有了一种“朝圣”式的想象。

在1923年之前，沈从文其实还有一次逃离家乡的

[22] 沈从文：《从文自传》，《沈从文全集》（第13卷），北岳文艺出版社，2002年，第361—362页。

举动，当沈从文由于被人骗去家中余款而“必得走到一个使人忘却了我的存在，种种过失，也使自己忘却了自己种种痴处蠢处的地方，方能够再活下去”的时候，他是“本预备到北京的，但去不成”。这一次，沈从文只是溯沅江而上，到了常德就停了下来，他来到常德之后，“到这街上来来去去，看这些人如何生活，如何快乐又如何忧愁，我也就仿佛同样得到了一点生活意义。”[23]对比两次沈从文的“离家出走”，不难发现在接触新文化之前，湘西文化的“自为”对沈从文的向心力是巨大的，沈从文甚至不愿意走出湖南省的范围；而只有在接触新文化之后，原先在生活中形成的“自为”的知识体系被外来语词强制性地拆散，对于知识结构有所自觉之后，“北京”作为新文化，尤其是“工读主义”的文化中心，其“圣城”的意义才被凸显出来。沈从文在《从文自传》中对于自己原有知识系统的否定，正是一个具有献祭意味的行动，在这之后，沈从文将自身置于“五四”文化运动余波中工读互助团的叙事伦理之下，忘我地，[24]义无反顾地离开了湘西，来到了工读互助团最先发起的地方——北京。

[23] 沈从文：《从文自传》，《沈从文全集》（第13卷），北岳文艺出版社，2002年，第329页。

[24] “忘我”指沈从文的主体意识在此时服从于“工读主义”的整体意识当中。

二

当沈从文抱着“半工半读，读好书救救国家”的梦想来到北京的时候，他所神往的“工读互助团”运动却早已偃旗息鼓了。在“五四运动以后第三年”，身边“剩余七块六毛钱”的沈从文，在北京“当真就那么住下来了”。而支持他的就只是一个“信仰”，这“信仰”来自于“以为社会必须重造，这工作得由文学重造起始。文学革命以后，就可以用它燃起这个民族被权势萎缩了的情感，和财富压瘪扭曲了的理性”的信心，以及之前对“工读主义”理念的强烈认同。但是，在1923年的北京，沈从文却体会到了与之前的设想完全不同的残酷的现实。“先是在一个小公寓湿霉霉的房间，零下十二度的寒气中，学习不用火炉过冬的耐寒力。再其次是三天两天不吃东西，学习空空洞洞腹中的耐饥力，并其次是从饥寒交迫无望无助状况中，学习进图书馆自行摸索的阅读力。再其次是起始用一支笔，无日无夜写下去，把所有的作品寄给各报章杂志，在毫无结果等待中，学习对于工作失败的抵抗力与适应力。”[25]经济的压力和环境的艰苦使沈从文经历了其人生中最难熬的一段

[25] 沈从文：《从现实学习》，《沈从文全集》（第13卷），北岳文艺出版社，2002年，第374—376页。

时期，他本可以听从那位亲戚的建议“在乡下作老总”，也可以听从郁达夫的劝告放弃文学，[26]而沈从文还是坚持了一种为别人所不理解的生活方式，这种生活方式的本质是一种文化上的选择。

在工读互助团消失两年后，北京的文化环境已经起了较大的变化，一方面，“文学思想运动已显明在起作用，扩大了年青学生对社会重造的幻想与信心”；另一方面，“那个人之师的一群呢，五四已过，低潮随来”，“北京城目下就有一万大学生，毕业后无事可做，愁眉苦脸不知何以为计”。[27]时过境迁，但是沈从文却抱着一个坚定的“信仰”，这种“信仰”来自一个非亲历者对于工读互助团的想象性体认。

沈从文与工读互助团之间有着一定程度上的时间差，这让沈从文并不能很好地了解工读互助团从兴起到衰落的短短一年间到底发生了什么，进而也无从对在经济困境表象背后的深刻的社会政治原因进行思考；[28]就沈从文来京之前所读到的新文化刊物上所报道的，工读互助团在进行实践的时候，其所要面对的最大的压

[26] 参见郁达夫：《给一位文学青年的公开状》，《郁达夫全集》（第3卷），浙江大学出版社，2007年，第105页。

[27] 沈从文：《从现实学习》，《沈从文全集》（第13卷），北岳文艺出版社，2002年，第374—378页。

[28] 虽然这一时间差可能是由于空间因素造成的，但是这也印证了赵园所说的沈从文“哲学的贫困”。（参见赵园：《沈从文构筑的“湘西世界”》，《文学评论》，1986年第6期。）

力还是来自于经济上的。这种地理上的缺席和对于报刊叙述中的想象导致进京初期的沈从文对于工读互助团失败教训止步于经济层面。于是，沈从文站在三年前的立场，对1923年的北京文化场域表达了毫不遮掩的失望：“‘勤学’和‘活动’已分离为二。不学并且像是一种有普遍性的传染病。许多习文学的，当时即搁了学习的笔，在种种现实中活动，联络这个，对付那个，欢迎活的，纪念死的，开会，打架——这一切又一律即名为革命过程中的争斗，庄严与猥亵的奇异混合，竟若每事的必然，不如此即不成其为活动。……时间于是过去了，‘革命’成功了。现实使一些人青春的绿梦全褪了色。我那些熟人，当真就有不少凭空做了委员，娶了校花，出国又回国，从作家中退出，成为手提皮包，一身打磨得光亮亮的小要人。”而沈从文认为自己“并不是为吃饭和做事来北京的”，“喝北风，晒太阳”的生活固然痛苦，“欠公寓伙食账太多时，半夜才能回住处，欠馆子饭账三五元，就不大敢从门前走过”的日子固然窘迫，“有饭吃，有事做，将来还可以——”的期许固然有吸引力，但是沈从文仍然坚持着他的“乡下人的呆想头”，“为了证实信仰和希望”，走着一条“完全落了伍”的道路，而姐夫田真逸叮嘱沈从文的“可千万别忘了”的“信仰”则是他“惟一的老本”。换成沈从文自己的话来表述这个“信仰”，就是“我想来读点书，半工半读，读好书救救国家。这个国家这么下去实在要不得。”[29]

但是，沈从文对这“惟一的老本”的理解实际上和工读互助团起初的设定之间还是存在着较大的差别的，“工”和“读”在沈从文那里并不是一个合一的概念。在沈从文从新文化刊物上看到“工读互助”这样一种政治实践理念之后，陈渠珍在湘西所兴办的一系列工厂和学校又为他提供了与这种理念的表现方式类似的直观呈现。在这种状况下，“工读主义”对于沈从文的吸引，主要还是其中“新”文化的成分，沈从文期待着被“附魅”的新语词能够解释在新旧文化冲击之下个人生活中的困惑。相比之下，沈从文更倾向于“读”，而“工”只是“读”的支持和一种替代性资源，从沈从文最初为自己设置的命运轨迹来看，“读书”——“作警察”——“认输”[30]这样的逻辑线索显示出了“工”在沈从文思维中的让步性。而“学”这一维度与“工”相比就显得十分突出，沈从文喜欢说自己来北京是“进到一个永远无从毕业的学校，来学习那课

[29] 参见沈从文：《从现实学习》，《沈从文全集》（第13卷），北岳文艺出版社，2002年，第372—376页。

[30] 沈从文：《从文自传》，《沈从文全集》（第13卷），北岳文艺出版社，2002年，第364页。

永远学不尽的‘人生’了”，[31]当沈从文在北京西河沿的一家小客店的旅客簿上写下“沈从文年二十岁学生湖南凤凰县人”[32]的时候实际上已经做出了一个文化选择，这种选择从其住址从西西会馆到沙滩公寓的迁移而进一步得到确认。[33]

这一时期沈从文的小说《老实人》《绝食以后》《怯汉》等也显示了沈从文对于北海公园等北京城内新的公共文化空间的偏爱，而这些民元之后才向公共敞开的新的文化空间同时也是学生聚集的地方。[34]当唯刚先生在《大学与学生》一文中将沈从文的小说《遥夜》当做是“学生”作品的时候，沈从文异常兴奋，感到“很自慰”，“想我虽不曾踹过中学大门，分不清洋鬼子字母究竟是有几多，如今居然便有人以为我是大学生；既有人以为我是大学生，则果有能力返到旧游地时，便很可扛着大学名义搏去，不必再设法披什么灰衣上

[31] 沈从文：《自我评述》，《沈从文全集》（第13卷），北岳文艺出版社，2002年，第397页。

[32] 沈从文：《从文自传》，《沈从文全集》（第13卷），北岳文艺出版社，2002年，第365页。

[33] 姜涛：《从会馆到公寓：空间转移中的文学认同——沈从文早年经历的社会学再考察》，《中国现代文学丛刊》，2008年第3期。

[34] 参见姜涛：《沈从文与20世纪20年代北京的文化消费空间》，《都市文化研究》，2012年第1期。

身了”。[35]由此看来，沈从文眼中的“工读”并不是工读互助团所说的“人人作工，人人读书，各尽所能，各取所需”，倒更像是工读互助团所进行过严格分别的“半工半读学校”的主张，[36]与“工读互助团的课程是没有一定的”这一设计相反，沈从文更希望获得的是一个学生的身份，而严格的课程设计在形成“学生”这一身份认同的过程中的意义是不言而喻的，沈从文之所以没有走入校园而走入了社会这个永不毕业的学校，在当时只是因为没有钱。[37]沈从文“过北京本意是读书，但到了那地方，才知道任何处皆缺少不花钱可读书的学校，故只在北京小公寓中住下”。[38]在饥寒交迫中，沈从文曾经为找寻工作挣扎过，在成为“职业作家”之前，曾先后在北京及周边做过许多短工，如《现代评论》做发报员、在京兆尹薛笃弼的秘书室任书记、在香山慈幼院任图书管理员等，但是他始终不愿离开北京的自然边界，以及北京在当时中国所形成的

[35] 沈从文：《致唯刚先生》，《沈从文全集》（第11卷），北岳文艺出版社，2002年，第39页。

[36] 参见王光祈：《工读互助团》，《少年中国》，1919年，第一卷第七期。

[37] 虽然沈从文曾经投考燕京大学，由于考试被判为零分，被退还报考费，但是这并不能说明沈从文的文化水平不行，况且沈从文之前还有着投考中法大学被录取的经历，其最终未能进入校园的最主要原因还是经济上的窘迫。

[38] 沈从文：《从现实学习》，《沈从文全集》（第13卷），北岳文艺出版社，2002年，第371页。

独特的文化场域。即使是面对着待遇相对优厚的甘肃省省府秘书一职，沈从文的这个信念也没有改变，比较这时沈从文所可能面对的几种工作，甘肃省省府秘书这一无论是在社会地位上或是在经济条件上都要比四处打零工要好得多，《沈从文年表简编》中对沈从文这一行动的解释是“珍惜北平的文化环境”，[39]这种说法是准确的。面对着困窘的生活境遇，沈从文也曾经有过动摇，“各方面的测验，间或不免使得头脑有点儿乱，实在支撑不住时，便跟随什么直系奉系募兵委员手上摇摇晃晃那一面小小三角白布旗，和五七个面黄肌瘦不相识同胞，在天桥杂耍棚附近转了几转，心中浮起一派悲愤和混乱。”但是在当时，北京所具有的“新文化”资源是哪里也无法替代的，这对沈从文的诱惑甚至超越了对生存本身的关注，所以“到快要点名填志愿书发饭费时”，强大的文化向心力又将沈从文带回了当初的文化选择，告诉沈从文“可千万别忘了信仰”，于是沈从文“便依然从现实所作成的混乱情感中逃出，把一双饿得昏花朦胧的眼睛，看定远处，借故离开了那个委员，那群同胞，回转我那‘窄而霉小

[39] 参见沈虎雏等编：《沈从文年表简编》，《沈从文全集》（附卷），北岳文艺出版社，2002年，第8页。

斋'，用空气和阳光作知己，照旧等待下来了。”[40]就这样，在不断地坚持和努力下，沈从文终于在1924年底的《晨报副刊》上发表了《一封未曾付邮的信》，迈出了其写作生涯的第一步。到了1926年，沈从文由于发表《第二个狒狒》得罪了香山慈幼院的管理者而离开这个使他安身半年有余的工作。在此之后，在理想与现实的双重作用下，他就以写作为生，成为了一名职业作家。

沈从文本人对他“职业作家”的身份是非常重视的，以至于在半个多世纪以后，他还不无骄傲地回忆道：“我算是第一个职业作家，最先的职业作家，我每个月收入从来不超过四十块钱。”[41]在《沈从文先生自订年表》中，“简历”一栏详细记录了作者本人历次工作的变动，其中记录有“一九二四～一九二八：写作（职业）”、“一九二八～一九四七：业余写作，曾编《大公报》《益世报》等文艺副刊”，[42]从对“写作”这一行

[40] 参见沈从文：《从现实学习》，《沈从文全集》（第13卷），北岳文艺出版社，2002年，第376页。

[41] 沈从文：《在湖南吉首大学的讲演——一九八二年五月二十七日》，《沈从文全集》（第12卷），北岳文艺出版社，2002年，第397页。沈从文说自己是“第一个职业作家”，是否为“第一个”有待查考，但是从1924年《一封未曾付邮的信》在《晨报副刊》发表开始，沈从文主要收入就来自稿费，说他是中国新文学的“第一批”职业作家应该是没有问题的。

[42] 张兆和整理记录：《沈从文先生自订年表》，《吉首大学学报（社会科学版）》，1998年第2期。

为“职业”或者“业余”的划分中可以看出，沈从文对作家与作品之间的关系是有着很强的自觉的。是否以创作维持生活，在很大程度上决定着作家的创作姿态，也决定着作家与作品之间的关系：以文学为“职业”，意味着作家和作品之间的关系变得紧张，作家必须以作品的市场为导向，其创作在很大程度上受到消费的钳制；而“业余”写作则不同，由于作家在写作时不必太多考虑作品是否为市场所接受，所以可以更加自由地往来于作品和消费之间，成为一种有“余裕”的文学。1927 年，鲁迅曾经在黄埔军校作了题为《革命时代的文学》的演讲，其中对于文学与经济之间的关系有着深刻的认识：“有人说：‘文学是穷苦的时候做的’，其实未必，穷苦的时候必定没有文学作品的；我在北京时，一穷，就到处借钱，不写一个字，到薪俸发放时，才坐下来做文章。忙的时候也必定没有文学作品，挑担的人必要把担子放下，才能做文章；拉车的人也必要把车子放下，才能做文章。”[43] 鲁迅所举例子中的生活状态，沈从文是深有体会的，在“职业”写作的时候，沈从文必须负上市场的犁轭，不断地调整自己文学创作的步伐，来适应消费的要求，沈从文起初“用

[43] 鲁迅：《革命时代的文学》，《鲁迅全集》（第 3 卷），人民文学出版社，2005 年，第 439 页。

一支笔，无日无夜写下去，把所有作品寄给各报章杂志”，换来的却是“毫无结果等待”，其原因不单单是因为沈从文的文化水平不行，更重要的是沈从文当时所依照的《新青年》《新潮》《改造》等刊物“所提出的文学运动社会运动原则意见”和“社会必须重造，这工作得由文学重造起始”的观念在大革命的浪潮冲击下，显得有些“过时”。[44]

就在沈从文来到北京的同时，给予他文学启蒙的《新青年》《创造周报》等都发生了重大的改变。《创造周报》于1924年停刊，成仿吾对停刊原因的解释是：“‘我们固然很愿意竭力于新文学的建筑，然而我们自己也要生活。’我们都很年轻，我们热爱青春的生活，我们不能把我们的有限的生命一齐都丢在一个无底的洞里。”而“外来的投稿虽然天天增加，然而可以用的很少，从二十号以下便渐渐感到稿乏的痛苦了。这种稿荒一直闹到了四十号”[45]的事实也表明了《创造周报》的编辑们已经和当时社会的主导潮流产生了很大的差距，以至于“外来”的投稿多半无法通过郁达夫、成仿吾等人的审核。在文章的落款日期上，成仿吾写

[44] 参见沈从文：《从现实学习》，《沈从文全集》(第13卷)，北岳文艺出版社，2002年，第374页。

[45] 成仿吾：《一年的回顾》，《创造周报》，1924年第52期。

下了“国耻纪念日”[46]的字样，这也是创造社众人以集体的方式，向着“五四”发出的最后的呼唤。[47]而《新青年》同人们也在激烈的争论之后各奔东西，杂志在1923年沈从文来京的时候，已经南迁，并成为了中国共产党中央正式的理论性机关刊物了。那些原先载于这些杂志令沈从文“发迷的美丽辞令”，“以为社会必须重造，这工作得由文学重造开始”的文学启蒙的主张，在大革命所带来的“现实”的比照下，“信仰和希望”显得“动人而空洞”。1924年前后，投奔革命成为了为青年们所热衷的选择，无数曾经为“五四”思想启蒙吸引的青年人不远千里翻越尚未通火车的湘粤边境，来到了革命圣地——广州，开始了一段全新的生活，显示出革命背后现代民族国家伦理的强大吸引力。[48]同时，大革命也在文化层面上带来了一系列带有消费意味的转变，人们认为：“信仰希望的惟有革命方能达到。革命是要推翻一个当前，不管它好坏，不问用什么手段，什么方式。这是一种现实。你出力参加，你将来就可作委员，作部长，什么理想都可慢慢实现。你不参加，那就只好做个投稿家，写三毛

[46] 指1915年5月7日，袁世凯政府与日本签订“二十一条”。

[47] 创造社在这之后其思想逐渐转向激进，成为了一个带有“左翼”色彩的团体。

[48] 参见邢照华：《黄埔军校生活史（1924-1927）》，商务印书馆，2014年。

五一千字的小文章，过这种怪寒伧的日子下去了。”在这种文化氛围的冲击下，沈从文“完全落了伍”，“革命一来，把三毛到一元千字的投稿家身分也剥夺了，只好到香山慈幼院去作个小职员。”

严酷的现实改变了沈从文为自己设定的创作道路，“工读主义”的梦已经被现实击碎，“在革命成功热闹中，活着的忙于权利争夺时，刚好也是文学作品和商品资本初次正式结合，用一种新的分配商品方式刺激社会时，现实政治和抽象文学亦发生了奇异而微妙的联系。我想要活下去，继续工作，就必得将工作和新的商业发生一点关系”。沈从文在这种情况下向着上海“走进第二步路”，可以说，沈从文1928年离京赴沪，是直奔着商业目的去的。但是，文学和市场的合谋已经完全背离了沈从文的初衷，这使得沈从文在上海仅仅停留了三年左右就重返北平，“乡下人觉得三年中在上海已看够了，学够了，因之回到了北平，重新消失于一百五十万市民群中，不见了。……北平的北风和阳光，比起上海南京的商业和政治来，前者也许还能督促我，鼓励我，爬上一个新的峰头，贴近自然，认识人生”。[49]理想和现实之间的巨大差距给沈从文留下了心理创伤，也促使沈从

[49] 沈从文：《从现实学习》，《沈从文全集》（第13卷），北岳文艺出版社，2002年，第380—382页。

文从最初的“工读主义”理想，走向了更为深刻的对于消费的批判。

三

二十余年后，当沈从文回首自己当年在市场的泥沼与消费的大潮中挣扎的时候，作出了这样的分析：“在革命成功的热闹中，活着的忙于权利争夺时，刚好也是文学作品和商业资本初次正式结合，用一种新的分配商品方式刺激社会时，现实政治和抽象文学亦发生了奇异而微妙的联系。我想要活下去，继续工作，就必得将工作和新的商业发生一点关系。……当时情形是一个作家总得和某方面有点关连，或和政治，或和书店——或相信，或承认，文章出路即不大成问题。若依然只照一个‘老京派’方式低头写，写来用自由投稿方式找主顾，当然无出路。”[50]沈从文的这番阐释带有很大程度的“事后之明”的意味，毕竟，1943年的沈从文已经不是那个身居北京，贫困潦倒的年轻人了，而是一个有着“(昆明市）西南联合大学副教

[50] 沈从文：《从现实学习》，《沈从文全集》（第13卷），北岳文艺出版社，2002年，第380页。

授”[51]头衔的中年文学家。比起在自传性质的《从现实学习》一文中所表现出的对当时文化环境的洞彻和明晰，1920年代的沈从文更多地表达了对于消费文化的亲历感，在对消费文化进行批判的同时，时刻传达出了一种作家在“工读主义”文化选择破灭后，不得不屈尊于消费市场的“切肤”痛感。

沈从文抱着“工读主义”的梦想来到北京之后不久，消费市场就给了他以当头一击，他曾经幻想着“用手与脑终日劳作来换每日低限度的生活费”[52]而不可得，只好将自己的创作捆绑在迎合市场的基础之上，这使沈从文在初登文坛的1925年，其发表作品数量达到了惊人的60余篇。[53]在作品获得丰收的同时，沈从文的生活上也略见起色，虽然还是时常捉襟见肘，但是至少已经不会再因经济问题而想到轻生。[54]然而，沈从文的痛苦并未因此而减少，他登上文坛的姿态与其来北京之前所期望的差距太大了，之前为了国家的梦想已经被“只

[51] 张兆和整理记录：《沈从文先生自订年表》，《吉首大学学报（社会科学版）》，1998年第2期。

[52] 沈从文：《一封未曾付邮的信》，《沈从文全集》（第11卷），北岳文艺出版社，2002年，第5页。

[53] 参见沈虎雏等编：《沈从文年表简编》，《沈从文全集》（附卷），北岳文艺出版社，2002年，第8页。

[54] 在《一封未曾付邮的信》中，沈从文曾经提到过，“我不能奋斗去生，未必连爽爽快快去结果了自己也不能吧？”（沈从文：《一封未曾付邮的信》，《沈从文全集》（第11卷），北岳文艺出版社，2002年，第3页。）

要莫流血，莫太穷，每月不至于一到月底又恐慌到房租同伙食费用，此外能够在一切开销以外剩少许钱，尽妈同九妹到一些可以玩的地方去玩玩”所取代，而且，沈从文认为“这生活算很幸福的生活了”。[55]甚至，为了生活，沈从文还调整了自己的创作倾向。由于“戏剧”这一体裁的文学作品比较容易发表，并且稿酬较高，沈从文就去创作并不为他所擅长的戏剧去赚取稿费，并在两年之内写出了近二十篇来，[56]这样的写作，其艺术成就自然难以保证，更遑论作者试图去坚守的“为人生”的写作理想了。在被唯刚先生等人赞为“天才”的背后，沈从文却为自己这样“工厂化”的写作方式深深困扰，他不禁扪心自问：“到这世界上，像我们这一类人，真算得一个人吗？把所有精力，竭到一种毫无希望的生活中去，一面让人去检选，一面让人去消遣，还有得准备那无数的轻蔑冷淡承受，以及无终期的给人利用。呼市侩作恩人，喊假名文化运动的人作同志，不得已自己工作安置到一种职业中去，他方面便成了一类家中有着良好生活的人辱骂为文丐的凭证。”[57]

[55] 沈从文：《不死日记》，《沈从文全集》（第3卷），北岳文艺出版社，2002年，第406页。

[56] 参见沈从文：《一个天才的通信》，《沈从文全集》（第4卷），北岳文艺出版社，2002年，第325页。

[57] 沈从文：《老实人》，《沈从文全集》（第2卷），北岳文艺出版社，2002年，第70页。

沈从文关于“工作”和“职业”的区别并非个人的创造，而是来自于工读互助团所秉持的一种理念。1920年，叶圣陶在《新潮》杂志上发表了《职业与生计》一文，提到了当时社会上流行的对于职业的大体观念：“他们以为职业是把来维持生计的——单单是维持生计的——职业是手段，生计是目的。这一项职业所得的酬报，维持生计的程度较高，便是较好的职业：大家都羡慕着他，想取得他。更从反面推想，有私产可以维持生计的人，就不必有职业。便是现在有职业的人，只消将所得的酬报，储蓄起来了，到了够维持将来的生计的时候，也就可以不务职业。总而言之，有生计问题，才有职业问题，倘没有生计问题，便没有职业问题。”《新潮》杂志是一份面向学生主体而立志于思想启蒙的刊物，于是，叶圣陶为了给这些青年们以明确的出路，在对这一流行观点进行批判的同时，又提出了自己关于职业的看法：“职业是有益于人类的，自己所能胜任的，全体为兴趣所涵濡的，实现我们的理想的一种活动。”[58]叶圣陶的这种与社会流行观点迥然不同的职业观并非个例，同一年，在青年群体中影响颇大的少年中国学会也发起了一项调查，其起因是由于“现在本会人数渐多，且散居各国者尤众，通信尚且不易，遑论学术及事业上之互

[58] 叶绍钧：《职业与生计》，《新潮》，1920年第3期。

助，即欲互助，亦不知从何助起”。而“夫个人不自知其终身欲究之学术与欲做之事业，则其人必终无成就。团体若不自知其各分子终身欲究之学术与欲做之事业，则其团体必无成就”。文中附调查列表一张，其调查内容有“终身欲研究之学术”、“终身欲从事之事业”、“事业着手之时日及其地点”、“将来终身维持生活之方法”、“最近住址”等，从表中不难看出，在当时这些青年学生眼中，“终身欲从事之事业”和“将来终身维持生活之方法”是截然不同的。在调查所提供的列表中，周太玄、王光祁、魏时珍、宗白华四人，除宗白华两项皆填的是“教育”之外，其余三人在“终身欲从事之事业”一栏填的都是与公益或国家建设有关的“平民医院”、“儿童公育”、“新村及工读互助团”等，而“将来终身维持生活之方法”一栏则填的是与个人经济密切相关的“医院助手”、“手工艺”等，而“教育”这一既有利于国家，又可以维持自己生计的“事业”更是为众人所青睐。[59]由此仍然可以看出，在“五四”一代学生群体的心中，“职业”和“生计”是完全不同的两个概念，相对于“生计”的功利化和个人化，“职业”则是崇高的，是与这个时代的启蒙话语

[59] 参见周太玄、魏时珍、宗白华、王光祁：《会员通信》，《少年中国》，1920年第4期。

与国家伦理息息相关的。

沈从文所说的“工作”，相当于之前叶圣陶所提到的“职业”；而沈从文所认为的“职业”，相当于叶圣陶所谓的“生计”。从沈从文对于自己身世的叹息中，不难发现，“工读主义”的理想在已经走上“职业作家”道路的沈从文的观念中，依然是占着很重要的地位的，也再次证明了沈从文的坚毅：在任何环境中，都没有忘记他的“信仰”。

虽然“工读主义”无论是在理论构架上还是在具体实践中，都存在着各种严重的局限性，但是它毕竟是一种富有建设性意义的民族国家政治想象，比起为市场和金钱所占据的消费文化来说，还是有着很强的超越性的。站在“救救国家”的高度上，沈从文发现，看起来错综复杂的市场背后，其所仰仗的一套伦理居然是如此地简单，“我因为知道得清清楚楚，我的值一百元或八十元一部的小说稿子，由这些人过手印出以后，第一版是便赚了若干倍钱，对于市侩总觉可敬的。中国有这些善于经营事业的人，正如此时中国有很多的革命家一样，这都是些有福气有本领的人、才能利用无价值的精力与无价值的性命，攫到金钱和名位。”沈从文在对消费文化进行智力上的超越之后，却无可奈何地发现自己仍是无法逃离消费文化的网笼，甚至连嘲笑它的力量都没有，由此产生的强烈的挫败感让沈从文在职业作家的生涯中体会到了一种无望，在消费文化的语境中，“说话资格不是每一个平民皆有，……在他们，只要把书店一开张，自然有那各样货色送来给老板赚钱”，而处于消费食物链最底端的沈从文“纵算把身赎了，还有其他穷的靠作文章为活的人，因此我想改业也不成。”[60]即使是被人称为“天才”，沈从文也清醒地认识到，这只不过是消费文化本身的一个阴谋，是各个小团体争夺市场的一个噱头，[61]于是，在1930年，当沈从文第一次从“职业作家”所面临的窘境中抽身出来的时候，[62]他迫不及待地向社会宣称：“从今天起，这书上的‘天才’死去了。”[63]这个宣告中并不带有悼词式的悲伤，而是带有一种新生的欢愉，沈从文在这个宣告中告诉读者，他将以一种新的姿态继续写作。

[60] 沈从文：《不死日记》，《沈从文全集》（第3卷），北岳文艺出版社，2002年，第403页。

[61] 参见沈从文：《从现实学习》，《沈从文全集》（第13卷），北岳文艺出版社，2002年，第375—380页。

[62] 1929年，沈从文、胡也频、丁玲三人办《红黑》杂志，目的是为了“摆脱书店老板的盘剥”，《一个天才的通信》即载于《红黑》杂志被迫停刊前的两期上。而1929年《红黑》杂志停刊，沈从文在徐志摩和胡适的帮助下，在上海中国公学任教，并兼任上海暨南大学中国小说史课程，同时，大哥沈云麓接其母亲回湘西、与新月社同人日益友善这些事件也使得在这个“最勤快工作的年份”里，沈从文的经济状况大大好转。

[63] 沈从文：《一个天才的通信》，《沈从文全集》（第4卷），北岳文艺出版社，2002年，第325页。

在沈从文1920年代之后的作品中，对于消费文化的批判一直是一个重要的主体，但与1920年代相比，那种“切肤”感已经转化成一种痛定思痛后的思考，这种思考一直延伸进了沈从文后期的创作之中。但是，还是像赵园所分析的，沈从文并不能很好地分辨事物的“形态”和“过程”，再加上“工读主义”本身在理论上具有的拒斥消费的维度和长期为消费市场所奴役而带来的心理创伤，沈从文错误地将“国防文学”、“抗战文学”等一些对于民族国家在战火中重生起过重大作用的文学运动和1920年代消费文化相等同，认为这些都是经不起“时间”来“陶冶清算”的“空洞理论”，而应时代所需出现的文学思潮只不过是“一个明眼人是看得出的”“活泼背后的空虚”，作家们“事业或职业部门多，念念不忘出路不忘功利”而“搞文学”、“充作家”，是“民族自杀的工具”。[64]这也是沈从文在1948年前后成为郭沫若等人所重点打击的对象，最终被排斥在文坛之外的一个重要原因。

“工读主义”和工读互助团在现代中国的历史上无疑只是一次昙花一现的政治实践，而在各地工读互助团纷纷解体之后，其主要参与者纷纷转向了各种更切实、

[64] 参见沈从文：《从现实学习》，《沈从文全集》（第13卷），北岳文艺出版社，2002年，第380—383页。

更具有建设性的政治实践中去之后，对于这次运动和中国思想界的关系也较少有人做过反思性的工作。通过对沈从文1920年代文化选择的考察，我们发现了一个在工读互助团破产之后仍默默坚守“工读主义”理想的文学青年在面对消费文化时的痛苦与反思。同时提醒我们，在现代中国的文化语境中，新媒介的广泛传播以及地域带来的时间差使得一种思潮可能在其主体已经衰落的时候，其余波却在另一个地方生根发芽，在对工读互助团进行的众多共时性考察的同时，一种历时性的研究也是必不可少的。

沈从文与中国物质文化史研究

赵连赏

中国社会科学院副研究员，北京服装学院博导。

在中国从事物质文化史研究领域的学者中，第一个坚持不懈、执着走到成功的当属沈从文。物质文化，通常是指人类创造的一切物质产品和通过这些产品表现出的人类文明状况。广义上的物质文化研究，包含古今中外的物质文化研究，自然也包括对物质文化历史的研究。在西方，物质文化史概念的提出，已有半个多世纪，现在已经成为史学界广泛认同的独立研究领域。[1]不广为人知的是，沈从文作为明确提倡物质文化史研究的先驱者之一，其认识甚至略早于国外研究。

大家知道，物质文化史研究以文物为主要对象，涉及考古发掘、民族民俗、历史文献、科技艺术等多个学科，只有小学毕业的沈从文依靠他的聪明才智和坚忍不拔的毅力，在不到四十年的时间里，先后对瓷器、铜器、玉器、漆器、琉璃、建筑、家具、绘画、纸张、舞蹈、乐器、扇子、灯具、剪纸、车马、绸丝、染织、图案等物质文化史专题进行研究，发表了逾千万字的学术著述。[2]创造了一个学术界的奇迹。

成绩的取得来之不易，除了靠沈从文自己智慧的大脑去记忆、去思考各种问题外，善于发现文物之美、对物质文化史研究事业的热爱、对学术的深入理解和追求，更是他学术事业取得成功的重要原因。

一、文物之美

从文学创作转行到物质文化史研究，并不是沈从文

[1] 参见肖文超:《西方物质文化史研究的兴起及其影响》,见《史学理论研究》，2017 年第 3 期。

[2] 依据张兆和主编：《沈从文全集》，北岳文艺出版社，2002 年版统计。

心血来潮的草率决定，按他自己的话说，他对文物“一直有兴趣”[3]，甚至先于文学创作。

早在沈从文为湘西王陈渠珍做文书时，就有了接触文物的机会。陈是位有一定文化修养的人，他的身边收有不少文物和书籍，“大橱里有百来轴自宋及明清的旧画，与几十件铜器及古瓷，还有十来箱书籍，一大批碑帖，不多久且来了一部《四部丛刊》。”[4]这些东西都由沈从文负责管理和编序，待该办的事情完成后，无事时他就把那些古书画一轴轴、一卷卷地取出，或将书画挂在会议室的墙壁上独自鉴赏，或翻开《西清古鉴》、《薛氏彝器钟鼎款识》对照书中的文字，认识所存的铜器名称。并通过这些文物中的“一片颜色”、“一块青铜”、“以及一组文字”等“种种艺术”中，领略到文物的美，获得了对物质文化的初步认识。

来到北京后，北京素朴的古都风貌，到处的文物古迹，对沈从文来说，就是“3000年间一个文化博物馆”。“(住的地方) 向左边走二十分钟又到了另外一个天地，那里代表六个世纪明朝以来的热闹市集，也可以说是明清的人文博物馆。……象征皇朝一切尊严的服装

[3] 参见沈虎雏整理，沈从文：《（沈从文）答瑞典友人问》，见张兆和主编：《沈从文全集》（第27卷），北岳文艺出版社，2002年，第347页。

[4] 沈从文：《学历史的地方》，见《沈从文别集》，岳麓书社，2017年，第171页。

器物……像翡翠、玛瑙、象牙、珍珠等，无所不有。”[5]处在这样一个到处是“光彩耀目”精美文物的古老文化氛围中，进一步增添了沈从文对文物美的感受。

此后，沈从文的目光开始瞄向祖国大地上一切物质文化之美。有来自沈从文家乡湘西土家族、苗族地区，仅好花样就“不下百种”，“美不胜收”，又充满民族传统特色的刺绣织物。[6]有最早来自三千年前的商代铜镜、两千多年前战国时期五光十色的各类丝织物、一千多年前的唐宋时装、距今数百年的明清瓷器、漆器，还有以敦煌莫高窟为代表的各代壁画。如此等等，都是沈从文眼中的“美物”。甚至别人看到的“破衣烂衫”，在他眼中都是美丽的宝贝。能够在数百万冰冷、陈旧、甚至残缺不全的文物中，寻找到“万千种制作精美、花纹壮丽”[7]的古代文物精品，是沈从文的绝技。

二、热爱文物

了解和接触过沈从文的人可能都会知道，他对

[5] 沈从文：《从新文学转到历史文物》，见张兆和主编：《沈从文全集》（第12卷），北岳文艺出版社，2002年，第385页。

[6] 沈从文：《湖南的人民艺术》，见张兆和主编：《沈从文全集》（第31卷），北岳文艺出版社，2002年，第333页。

[7] 沈从文：《文史研究必需结合文物》，张兆和主编：《沈从文全集》（第31卷），北岳文艺出版社，2002年，第312页。

祖国文物事业充满热爱，全身心投入，甚至不顾健康和生命。

在物质文化史研究生涯中，沈从文对待文物和工作，始终充满了热情。他不赞同那些对待文物研究工作“缺少眼光四注的热情”[8]的人，用自己一生的行动感染着周围的人，同时也在向他们证明着这股热情。八十年代中期，患病已久的沈从文身体和精神都已大不如前了，但他对珍贵的文物还是那样地充满了感情。一次，王㐨为某博物馆拍摄一件玉龙的幻灯片，这条玉龙就是后来华夏银行当作行标的那条大龙。龙的整体造型呈首尾相顾的c状，有一尺多高，头、鼻、嘴、眼打磨雕刻得自然清晰，墨绿色的扁圆的龙身上带些青白色的瑕斑，虽然经过了五六千年的尘埋，出土后仍然闪烁着柔润的油光，是件不可多得的顶级文物。拍摄任务完成后，呈送沈先生过目。当这件国宝慢慢呈现在老先生面前时，他那因病了许久显得有点迟滞的眼睛，一下子亮了起来，用中风后不太灵便的手紧紧抓住大龙，笑眯眯地上下左右细细端详，生怕有漏看的部分。那神态，仿佛看到长久不见的自己的孩子，长时间不肯释手。

沈从文这种对文物的挚爱是由来已久的。早在50

[8] 沈从文：《关于文物‘古为今用’问题》，张兆和主编：《沈从文全集》（第31卷），北岳文艺出版社，2002年，第343页。

年代，他对文物就已达到痴迷的程度。为了能准确把握每件需要研究的文物的特点，博物馆的库房是他最常去的地方。只要他一跨入那里，仿佛自己也变成了文物，与它们融为了一体，其他的一切如吃饭、喝水、休息都被统统忘得一干二净，整天埋在文物堆里钻研。有时午间下班的铃声响过后，管理员以为库中没人了，锁上门离去。待下午上班再打开门时，发现了仍在库里聚精会神忙于文物研究、记录笔记的沈从文，不好意思的管理员忙向他表示道歉，而他自己还不知发生了什么。如果说上述事例还是一般人能够做到的话，接下来介绍的事情，常人就不容易做到了。二十世纪六十年代末，正值“文化大革命”的高潮时期，沈从文也和多数知识分子一样，被“流放”到了农村，在湖北的乡下从事农业劳动。由于工作和对陌生环境的不适应，沈从文的血压时常会达到高低压 250/150 的可怕指数上。即便如此，老先生在劳动之余，想到的不是他的身体，而仍在梳理着他所挚爱着的文物工作的思路。回到北京之后，他就又一头扎进了“窄霉而小斋”的斗室之中，忘我地工作起来。某一天，有位年轻的同行去看望沈先生，院子里十分安静，一点声音也没有。于是他轻手轻脚地走到门前，从门的缝隙中向里观望，发现老先生用一只手托着毛巾捂住正在流血的鼻子，一只手在奋笔写着稿子。泪水一下子从年轻人的眼中流了出来，他还从未见过为了事业而不顾生命的人。

“自己可用的日子不多了！”是沈从文晚年常说的一句话，他有一种强烈的责任感和紧迫感，总想为国家、为社会、为学术多做点事情，虽然老先生已年过八旬，可在患中风之前，他始终手不释卷，抄着，写着，思考着忙于为所研究的各类专题寻找着更有力的依据，每天坚持工作长达十几个小时。这就是一个从边城走出，习惯自称为“乡下人”的沈从文，他以一颗拳拳的赤子之心报效着祖国的文化事业。

三、赋予文物活力和生命

一名合格的文物研究者，仅对文物充满热忱是远远不够的，若想取得成功，还需要全面而充分的认识各类文物，只有这样才能向成功迈进。沈从文认为，研究好物质文化史，“不免要接触到一个十分现实‘物’的问题，而且这‘物’，无论在质和量上，在称呼上，还在不断发展改变，要谈它就必得真正懂它。”[9] 懂文物是谈何容易的一件事，更不要是真正的懂了，但沈从文做到

[9] 张兆和主编：《沈从文全集》（第31卷），北岳文艺出版社，2002年，第362页。

了。“贴近它（文物）”是沈从文真正懂文物和研究文物的杀手锏，从他1949年进入历史博物馆开始到上世纪六十年代初期，十多年时间，沈从文潜心投身到博物馆的文物库房中，仔细观察各类不同文物的特点，前后经他手的文物总数不下百万件。

调研中，文物的每一个造型、每一幅图案、每一种色彩、每一缕丝线的变化和差异，都是沈从文比较文物类型、判断文物时代、得出等级高低的参数依据。长期深入的接触文物，使沈从文不断有所收获，完成学术积累。他发表的对文物梳理研究的学术论文告诉人们：不同朝代、不同窑口的瓷器，类型虽然繁杂，但是可以分清的；古人的胡子原来不都一样，也是有时代特点的；不同朝代冠巾的变化是可以判明的；文物也是有生命的，其承传也是有据可寻的……。

如，饱含中西工艺、图案、色彩等文化特色、历史上非常著名的“纳石失”（织金锦）曾经是元代丝织文化的象征，广泛用于元代帝王、百官的各式服饰之中。这种特点独特的丝织物，随蒙古族政权在历史上共同存留了近一百年，有关“纳石失”使用盛况在《元史·舆服志》、《元典章》等文献中多有反映，还曾经通过马可波罗反映到世界人们的视野中。但是，到了明代以后，这种丝织物“竟然和元代政权一样，已完全消失”。沈从文觉得文物如同人的生命，当没有遇到致命危害时，不会突然逝去，特别是纳石失当时在全国的生产规模是那么大，使用范围不仅仅局限在官服，包含了整个元代社会的许多方面，影响如此广大的一个生活用品，绝不会在没有任何原因的情况下突然消失，这“和历史现实发展不大符合。”[10]

沈从文认为：“元代特殊织物，政府曾设立专局，消耗了中国无数黄金和人民劳力，大量生产的纳石失金锦，究竟是个什么样子？包含了多少种类？多少颜色和花纹？有些什么特征？它和唐宋以来加金丝织物有什么不同？对明织锦有多少影响？”这些问题的解决，仅依靠《元典章》或从元代的其它文献来研究，“是解决不了问题的”。于是，他从明织金锦的各方线索进行追踪研究了解，终于通过明代大批装饰《大藏经》封面的丝织物等明代依旧在生产的丝织物，结合《天水冰山录》和《万历野获编》等相关文献记载，找到了解决上述问题“珍贵难得的钥匙”，通过研究后认定：明代加金丝织物，大都是元代的“纳石失”发展而来的。[11] 沈从文的这把钥匙，打开了锁住“纳石失”生命之锁，延续了

[10] 参见沈从文：《织金锦》、《明织金锦问题》，见沈从文著：《龙凤艺术》，商务印书馆香港分馆，1986年，第71页。
[11] 参见沈从文：《织金锦》、《明织金锦问题》，见沈从文著：《龙凤艺术》，商务印书馆香港分馆，1986年，第72、77、78页。

它的历史生命。这把钥匙还同时打开了唐宋之后，明代锦、罗、绸、缎、纱等多种丝织物工艺技术的生命是如何延续的锁。

此外，沈从文还善于用他对文物熟知和文学功底深厚的特有优势，在研究中常常对严肃的学术问题进行生动的描述。这种潇洒自如的表述，绝不是一般人能够做到的，只有那些对文物研究理解十分透彻的人，才能这样对学术驾轻就熟，激发出文物的活力。正如张充和感慨的那样："一切死的东西，经他（沈从文）一说便活了，便有感情了。"[12]

四、文物是相通的

沈从文在物质文化史研究中，所奉行的指导思想是辩证法唯物主义，他一切学术研究工作都体现着辩证唯物主义哲学思想，这一思想是沈从文整个学术研究的重要理论基础。

在日常的研究工作中，沈从文十分注重唯物辩证法理论在具体问题研究中的运用，他善于研究观察各种文物发展过程中的普遍规律和特殊规律，以及它们之间的

[12] 张充和：《三姐夫沈二哥》，见朱光潜、张兆和等著，荒芜编：《我所认识的沈从文》，岳麓书社，1986年，第11页。

联系变化。指出：“我们的研究，必须从实际出发，并注意它的全面性和整体性。明白生产工具在变，生产关系在变，生产方式也在变，一切生产品质式样在变，随同这种种形式的社会也在变。”[13]同时，沈从文更注意观察研究文物与文物的普遍联系关系，他认为：“我们学习应用一个基本原则，‘凡事不孤立存在，而彼此间又必有一定联系’来看待问题。”[14]并根据他对各种文物图案形象的研究，说明该规律的客观存在：“装饰花纹，一个时代有一个时代的风格，反映到漆器上是这个花纹，反映到陶器、铜器、丝绸，都相差不多。虽或多或少受材料技术上的限制，小有不同，但基本上是相似的。这就是事物彼此的相关性。”[15]这一点是沈从文在文物研究中，利用该指导思想总结出的一条重要经验，他在告诫后学识别文物是有规可循的同时，自己的各项文物研究也取得了巨大成就，体现出了沈从文学术研究的宽阔视野。

沈从文不仅笃信这种理论思想观点，而且更加注重

[13] 沈从文：《文史研究必需结合文物》，见张兆和主编：《沈从文全集》（第31卷），北岳文艺出版社，2002年，第311页。

[14] 沈从文：《中国博物馆的研究工作》，见张兆和主编：《沈从文全集》（第31卷），北岳文艺出版社，2002年，第366页。

[15] 沈从文：《文史研究必需结合文物》，见张兆和主编：《沈从文全集》（第31卷），北岳文艺出版社，2002年，第311页。

理论思想在研究工作中的使用和落实。他说："我们说学习思想方法不是单纯从经典中寻章摘句，称引理论，主要是从实际出发，注意材料的全面性和不断发展性。若放弃实物，自然容易落空。"[16] 如，普遍被学界认为是五代画家胡瓌所作的名画《卓歇图》，以其具体的人物事迹、场景和传神的色彩、笔功流传至今，多少年来，不同时间的研究者都认为它出自五代胡氏之手，似乎已经成为了铁定的事实。而沈从文则秉承"凡事不孤立存在"和事物之间相互"联系"的原则，不惧压力，敢于坚持，着重对画中各类形象细节进行全面和历史的观察，通过对画中所绘故事中表现出的贵妇戴高装巾子、男子戴软巾，一般侍从秃顶不戴冠巾，以及侍女衣襟左衽、有膝襕等人物服饰形象特点的认真分析研究比较，认定画中的这些服饰内容都是辽金时期人物服饰所具有的典型形象特征，并以此为依据，认定该作品的成画年代是辽金时期，而非五代。

沈从文虽然没有在学校接受过系统的东西方哲学理论思想的学习经历，但是，他却能够充分的意识到不同时代文物普遍与特殊的关系问题，并能够准确的抓住了《卓歇图》中所表现出来的种种具体的细节内容，再对

[16] 沈从文：《文史研究必需结合文物》，见张兆和主编：《沈从文全集》（第31卷），北岳文艺出版社，2002年，第314页。

照宏观历史，做出了正确的选择结论。

五、二重证据法

掌握一个有效的研究方法，是搞好物质文化史研究的必备条件之一。

沈从文物质文化史的研究方法，是在以王国维为代表学者提出的“二重证据法”基础上，通过他自己的长期学术研究实践，总结提炼出的一种新的“二重证据法”。即将王国维原来“纸上之材料外，更得地下之新材料（文献）”，[17] 地上地下两种文献结合起来研究历史问题的方法，拓展为用传统文献结合文物研究历史问题的方法。[18] 他认为，“王静安先生对于古史问题的探索，所得到的较大成就，给我们树立了一个新的工作指标。”[19] 在研究过程中，如果依靠传统文献“单从文献看问题，有时看不出，一用实物结合文献来作分析解释，情形就明白了”、“‘以书注书’方法是说不清楚的，若

[17] 王国维：《古史新证》，湖南人民出版社，2010 年，第 2 页。

[18] 参见沈从文：《文史研究必需结合文物》，见张兆和主编：《沈从文全集》（第 31 卷），北岳文艺出版社，2002 年，第 311—317 页。

[19] 沈从文：《文史研究必需结合文物》，见《沈从文全集》（第 31 卷），北岳文艺出版社，2002 年，第 312 页。

从实物出发，倒比较省事。”[20]他还在美国圣诺望大学的一次讲演上形象的比喻说：“（文物）十分显明是可以充实、丰富、纠正《二十五史》不足与不确的地方，丰富充实以崭新内容。文献上的文字是固定的，死的，而地下出土的东西却是活的，第一手的和多样化的。任何研究文化、历史的朋友，都不应当疏忽这笔无比丰富宝藏。”[21]表现出了沈从文在高度认可王国维新史学研究方法的同时，更加强调了学者们应当重视文物在学术研究中的积极作用，充分体现出沈从文以文物为主导、结合文献进行研究的方法主旨，这种研究方法意识，是对二重证据法的进一步发展。

在沈从文的学术研究生涯中，他始终坚持按照自己认准的方法进行学术研究，研究金锦是这样，研究瓷器是这样，研究玉器、服装、舞蹈、琉璃、绘画等等都是按照这种方法，毫不动摇。

沈从文从因简单接触文物发现文物之美后，兴趣逐渐增加，到热爱文物，研究文物，用生命拥抱文物事业，走过了他“传奇”的学术生涯，令人敬佩。作为一门新兴的学科，物质文化史与传统史学不论在研究方

[20] 沈从文：《文史研究必需结合文物》，见《沈从文全集》（第31卷），北岳文艺出版社，2002年，第312、314、315页。

[21] 沈从文：《学历史的地方》，见《沈从文别集》，岳麓书社，2017年，第250、251页。

法，还是涉及领域都有很大区别，具有一定难度，所研究问题的范围也还有待于确定，但这门学科已经在国内外都获得了研究重视，引起了越来越多人的关注。作为中国物质文化史学科的创始人之一，沈从文用自己半生时间和精力，为物质文化史的学术研究探索出了一条明确道路，而且有的学者已经沿着这条道路取得了巨大成功，涌现出一批有价值的学术成果。[22] 相信中国的物质文化时研究事业会在与国外的物质文化史研究一道，在未来的学术研究中取得更大成绩。

有关沈从文与物质文化史研究问题讨论已经进行了多年，本文对该问题的研究，并没有更深见解，只是再次从一些侧面对沈先生从事物质文化史研究进行缅怀。

[22] 如孙机：《中国古舆服论丛》，文物出版社，1993年；孙机：《中国古代物质文化》，中华书局，2014年。

沈从文画论的诗性建构

彭继媛

吉首大学文学与新闻传播学院教授，吉首大学沈从文研究所所长。

金介甫曾这样说："三十年代中期，沈从文就写文章要中国重视艺术教育，让学生扩大艺术定义的范围，使公众从工艺品、建筑，以及整个视觉世界中去认识美——从而了解中国艺术的遗产。四十年代末期沈又写文章谈书法，艺术史和博物馆的保管工作。"[1]20 世纪

[1] （美）金介甫著，符家钦译：《沈从文传》，光明日报出版社，2004 年，第 291 页。

三四十年代，沈从文一系列的美术活动隐而不彰，实际上，到20世纪四十年代，沈从文已经从“广泛地看文物字画，以后渐渐转向专门路子”，[2]大量收藏古代文物为沈从文1949年后改行从事文物研究奠定了基础。需要说明的是，本文所指的画论不仅包括沈从文对传统意义上绘画作品的论述，这其中有《谈谈〈文姬归汉图〉》、《读展子虔〈游春图〉》、《维摩诘故事画问题》、《中国古代服饰研究·引言》、《我为什么始终不离开博物馆》、《赚兰亭图问题》、《〈高逸图〉的伪托痕迹》等，也包括沈从文的物质文化研究对象如玉、陶瓷、丝绸、铜镜、服饰等等工艺美术品的论述，这些工艺美术品中花纹的布局构图、色彩调度，衣饰形象等同样蕴含着绘画的技巧、绘画的审美因素等美术视野。本文将从“诗意”的审美物象、类比想象的思维方式、“神韵”的批评标准来浅述沈从文画论的诗性建构。

一、“诗意”的审美物象

沈从文的学生王亚蓉认为，沈从文除了文学家外，

[2] （美）张充和：《三姐夫沈二哥》，转引自邵华强编：《沈从文研究资料》，知识产权出版社，2011年，第683页。

还应称为“形象历史学家”[3]，之所以是“形象历史学家”，是因为沈从文将目光聚集到诸多物质的形象上，如图案的布局构图、人物的衣着形象等等，不仅如此，这些“花花朵朵、坛坛罐罐”细小平凡的但却形象生动的物质寄托着作者在文学作品中一以贯之的“爱”与“美”的生命情思。正如他的知己门生汪曾祺所言：“他是一个不可救药的‘美’的爱好者，对于由于人的劳动而创造出来的一切美的东西具有一种宗教徒式的狂热。对于美，他永远不缺乏一个年轻的情人那样的惊喜与崇拜。”[4]因此诸多小物件因其构图、线条、颜色等等绘画的因素和所寄寓的情感意蕴使其笔下的小东小西本身就具备了诗意的特征。

首先，沈从文整体感知和评论的小物件是一组组实物、图像、壁画，例如《中国古代服饰研究》涉及了各个朝代的服饰，其中上溯到旧石器时代的缝纫和装饰品，下至清代丝绸等近乎179件物品，其中有春秋战国时期陈留、襄邑彩锦，齐、鲁细薄丝织品和彩绣镶嵌工艺，价值连城之珠玉，及制作精美使用轻便之彩绘漆器，文采缤纷、光辉灿烂之衣着服饰，华美之车乘装

[3] 王亚蓉：《沈从文晚年口述》（增订本），商务印书馆，2014年，第275页。

[4] 汪曾祺：《与友人谈沈从文》，汪曾祺：《晚翠文谈新编》，三联书店，2002年，第160页。

饰，秦代大型妇女坐俑之精细腰带边沿彩织装饰物，造型完美而调和的汉代舞女造型，花纹图案活泼秀美、色泽华丽的唐代丝绸，健康饱满、活泼生动的唐五代石刻，弱骨丰肌、浓纤得中的宋太原晋祠彩塑等等，可以说玉工艺、陶瓷、漆器、铜镜、图案艺术等纷纷进入了沈从文的批评中。首先沈从文善于用直观感性的思维整体感知审美对象的图案或图饰的主题、颜色、气韵等特点，例如战国楚墓彩绘木俑的衣服“特别华美，红绿缤纷，衣上有作满地云纹、散点云纹或小簇花的”。[5] 小件彩琉珠装饰品中做得格外精美的，是一种小喇叭形明蓝色的耳珰和粉紫色长方柱形器物。[6] 宋一般贵族官僚妇女，穿着不如唐代华丽，却比较清雅潇洒，并且配色也十分大胆，已打破唐代青碧红蓝为主色用泥金银作对称花鸟主题画习惯，粉紫、黝紫、葱白、沉香、褐等色均先后上身。[7] 楚漆器花纹“主题明确，用色单纯，组织图案活泼而富于变化。……在器物整体中，又极善于利用回旋纹饰，形成一种韵律节奏感。”[8] 广绣中小小杂

[5] 沈从文:《战国楚墓彩绘木俑》,《沈从文全集》(第31卷),北岳文艺出版社，2009年，第53页。

[6] 沈从文：《中国古代陶瓷》，《花花朵朵 坛坛罐罐》，外文出版社，1994年，第63页。

[7] 沈从文：《花花朵朵 坛坛罐罐》，外文出版社，1994年，第178页。

[8] 沈从文:《我们从古漆器可学到什么》,《沈从文全集》(第28卷)，北岳文艺出版社，2002年，第181页。

花紧凑于薄地缎面上，色彩十分强烈，惟花朵细碎，彼此相互吸收，风格独具，充满南国特有的青春气息[9]。《夜宴图》“男子衣黄色‘团窠瑞锦’，妇女衣‘青碧小花染缬’，妇女头上扎燕尾式金锦带结，衣角两侧加有黄色丝绸义裸。”[10]同样以图案人物造型的形象生动或服饰色彩的自然融合寄寓了诗意。再如“唐代纺织工人织出的丝绸……不仅色泽益增华丽，花纹图案也越加活泼秀美。……绫锦染缬中羊、鹿图纹的组织应用更加多样化。花木中虽以实相为主，缠枝、交枝、独窠、团窠、小簇草花，都富于变化，综合使用，横图敷彩，能把秀美与壮丽结合为一体。”[11]也以色泽的华丽、图案的变化多端以及其秀美壮丽的风格而具有魅力。同样江陵楚墓出土的丝织品也是如此：一为“阑干锦”，用杂彩纬丝起花，在极小面积中织成不同形状规矩的图案，甚至能织出车马人物逐猎猛兽的惊险紧张场景；一为阔幅大机织锦，有的织成通幅大单位花纹，以经丝起花，作对称规矩图案，横向分段织出双龙、对凤、对虎以及双人舞等不同纹样。绣线色彩十分艳丽，如绛红、紫红、朱

[9] 沈从文：《花花朵朵 坛坛罐罐》，外文出版社，1994年，第107页。

[10] 沈从文：《谈谈〈文姬归汉图〉》，《沈从文全集》（第31卷），北岳文艺出版社，2002年，第103页。

[11] 沈从文：《中国古代服饰研究》，上海书店出版社，2005年，第368页。

砂红、金黄、蓝、绿、黑、白等；其它可辨识的还有土黄、灰绿、深浅棕褐等色。玄黄陆离，配色复杂，对比映衬恰到好处。[12] 构图、颜色也是丰富多彩。中国丝绸图案中“宋式串枝花朵富丽堂皇，配色大方。单色缎子花朵更特见巧思，善于把写生和装饰效果有机地联系起来”，“牡丹花虽接近写实，为了适合图案的要求，柔叶弱枝生动而有规律地穿插陪衬于主题花朵之间，洋溢着一股活跃的生命力，给人一种节奏韵律的美感。”[13] 更是一种直观的美的展现。其中《马山楚墓出土的锦绣》“龙凤大花纹彩绣纹样”中对龙凤体态的细致入微的描绘是非常突出的：“图案以龙凤为主题。……在对称轴一侧，花纹配置一大龙居上，体态蜿蜒如游蛇，盘曲呈弓字形。巨口细尾，张牙吐舌，上颚夸张地向前伸展具典型性。……下部花纹为一大凤，长冠屈颈，修身卷尾，羽翮高扬作凌空飞逐之状。翼下则有一妩媚幼凤依傍相随。而大凤的利喙似即将衔住大龙的尾梢，龙则强烈作出挣扎反应。”[14] 在此，作者抓住了龙体态、口、尾、上颚、腾飞之状以及龙凤相伴相随之状的描写，而这幅

[12] 沈从文：《江陵楚墓出土的丝织品》，《花花朵朵 坛坛罐罐》，外文出版社，1994 年，第 118 页。

[13] 沈从文：《中国丝绸图案》，《沈从文全集》（第 30 卷），北岳文艺出版社，2002 年，第 34 页。

[14] 沈从文：《马山楚墓出土的锦绣》，《中国古代服饰研究》，上海书店出版社，2005 年，第 115 页。

龙凤飞翔之状的图案所造成的辉煌壮丽的艺术效果、雄浑气势使得“龙凤大花纹彩绣纹样”充满着雄强的生命诗意。其实沈从文不仅从绘画的角度形象感受这些小物件的特点，同时沈往往从主观的审美体验发掘创造者凝聚在作品中的精细与巧智，这正如作者品评“龙凤大花纹彩绣纹样”：“如此一副情景，使画面充盈着生命、搏斗的力量，且富有世情味和戏剧性。其中寓意跟后世的‘龙凤呈祥’、帝后象征一类内容却大不相干。”[15] 此外沈从文笔下还有“浑朴而雄健”的镜子花纹，“气魄雄伟”的汉代漆器纹样，“意境深远”“彩翠鲜明、奇异华美”的明代绘画织锦，“华美而秀丽”的清代锦缎，“热情、天真”的晚清刺绣等等。这些细小且同时具有形态之美的各朝各代文物纷纷进入了他所构建的图像世界[16]，小小的“物件”在沈从文直觉感受、诗意化的描述中散发着迷人的光芒，并因此获得了无限的诗意。

其次，更为重要的是沈从文善于挖掘这些小物件中的图案所隐藏的深层的文化意蕴。例如沈从文《我们从

[15] 沈从文：《马山楚墓出土的锦绣》，《中国古代服饰研究》，上海书店出版社，2005 年，第 115 页。

[16] 沈从文在《中国古代服饰研究》引言中说：总的说来，这份工作和个人前半生搞的文学创作方法态度或仍有相通处，由于具体时间不及一年，只是由个人认识角度出发，据实物图像为主，试用不同方式，比较有系统进行探讨综合的第一部分内容。《中国古代服饰研究》，上海书店出版社，2005 年，第 9 页。

古漆器可学到什么》以为安徽寿县“李三孤堆”楚王坟中漆棺壮丽华美的花纹所表现的自由活泼的情感，是和战国时代的社会文化发展情形完全一致的。[17] 在镜子研究中，沈从文在纵向梳理镜子的发展演变的同时更加侧重于分析镜子上各具特色的花纹、文字所寄托的情感寓意，例如唐代镜子图案中“吹笙引凤、仙人乘龙、仙女跨鸾，以及各式花鸟镜子中的瀏鶒、鸳鸯、鹡鸰口衔同心结子相趁相逐形象及鱼水和谐、并蒂形象，却和诗歌形容恋爱幸福及爱情永不分离喻意相同。”[18] 在中国古代陶瓷研究中，汉代古墓中许多印花空心大砖：“上面全是种种好看花纹，有作动植物的游猎车马图案的，有作矫健活泼龙形的，这些大砖图案极为精美，设计又合乎科学，表现出了古代中华民族的伟大气魄和切实精神，也表现了古代工人的智慧和优秀技术。”[19] 再如龙凤云纹漆盾和凤纹羽觞，“构图设计，还似乎未臻完全成熟，却充满了一种生命活泼自由大胆的创造情感，处处在冲破商周以来造型艺术旧传统束缚，从其中解放出来，形

[17] 沈从文：《我们从古漆器可学到什么》，《沈从文全集》（第28卷），北岳文艺出版社，2002年，第179页。

[18] 沈从文：《古代镜子的艺术》，《花花朵朵 坛坛罐罐 沈从文谈艺术与文物》，江苏美术出版社，2014年，第68页。

[19] 沈从文：《中国古代陶瓷》，《花花朵朵 坛坛罐罐 沈从文谈艺术与文物》，江苏美术出版社，2014年，第87页。

成一种新发展。”[20]羽觞制作中，可见“能把完整造型秀美花纹结合成为一体，更容易见出古代楚漆工的大胆和巧思”。[21]在南宋李嵩《货郎图》中，沈从文还原了一个充满凡俗情趣的生活场景，这里精明能干的货郎、顽皮娇憨的孩童、母亲对稚子的呵护宠爱满溢出浓浓的爱意和世俗的生活情趣。这是沈从文对画中创作者生命意识的一种再现，也是他对这种自然真实的理想生命状态的热爱与推崇。如此种种不一一列举。

“爱，美，自然”是沈从文一生的审美理想和其艺术追求，而这决定了他后半生在不得不转向之后将情感寄托于看起来外形精巧无比但同时蕴蓄着创作者无限情思的小小物件，这里有墓葬中的小小玉、石，有彩绘壁画和石刻，有精美的丝绸制品、贵妇舞女精巧的服饰、别致的头饰以及普通百姓乃至少数民族的衣着服饰等等，在这些看起来细微到看似不值一提的“花花朵朵、坛坛罐罐”的研究生涯中，有着沈从文对器物的直接观看与体悟，他细腻深情地不厌其烦地一次次描绘着生命中那朴素得让人忽略的却让内心震颤的美丽，更为重要的是他发现了蕴蓄在小小物件中创作者丰富的情

[20] 沈从文：《我们从古漆器可学到什么》，《沈从文全集》（第28卷），北岳文艺出版社，2002年，第181页。

[21] 沈从文：《我们从古漆器可学什么》，《沈从文全集》（第28卷），北岳文艺出版社，2002年，第182页。

感。沈从文在谈到对工艺美术的热爱时曾这么说：“不仅对制作过程充满兴味，对制作者一颗心，如何融会于作品中，他的勤劳，愿望，热情，以及一点切于实际的打算，全收入我的心胸。一切美术品都包含了那个作者生活挣扎形式，以及心智的尺衡，我理解的也就细而深。”[22] 而就是这份对创作者情感和生命意识的体悟使得沈从文笔下的器物不仅因为外在的形态美，而且因为散发出的内在的生命神韵而充满了无穷的诗意。

二、类比想象的批评方式

沈从文在《附记》中说：“历史画是否需要较多历史背景知识，这些知识是否重要。……如果鉴定一幅重要故事画，不论是壁画还是传世卷册，不从穿的、戴的、坐的、吃的、用的、打仗时手中拿的、出门时骑的、乘的……全面具体去比较求索，即不可能知道它的内容和相对年代。……我个人总是那么想，搞历史题材的画塑，以至于搞历史戏的道具设计同志，如把工作提高到应有的严肃，最好是先能从现实主义出发，比较深刻明白题材中必需明白的事事物物，在这个基础上再来

[22] 沈从文:《关于西南漆器及其他》,《沈从文全集》(第27卷)，北岳文艺出版社，2002年，第23页。

点浪漫主义，加入点个人兴会想像，两结合恰到好处，成绩一定会更加出色些。”[23]在现实主义的基础上，来点浪漫主义，再加入点个人兴会想象，这是沈从文呼吁搞历史题材的画塑所要坚持的原则。事实上沈从文在壁画、石刻、陶瓷、瓷器、青铜、漆器、织物、服饰等实物上与之相关图案的批评中同样表现出浪漫主义和兴会想象，这主要体现为类比想象的批评方式。

在木刻、服饰、图像的评点中，作为文学家，沈从文善于用文学的诗意生动的语言和修辞的方式来进行批评，例如比喻是润饰辞藻的修辞手段，能够使表达更形象生动，更富有美感，并能增加其语言的力量。如沈从文在描绘“鸟型纹彩绣”这幅极富有湘楚文化魅力和情调的作品时说：“下部作正面鸟像，张两翼为舞步，头上华冠如伞盖，两旁垂流苏。仿佛一靓妆繁饰女巫。翅膀上曲部分复作成鸟头形状，其一更生出花枝向上曼卷，至顶反转倒挂长长三花穗呈丽组长缨结玉佩陆离之形。画面五彩缤纷，如烘如炙，遒媚温润之中散发出奇异诡谲气氛。”[24]在此，作者对鸟型纹彩绣从鸟的两翼、姿态、头冠进行细腻生动描述，“仿佛一靓妆繁

[23] 沈从文：《附记》，《抽象的抒情》，《沈从文别集》，岳麓书社，1995年，第88页。

[24] 沈从文：《中国古代服饰研究》，《沈从文全集》（第32卷），北岳文艺出版社，2002年，第101页。

饰女巫”。这样的相似类比想象一方面突出了鸟型图案的形象逼真和色彩的艳丽，同时也增加了图案如巫女般的奇崛瑰丽的神秘性。而“如烘如炙”更是烘托了画面色彩的丰富和热烈。再如沈从文描绘康熙年间的青花：“薄胎则仿明人卵幂杯制法，尝见为十二月花式，作各种小花草，清润秀美，自成一格。近三世纪中都续有仿制。海水鱼龙变化大盆，水云汹涌，咫尺间令人起江海思。”[25]清润秀美的十二月花式，是作者对美的直观感性的认识，而由眼前的海水鱼龙、水云汹涌的图案刹那间让人起江海思，这样一种类比联想无疑形成一种更为阔达又诗意的审美图景。再如沈从文批评宋代女子头上装束真是百花竞放，无奇不有，也是极为有趣的。如“极简单的是作玉兰花苞式，极复杂的就如《枫窗小牍》所说，赵大翁墓所见有飞鬟危巧尖新的、如鸟张翼的，以至一种重叠堆砌如一花塔加上紫罗盖头的，大致是仿照当时特种牡丹花‘重楼子’作成。”[26]头上的装饰如玉兰花苞，又有如鸟儿张开翅膀，甚至像花塔加上紫罗盖似的，其头饰的形状和长度都在形象的类比想象中得到展示。可巧的是元代妇女贵族也是“必戴姑姑冠，高过

[25] 沈从文：《陶瓷装饰艺术的进展》，《沈从文全集》（第28卷），北岳文艺出版社，2002年，第100页。

[26] 沈从文：《花花朵朵 坛坛罐罐》，外文出版社，1994年，第182页。

一尺向前上耸，如一直颈鹅头，用青红绒锦做成，上饰珠玉，代表尊贵”。[27] 高高的头冠看起来像直颈鹅头，也是形象生动。在沈从文的有关服饰、木刻、图像等的批评中，这样的类比想象或点缀、或润色、或形象，杂然灵活地散布在批评文本之中，增添了批评的无限诗意。作为作家，在有关工艺美术作品的批评中，沈从文特别善于引用古典诗句、神话传说、典故来进行类比想象，如在《五代十国前蜀石棺座浮雕乐部》中沈从文“以为唐代以来，舞俑和壁画中伎乐女子，作大袖双鬟的不少，衣着实多本于南北朝旧制加以发展而成。平时穿着虽行动不便，歌舞伎衣服，正如李白诗歌所形容‘翩翩舞广袖，似从海东来’，把这种歌舞伎衣服，比拟近似东北出产猎天鹅的矫健活泼高飞晴空小型鹞鹰‘海东青’的样子。”[28] 在此，将唐代以来歌舞伎的衣服类比于李白诗歌中所写，并比拟为在空中矫健飞翔的小型鹞鹰“海东青”的样子，描写形象生动，歌舞伎衣服袖长、宽松活泼的样子得以表现。而唐蜀中五代乐舞石刻“画面反映的和墓中其他出土文物花纹图案还多保留唐代中原格局。劳动人民工艺成就，健康饱满，

[27] 沈从文：《花花朵朵 坛坛罐罐》，外文出版社，1994 年，第 182 页。

[28] 沈从文：《中国古代服饰研究》，上海书店出版社，2005 年，第 380 页。

活泼生动，不像稍后孟蜀文人流行《花间集》体词中表现的萎靡纤细，颓废病态。”[29]这用《花间词》的“萎靡纤细，颓废病态”来类比反衬唐五代乐舞石刻花纹的健康饱满、活泼生动的特点。在《谈染缬——蓝底白印花布的历史发展》中论及染缬的缘起，沈从文列举了《二仪实录》、《搜神后记》、《云仙散录》、白居易《泛太湖书事寄微之》中“黄夹缬林寒有叶”诗句和白居易《玩半开花赠皇甫郎中》“成都新夹缬”的诗句来进行说明，这样的批评既具有历史感又具有文学的诗意。“龙凤大串枝彩绣纹样”是被他称之为“图案设计格调极高”的作品，这幅作品中龙凤的造型兼具写实与抽象，凤纹造型“‘竦轻躯以鹤立，若将飞而未翔’，全然是一付柔媚女子绰约秀拔、风力爽俊仪态”，而龙凤形象交织到极富节奏感的背景中时，则“乍离乍和，以遨以嬉，美丽动人处，唯有今日冰上芭蕾方能得其仿佛。从中，使我们对曹植《洛神赋》关于‘翩若惊鸿，婉若游龙’赞美女性的形容也得到新的理解。”[30]首先作者以曹植《洛神赋》中“竦轻躯以鹤立，若将飞而未翔”来比拟凤轻盈欲飞的生动形象，其次又以龙凤以遨以嬉生动场面的美

[29] 沈从文：《中国古代服饰研究》，上海书店出版社，2005年，第380—381页。

[30] 沈从文：《中国古代服饰研究》，《沈从文全集》（第32卷），北岳文艺出版社，2002年，第154页。

丽动人之处类比想象到了当今冰上芭蕾的美轮美奂，最后指出凤的造型可以加深理解曹植《洛神赋》中“翩若惊鸿，婉若游龙”对女性的形容。在此，沈从文对“龙凤大串枝彩绣纹样”中凤型的批评既立足于现代视野，又远溯到三国时代曹植诗歌中的经典形象作为类比想象，这种借助现实与历史的相似性的基础上的相互映照能表现出丰富的思想与情感，是一种具有文化意味的隐喻批评的方式，这种隐喻能释放出带有历史感和多样性的丰富含义，从而形成其批评的诗性智慧。同样沈从文在《马山楚墓出土的锦绣》指出：“纹样的中上部，骑轴线为一花树。花树之上两龙首相拱处，嵌了个鲜明的金黄涡轮纹，若这代表的是太阳，花纹设意或与《山海经》中‘九日居下枝，一日居上枝’的扶桑树故事相关联。在轴线下端龙凤尾处，相应又有个浅淡灰绿色涡轮花纹，看来像是一面圆月的形象。”[31]类比联想到马山楚墓出土的锦绣上的设意或与古代神话传说中的《山海经》中扶桑树的故事相关。这是一棵可以栖息九个太阳的扶桑，这该是怎样一棵枝繁叶茂的神奇大树。由眼前的图案类比联系到了远古时代的神话故事，这一方面推测锦绣图案设计的缘由，另一方面也增添了楚墓出土锦

[31] 沈从文：《中国古代服饰研究》，上海书店出版社，2005年，第115页。

绣的神奇的浪漫想象成分，而这里的涡轮花纹，其颜色是“浅淡灰绿色”，形状“看来像是一面圆月”，素淡的颜色和外形的描绘，同样增添这幅锦绣的诗意。又如《唐代船伕》中，作者同样采用了类比想象的批评方式，用白居易在《盐商妇》诗歌中所描写的“不事田农与蚕绩”商人妇在封建社会里的寄生生活更加突出了船伕舟子生存的艰难。虽说与盐商妇同是“风水为乡船作宅”，比起盐商妇的丰衣足食的安逸生活，唐代船夫不论严寒酷暑、风晴雨雪，长年累月要和恶浪伏流搏斗求生存。最后作者由图案中的唐代船夫再次类比想象到全中国数以亿万计生命紧贴土地的农民，和水面上数以千百万计的如同图中衣着褴褛的船伕纤手修建贯穿南北的大运河等一代继一代奋勇劳动的成果，以及如图所示劳动人民付出无限血汗的贡献。[32]这样的类比想象一方面突出了船伕舟子的艰辛，另一方面也凸显了这些为生存所困的底层百姓身份虽卑微，但却可凭其韧性、勇气和努力增加其生命的厚度，创造历史的奇迹。这样的批评无疑深刻地表现了作者在批评中所寄寓的审美情感，并同时增加其批评历史文化的厚度。

沈从文的美术史研究，常能“触类旁通，以诗书史

[32] 沈从文：《唐代船伕》，《中国古代服饰研究》，上海书店出版社，2005 年，第 267 页。

籍与文物互证，富于想象，又敢于用想象”，这“是得力于他写小说的结果。”[33]从上文可知沈从文对图像的批评中除了关注图像本身的色彩、构图、线条之外，作为文学家的他还多处运用联想、想象、寓言、比喻、比兴、比照一系列的形象生动的手法进行举一反三的批判。这样的批评既简洁诗意，又意味深长，可以说很好地将化约性的理性评判与印象式的个性感悟灵活组织起来。理性的批评中有着充盈的情感，有着想象的浪漫诗意，或用历史典故映衬当下的现实，借话说话，言简意赅，既表达难以言表之意，且传达丰富蕴藉之美，这种类比想象的批评方式使得沈从文的画论同样充满着诗性的智慧。

三、注重“神韵”的批评标准

形神关系是中国绘画美学的核心之一。东晋顾恺之借鉴秦汉以来的美学标准和魏晋时期的风骨美学，提出了“传神写照”和“以形写神”的美学理论。南朝齐谢赫“六法”论又从多角度、多层次，系统化和理性化地做了理论总结。但所有关于用笔、用色，包括对“气

[33]（美）张充和：《三姐夫沈二哥》，转引自邵华强编：《沈从文研究资料》，知识产权出版社，2011年，第684页。

韵”的重视，都是围绕着形与神来展开的，最终也必然归结于形与神。[34]“气韵生动”是谢赫画之“六法”灵魂，指绘画中生动的气度和韵味、鲜活的生命力，是顾恺之传神论的进一步发展。气韵，本用于魏晋品藻人物中，指人物的姿态、表情中表现出的精神和韵致，其哲学本源是魏晋南北朝时期的“自然原气论”。谢赫将其延伸到审美领域中，成为一千多年来中国美术追求的最高目标。以生动的“气韵”作为衡量绘画内在的生命精神、内涵神韵表现的标准。“中国画的主题气韵生动”，即是‘生命的节奏’或‘有节奏的生命’”。[35]而凌宇教授曾这样说到：“由于对中国古代绘画传统的熟悉，沈从文对‘神韵’、‘气韵’说及其在艺术作品中的具体表现早已默会于心，并成为他小说创作一直遵循的艺术原则”，[36]同样在木刻、服饰、图像的评点中沈从文注重绘画理论中的传神论，注重批评对象的神态，善于用神韵、气韵、传神等来进行批评。

在《我们从古漆器可学些什么》中沈从文明确指

[34] 顾海涛：《李公麟绘画研究》，中国艺术研究院2014年硕士论文，第32页。

[35] 宗白华：《美学散步》，上海人民出版社，1981年，第132页。以上转自宫旭红：《中国传统绘画批评理论及其当代意义研究》，福建师范大学2013年硕士论文，第27—28页。

[36] 凌宇：《从边城走向世界》，生活·读书·新知三联书店，2006年，第289页。

出“气韵生动”不仅绘画，一个纯粹用静物组成的工艺图案同样应当符合这个批评的标准。他说：“中国绘画史上讨论六法中‘气韵生动’一章时，多以画证画，因此总说不透彻。如果从漆画，从玉上刻镂花纹，从铜器上一部分纹饰来作解释，似乎就方便多了。”例如“汉代金银加工的特种漆器，文献上如《汉书·贡禹传》的《奏议》，《盐铁论》的《散不足篇》，《潜夫论》的《浮侈篇》，早都提起过，近三十年全国范围内汉墓均有精美实物出土，已证明历史文献记载的完全正确。……绘画向例由专工主持，这种画工必须具体掌握生物形象的知识，能够加以简要而准确的表现，还必须打破一切定型的拘束，作自由适当的安排，不论画的是什么，总之，都要使它在一种韵律节奏中具有生动感”。在举例的过程中沈从文提到“齐梁时人谢赫，谈论画中六法时，认为画的成功作品因素之一，是‘气韵生动’。过去我们多以为这一条法则，仅适宜于作人物画好坏的评判。如试从汉代一般造型艺术加以分析，才会明白，照古人说来，‘气韵生动’要求原本是整个的，贯串于绘画各部门——甚至于工艺装饰各部门的。一幅大型壁画的人物形象，可以用它来作鉴赏标准，一个纯粹用静物组成的工艺图案，同样也应当符合这种标准。最值得注意一点，即大多数工艺图案，几乎都能达到这个要求。

汉代漆器图案，‘气韵生动’四个字，正是最恰当的评语。”[37] 正是对“气韵生动”批评标准的重视，在沈从文对图像、器物、服饰等的批评当中，可以屡次看到同样或类似的批评。例如汉代漆器“彩绘颜色多红黑对照，所作人物云兽纹饰，设计奇巧，活泼生动，都不是后来手艺所能及”。[38] 强调的是这种活泼生动的图案具有“气韵生动”的美感形态。唐代有光辉灿烂的文化，在丝织工艺方面，图案设计有了新的风格，配色技术也显著提高，“或气魄浑厚，色彩典雅，给人以丰满健康的感觉；或纤丽秀美，别有温柔细腻的情趣。部分小簇折枝及大团牡丹花纹，形象既趋向写实，但又不失去图案效果，生动而富有装饰性”。[39] 抓住的仍然是图案或浑厚的气魄或生动的神韵。而宋代的丝织工艺中的一幅绿地串枝牡丹图案，“牡丹虽接近写实，为了适合图案的要求，柔叶弱枝生动而有规律地穿插陪衬于主题花朵之间，洋溢着一股活跃的生命力，给人一种节奏韵律的美感”[40]，关注的是牡丹花的“生动的气韵”。而《谈金花笺》中

[37] 沈从文：《我们从古漆器可学些什么》，《沈从文全集》（第28卷），北岳文艺出版社，2009年，第184页。

[38] 沈从文：《漆工艺问题》，《沈从文全集》（第28卷），北岳文艺出版社，2002年，第169页。

[39] 沈从文：《中国丝绸图案·后记》，《沈从文全集》（第30卷），北岳文艺出版社，2002年，第34页。

[40] 沈从文：《中国丝绸图案·后记》，《沈从文全集》（第30卷），北岳文艺出版社，2002年，第35页。

的“金花笺主题图案……不论是庄严堂皇的龙凤，还是生动活泼的花鸟蜂蝶，看来却给人一个共同的愉快印象，即画面充满生意活跃的气氛”。[41] 这里“画面充满生意活跃的气氛”，推崇的仍然是图案的神韵气质。类似的还有宋代叙丝绸刺绣时喜说“生色花”，有时指彩色写生折枝串枝，有时又用做“活色生香”的形容词，一般素描浮雕花朵都可使用。这种“生色花”反映于镜中图案时，作风特别细致，只像是在浅浮雕上见到轻微凸起和一些点线的综合。可是依然生气充沛，具有高度现实感和韵律节奏感。[42] 此处“生气充沛”强调的是宋代刺绣中的“生色花”用于镜中图案时所表现出的特有的生气和神韵。再如汉代的“韩仁锦”则是充满了一种自然的生命流动：“在整个图案组织中，风云流动，鸟兽奔驰，彼此穿插自如，形成一种生动活泼的气氛；其中种种不同的动物，或凶勇猛烈，或天真稚气，都各有各的神态。”[43] 其中“生动活泼的气氛”和“各有各的神态”，分明是对“韩仁锦”外在图案之间的搭配和生动形象所表现出来的神韵的总结。《马山楚墓出土的锦绣》

[41] 沈从文：《沈从文说文物 织锦篇》，重庆大学出版社，2014年，第131—132页。

[42] 沈从文：《古代镜子的艺术》，《花花朵朵 坛坛罐罐 沈从文谈艺术与文物》，重庆大学出版社，2014年，第69页。

[43] 沈从文：《中国丝绸图案·后记》《沈从文全集》（第30卷），北岳文艺出版社，2002年，第34页。

中“鸟形纹彩样：……画面五彩缤纷，如烘如炙，遒媚温润之中散发出奇异诡谲气氛，使我们深深感受到楚文化的魅力和情调。”[44]这里的“奇异诡谲气氛”仍然表现出的是鸟形纹彩样所表现出的气质神韵。

正是注重“神韵”的批评标准，沈从文对木刻、瓷器艺术的批评往往也是抓住其神韵不够的缺点，如他认为木刻界“技术上缺点就是功夫不到家。素描速写基础训练不足，抓不住生物动的神气，不能将立体的东东西西改作成平面的画，又把握不住静物的分量。更大的弱点，恐怕还在分配上，譬如说，表现一个战争场面，不会分布”。[45]批评的是那种无法把握生物动的神气。《谈瓷器艺术》：“至于新产品中彩墨山水人物绘画装饰，在展出品中成就不见特别出色，原因大致是由于画稿画法比较保守，并不是由于技术限制。一般画师多习惯从清代中叶绘画取法，布色构图多比较细碎烦琐，不免精致有余，气魄不大，且乏韵味。[46]《新石器时代的绘塑人形和服饰资料》中的“舞蹈纹彩陶盆……在盆内壁绘有舞蹈队形纹饰三组，每组五人牵手横列，画面为舞蹈进

[44] 沈从文：《中国古代服饰研究》，上海书店出版社，2005年，第118页。

[45] 沈从文：《谈谈木刻》，《沈从文全集》（第16卷），北岳文艺出版社，2002年，第490页。

[46] 沈从文：《谈瓷器艺术》，《花花朵朵 坛坛罐罐 沈从文谈艺术与文物》，重庆大学出版社，2014年，第78页。

行的瞬间剪影，却表现得节奏明快、体态轻盈，为我们留下了原始社会一个极富抒情气氛的文化生活侧面。”[47]

形与神是对立统一的存在，形神之间，神为主导；形注重揭示物象外部特征，而神重在描绘物象内在的精神、气质、灵魂。上述沈从文在对作品由构图主题、色彩、线条等巧妙的搭配之间所传达出来的神韵气度的重视，可见他对中国传统批评的“妙悟”、“神会”直觉感悟思维的情有独钟。而事实上在这样富有生活气息和生命气韵的画面中看到的皆是凝固了的世俗生活与生命形态的呈现，是一种饱含了生命力的诗意的艺术存在。

中国传统的诗学批评是以心灵的感悟和品味来发现“人”的存在即文学的“诗性”存在的审美批评。从庄子的“言意之辨”、司空图的“滋味”、严羽的“妙悟”、公安“三袁”的“性灵”到王士祯的“神韵”、王国维的“意境”等等，中国传统文学批评始终都不是科学的、逻辑的判断，而是心性的、诗性的感受和体味。值得一提的是，沈从文在《读展子虔〈游春图〉》曾这样说：“试从历史作简单追究，绘画在建筑美术和文学史上实一重要装饰，生人住处和死者坟墓都少不了它。另有名画珍图，却用绢素或纸张增加扩大了文化史

[47] 沈从文：《中国古代服饰研究》，上海书店出版社，2005年，第10页。

的意义。它不仅连接了‘生死’，也融洽了‘人生’。它是文化史中最不可少的一个部门，一种成分。比文字且更有效保存了过去时代生命形式。”[48]正是因为以为绘画可以连接“生死”，融洽“人生”，才能深刻体悟沈从文在“花花朵朵、坛坛罐罐”上所发现的创作者的生命情思以及他所寄寓的美好情感。曾有学者这样说：中国古代的诗论与画论，无论是内容上还是形式上都存在着相通与互渗之处。而“神韵”成为诗论与画论共同的核心范畴，则从此诗论与画论不再只是载道的工具，而是触摸到了诗之为诗、画之为画的生命本质。[49]以此观之，沈从文的画论批评，何尝不是一种对画之为画的生命本质的触摸？何尝不是一种心灵的感悟和参透生命本身的过程？他在对文人绘画作品和工艺美术作品的批评中依然保持着传统诗学意义上的心性感悟，其熔铸在花花朵朵、坛坛罐罐上的生命情思、类比想象的思维方式和对活泼生动的神韵气质的推崇，使他的画论构建充满了传统诗性批评的特征。

[48] 沈从文：《读展子虔〈游春图〉》，《沈从文全集》（第31卷），北岳文艺出版社，2009年，第107页。

[49] 参见阎霞：《论中国古代诗论、画论在文体上的相通与互渗》，《三峡大学学报（人文社会科学版）》，2002年第5期。

沈从文四则物质文化史研究成果拾遗

张　筠

吉首大学图书馆副研究馆员，
吉首大学沈从文研究所研究员。

本文系吉首大学2018年国家社科基金培育项目「沈从文文献拾遗补缺及作品版本研究」（项目编号：18SKA06）研究成果之一。

中国20世纪的文学巨匠、物质文化史研究专家和思想深刻的哲人沈从文先生一生创作现已整理出版的文学作品、文物研究、杂论、书信等达1000多万字，这些著述是沈从文在特定时代和社会所表达的生命体验、思想感情和文化精神，具有罕见的史料价值、珍贵的文物价值和不可忽视的学术价值。

从八十年代起，国内许多专家学者对沈从文的著述进行整理，先后出版了《沈从文文集》12卷（花城出版社1982年初版，2013年再版）、《沈从文选集》5卷（四川人民出版社，1983年）、《沈从文别集》20卷（岳麓书社，1992年）等等。这其中，著述整理的代表作品是由沈从文家人、助手以及国内沈从文研究顶级专家担任主编和编委、北岳文艺出版社2002年出版的《沈从文全集》(以下简称为《全集》)。《全集》按小说、散文、传记、杂文、诗歌、文论、书信、集外文存、物质文化史分为32卷，收录沈从文文学作品500多万字，物质文化史研究100多万字，书信400多万字，配图1710余幅，生活照、手迹和绘画速写等珍贵史料近200幅[1]，是迄今为止收录沈从文文献最为完备的集子。《全集》编纂历时9年，许多人特别是吉首大学沈从文研究所的刘一友、向成国、孙滔龙等老师为文献的搜集、整理、编辑付出了大量的心血。《全集》编后记中也提到"个别作品还因未能查找到原文而暂缺"，因此，《全集》问世至今的十五年间，沈从文家人、国内外沈研学者和文学爱好者不断对他的著述收集、整理、挖掘并做出新的诠释。

笔者在吉首大学图书馆从事沈从文资料珍藏中心

[1] 沈从文：《沈从文全集》（第1卷），北岳文艺出版社，2002年，《沈从文全集》编辑说明第1页。

的管理工作，研究方向也定位为沈从文文献及沈从文研究文献的搜集、整理与提供服务，由此而参与了沈从文先生二公子沈虎雏老师主持的沈从文文献补遗工作，提供了许多佚文线索，并收集到了多篇沈从文先生的遗作遗篇，得到了虎雏老师的肯定。在此我给大家共享的是沈从文先生发表在1954年《历史教学》上的四则未被《全集》收录的物质文化史研究遗文。

沈从文与文物考古工作的结缘，应该是从1922年（20岁）在湘西陈渠珍身边做书记官时，“这分生活实在是我一个转机，使我对于全个历史各时代各方面的光辉，得了一个从容机会去认识，去接近”。[2]当时陈渠珍“四五个大楠木橱柜”里有“百来轴自宋及明清的旧画，与几十件铜器及古瓷，还有十来箱书籍，一大批碑帖”和一部《四部丛刊》等都交由沈从文保管，并经常叫他代为查找抄录，“全由于应用，我同时就学会了许多知识。又由于习染，我成天翻来翻去，把那些旧书大部分也慢慢的看懂了”。在无事可作的时候，把那些旧画取出鉴赏，从书籍中找寻答案，“这就是说我从这方面对于这个民族在一段长长的年分中，用一片颜色，一把线，一块青铜或一堆泥土，以及一组文字，加上自已

[2] 沈从文：《从文自传》，人民文学出版社，1981年，第106页。

生命作成的种种艺术，皆得了一个初步普遍的认识。”[3]

来到北京后，恰巧住的地方“向右走就是文化中心，有好几百个古董店”，其中有“古代的人文博物馆”和“近代的人文博物馆”，“所以于半年时间内，在人家不易设想的情形下，我很快学懂了不少我想学习的东西，这对于我有很深的意义，可说是近三十年来我转进历史博物馆研究文物的基础”。[4]1925 年，沈从文以香山慈幼园图书管理员的身份进入北京大学图书馆学习，得以较为正式规范地接受考古学知识的教育，从而奠定了日后的文物工作知识基础。到了 1933 年，沈从文的大哥沈云麓一家从凤凰县迁入沅陵县（即辰州）“云庐”新居，因要房子装修而要求他帮找些建筑的书，两人有多封书信往来谈及房屋的建筑。沈从文先生认为室内装饰书无多大用处，建议大哥到上海和北平分别去看下新、旧木器家庭陈设，“则心领神会，仿造制作，无不如意矣”。并准备从北平为大哥选购铜兽环、纽钉、扣扣门之钮锁、纱窗等寄回家去，感叹“木器样子、门样子、一切窗格样子，只有北京形式极雅极美”[5]。当时沈

[3] 沈从文：《从文自传》，人民文学出版社 1981 年，第 104 页。

[4] 沈从文：《从新文学转到历史文物》，《沈从文全集》（第 12 卷），北岳文艺出版社，2002 年，第 386 页。

[5] 沈从文：《沈从文全集》（第 18 卷），北岳文艺出版社，2002 年，第 195 页。

从文先生与建筑大师梁思成夫妇是极好的朋友，1937 年梁思成夫妇拟路过沅陵去昆明时，沈从文几番去信一再嘱咐大哥给予热情招待，“他们作的是古代建筑研究调查，希望大哥带他们到辰州龙兴寺大庙看看”。在梁思成夫妇因故没能路过沅陵时，他又希望大哥“最好能为设法将龙兴寺大殿内外照几张相来，寄给他看看”。[6]1938 年 11 月，在给大哥的信中提及“闻长沙已陷落，洞庭湖中有敌艇来往，就情形看来，常德不久或将成为大规模轰炸和炮火集中地。”“长沙闻已被大火毁去，实在可惜。常桃受炸，损失必不小。”[7]面对人类数千年的灿烂文明在战火中几分钟就毁去的惨剧，沈从文陷入了对历史虚空的凝眸。

在西南联大时期，沈从文已开始专门的文物收集，如马漆盒、豆花碗和青花瓷，并常邀朱光潜一同外出逛古董铺。[8]抗战胜利回到北京后，沈从文先生开始了文物教学与理论研究。正是对文物领域的关注和在博物馆长期工作的知识积累，使得沈从文先生成为物质文化史的研究专家。《全集》的第 28 卷至第 32 卷四卷皆为沈

[6] 沈从文：《沈从文全集》（第 18 卷），北岳文艺出版社，2002 年，第 266 页。

[7] 沈从文：《沈从文全集》（第 18 卷），北岳文艺出版社，2002 年，第 337 页。

[8] 朱光潜、张兆和著，荒芜编：《我所认识的沈从文》，岳麓书社，1986 年，第 10 页。

从文先生物质文化史研究的成果，主要涉及中国玉工艺、中国陶瓷研究、漆器及螺甸工艺、狮子艺术、陈列设计与展出、唐宋铜镜、镜子史话、扇子应用进展、中国丝绸图案、织绣染缬与服饰、熊经、龙凤艺术、马的艺术和装备、中国古代服饰研究以及其它一些文物研究资料和文物的文史研究论述等各个方面。这其中《中国古代服饰研究》更是一部物质文化史研究的恢宏巨著。

创刊于1951年的《历史教学》是新中国成立后创刊最早的历史学刊物，也是最具权威性的历史教学类杂志。自创刊起，一大批著名学者如郭沫若、范文澜、陈垣、吕振羽、侯外庐、季羡林、翦伯赞、罗尔纲、雷海宗、郑天挺、周一良、齐世荣等都为杂志撰写过稿件，刊发了多篇有学术和社会影响的文章。其中，1954年第9—12期和1955年第1—6期采用了封面刊登文物图案的形式，纵观《历史教学》所出的期刊，也只有这10期采用了这种形式。这10期封面图案均由沈从文先生对其进行了文字说明。1955年1–6期的封面图案“唐卷枝花镜”（是《从新出土铜镜得到的认识》一文的缩写）、“唐三彩釉陶瓶”、“西王母画像镜”、“唐代蜀锦花纹”、“白沙宋墓壁画”、“汉碧玉马头”已分别编入《沈从文全集》第28—31卷，而刊登于《历史教学》1954年第9—12期上，沈从文先生对封面图案说明未能收入到《全集》中。

《历史教学》1954年第9期——封面图案说明·沈从文：[9]

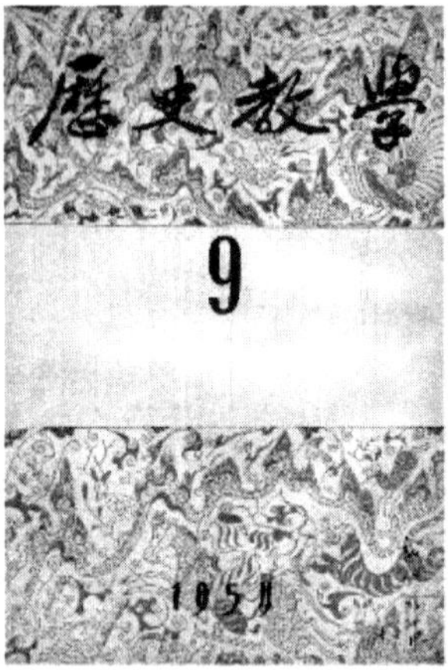

这是一种汉代青铜戈戟附件展开的鸟兽纹图样，原来是用金银细丝镶嵌在圆管形铜器上面的。原物在山西阳高汉墓中发现。

关于中国古代金银工艺发展的过程，以目下出土纪录说来，在安阳殷商遗物中，我们已得到过搥打极薄的金片，贴在一个小玉璧上，用意还不明白。春秋战国以

[9] 沈从文：《封面图案说明》，《历史教学》，1954年第9期，第58页。

来，这种金片有搥印成盘龙花纹如佩饰的（新郑出土），有镂空如头上冠饰“金博山”的（辉县出土），并且起始在青铜兵器中的戈、矛、剑、戟，礼器中的鼎、鉴、壶、罍，车器中的辕、辖、衡、轭，日常用器中的三带式漆奁、铜镜子，和当时特别流行的犀比带勾，都有加金银镶嵌作成的东西，通名“金银错”器。处理技术有作小金点子的，有金片镂花的，有盘嵌金银丝的，还有兼用两三种技法，加嵌松绿石和彩色琉璃球的。花纹有古胜格子，几何云纹，和鸟兽纹。近年长沙战国楚墓漆器出土日益加多，因此明白两者间花纹有密切联系。艺术上的特征，是摆脱了铜器模印花纹的呆板拘束，突破了传统对称格式，得到自由活泼的发展。

到汉代，游猎是一种现实的豪华娱乐，海上三山上的珍禽奇兽，羽人仙真，反映武帝以来的神仙信仰，于是共同作成装饰花纹的新主题，全面影响到当时的图案美术。绿釉陶的肩部，大型空心砖的边沿，漆器上的彩画，丝织物和刺绣花纹，日常用的铜器细刻花纹，无一不见出这种造型艺术的新风格。表现于金银错器物，更加显得活泼、华丽而秀美。这种进一步的发展，既丰富了汉代美术色泽和花纹，并且为隋唐金银平脱技术开了先路。

《历史教学》1954年第10期——封面图案说明·沈从文：[10]

这个封面用的是从敦煌千佛洞石窑寺发现的一片丝绸复原图。唐代艺术的特征，是一切从现实出发，而加以概括和提炼，因此一般造型艺术得到高度综合的效果。特别是丝织物的花纹，常常能结合秀美和壮丽而为一，图案组织，健康活泼，比其他时代更显得生气勃勃，并且见出时代精神。

中国养蚕织丝，有着悠久而优秀的传统，对于世界文化贡献极大。商代遗物中已发现过有花纹纺织物。周代封建社会既建立于农奴制的男耕女织的经济基础上，因此生产有了进一步的提高。根据《王制》《月令》《考工》诸文献，可知当时治丝、染色，都各有专官主持其事，楚国并设有种蓝草作靛青的工尹。《诗经》、《左传》、《国语》即常提起锦绣的用途，生产品具有最高艺术价值，丰富了古中国文化的色彩图案。战国时，陈留襄邑出的美锦，齐鲁出的罗纨绮缟和精美刺绣，都具有全国性，影响生产区域经济极大。到汉代，除齐地生产统由国家设官制造。长安还设有东西织室，年费到数千万钱。具地方性特种生产品，也十分发达，例如亢父绢素，南越筒中细布，都极著名。并且有锦缎大量向外

[10] 沈从文：《封面图案说明》，《历史教学》，1954年第10期，第2页。

输出，近如蒙古、朝鲜、交趾和西北各地区，远及古罗马诸国，对于促进世界文化交流，具有重要作用。《史记·匈奴传》叙西北民族特别爱好中国锦绣，每年有过万匹锦绣从长安输出，同时在西北出产作茵氈用的细毛织物，如“文罽”、“毾㲪”、“氍毹”，也输入中原，东汉时西蜀丝织物生产提高，蜀锦因此成一“专门名词”，直到三国鼎峙时期，诸葛亮文集中还提及，蜀中军事用费，主要是依靠锦类贸易。《魏略》并述及日本有“倭锦”，大秦有“织金缕绣”入贡。西南夷的“兰干斑布”，则近于木棉织物，和交广蕉葛同属于特种生产。近五十年地下出土实物日多，因此得知长沙楚墓中

六七种有花纹纺织物，不仅和同时期的彩绘木俑衣着相似，还和漆器、错金器花纹有密切联系。至于西北出土的百十种汉代丝毛织物材料，更丰富了我们对于汉代锦绣绫罗的基本知识，藉此明白刺绣中的云纹，还出于战国以来的金银镶嵌与漆器花纹。至于锦类花纹，却和汉代的铜、陶、砖、石等等以云山中鸟兽、游仙、狩猎为主题的花纹相通，例如世界著名的蒙古诺音乌拉和古楼兰和阗出土的“韩仁”锦，“新神灵广”锦，“宜子孙”锦，“登高四望”锦，“明光”锦，和其它鸟纹绢、豹首绢，都可证明。

晋六朝以来，实物出土虽比较少，但据《邺中记》、《东宫旧事》等等记载，如所称“大小明光”、“大小登高”、“杯文绮”，可知大多数还沿袭汉代以来图纹而加以发展。隋唐时代较近，实物材料和文献也比较容易结合。西北出土的材料，包括有织绵、花绫、刺绣，和复色印染织物数百种，用它和肃宗时即流出日本的中国丝织物比较，并联系同时期的青铜镜子花纹，金银平脱器物花纹，及敦煌唐代千佛洞壁画供养人身上衣着花纹，我们就可以得到一种相当明确具体的印象，并明白它的发展过程及后来影响。唐有李章武著《锦谱》，书已散佚不传。《唐六典》和《唐书》曾称引及各州郡贡赋特种纺织品名目甚多，丝织品到这时仍以蜀锦著名。又大历时禁令，和李德裕《会昌一品集》，都提起过许多种高级丝织品名目，花纹虽无从完全清楚，但张彦远《历代名画记》称太宗时窦师纶任益州行台官，兼检校工造，曾创意有瑞锦纹样十余种，花纹奇丽，流行百年，尚为人喜爱。窦封陵阳公，因称“陵阳公样”，所提起的“天马”、“其麟”、“对鹿”、“斗羊”、“游鳞”“翔凤”，却可从西北遗物中得到相近花纹图案。这类丝织物的发现，和从明锦中发现的“樗蒲”及“俊鹘含花”、“鹊含瑞草”、“龟子”、“盘绦”、“云雁”、“云鹤”和文献结合，都可证明它是唐代蜀中绫锦的格式。

《历史教学》1954年第11期——封面图案说明·沈从文：[11]

这是长沙楚墓出土一个彩绘凤纹漆“羽觞”的图样。原物高三寸、径六寸，制作的时代，可能和屈原生存的时代差不多远。楚辞九歌中提起的“桂酒椒浆”，招魂中提起的“吴羹柘浆，挫糟冻饮”，都是装到这里面的。它是战国到汉代一般敬神或燕饮通用的杯子。关于羽觞的起原，过去多根据文献上晋代束皙的对答，认为是西周初年周公经营雒邑成功后，为庆贺这个新的封建都会而创始。根据近五十年来发掘材料考查，才知道

[11] 沈从文:《封面图案说明》,《历史教学》,1954年第11期，第55页。

这种饮器，实盛行于战国，延续到汉晋，即逐渐由圆式杯椀代替。但金银制的羽觞，却在唐宋人绘画上还常有反映。至于这个名辞为人所熟习，是因为晋代画家王羲之在会稽山阴兰亭地方和几个朋友集会，当时曾使用它在流水中浮泛喝酒，并在那篇有名墨迹中提起过“曲水流觞”，后来唐代诗人李白作《春夜宴桃李园序》，又有“飞羽觞而醉月”的语句，因此读书人对于“羽觞”似乎都相当熟习。其实六朝以来，一般人吃喝已很少用到。唐宋人用它，名字却改称“酒船”。后来人即眼见它，也只叫作“人面杯”，更不会想到这就是“羽觞”了。“羽觞”汉代人已经名叫“耳杯”，因为这种椭圆形器皿边沿还有两个耳子。汉代西蜀工官作的，在朝鲜蒙古都有出土，式样大同小异，讲究的多在耳部涂金，或用银铜鎏金，汉代人又名"黄耳文杯"，制作时还有专工。战国时出土羽觞最精美的，应数洛阳金村韩国遗物中的几个白玉羽觞，如长沙楚国遗物中的彩绘漆羽觞。漆羽觞分木胎和"夹纻"胎两式，彩绘色调，和《韩非子·十过篇》叙古漆器提及的情形还相合，基本上用朱黑二色为主。绘画则多用龙凤纹作主题，在矩文中和涡云文中变化，图案组织不拘常例，给人一种清新鲜明、健康活泼的印象。我们从这件小小漆器中，也可以体会到古代楚民族文化有色彩有性格的一面。楚文化是中华民族文化一部分，特征是它在这个历史阶段中，能够突破中原封建文化传统的拘束，得到解放和自由。反映于文学诗歌，就成为屈原的辞赋，反映于劳动人民在工艺上的成就，彩绘漆器是最有代表性的一种。

《历史教学》1954年第12期——封面图案说明·沈从文：[12]

这是一个唐代"越州窑"青瓷的酒壶，（原高约中尺一尺）俗名"天鸡尊"，又名"鸡头壶"。这件青瓷壶秀拔端重的造形，既富于雕刻美，加上光润莹澈的青碧釉色，综合作成的完整效果，在中国陶瓷工艺美术发展

[12] 沈从文：《封面图案说明》，《历史教学》，1954年第12期，第18页。

史上，是具有代表性的。这种瓷壶的造形，有一个久远的传统。在殷商青铜器群中，我们已经常见到种种由原始三足陶器衍进而成的鸟形器物，最著名的有“枭尊”和“鸡卣”。东周以来有“鸡盉”，汉铜器中有“凫尊”。陶明器中还有战国时“鸠形带柄的陶杯”，彩绘象生的“凫盘”，北京汉墓出土物中也发现过“枭尊”。这一系列铜陶器物，制作形象虽然各不相同，多数是用来贮藏饮料或流质调味品的。到晋代后，青绿釉陶瓷中，就起始有了“天鸡壶”，形式上特征多是“盘口、细颈、平底、除了个合用把手，颈部间或有些水纹，肩部多有个鸡头形的短短壶嘴”，此外别无装饰。出土数量极多，可知是当时人民喜爱的实用器物。从器形说，是“枭尊”、“鸡卣”、“凫盘”的衍进和简化。晋代制陶工人特别重视造形，并且能正确把握形态上的雕塑效果，因此这种青绿釉陶壶，虽毫无花纹装饰，还是作得稳重秀拔而大

方，既好看又十分切合实用。到唐代，更得到多方面的发展，反映于南方越州青瓷、洪州青白瓷和北方的邢州白瓷、及长安洛阳一带的三彩陶制作中，形成种种优美式样。另外还有用夹纻脱空法作成金银平脱漆壶的。从形象和材料说，这是更进一步的发展，同样也是瓶壶式器物在工艺美术上一种崭新的成就。反映到越州窑青瓷中，更加见得精美而洗炼，在世界陶瓷美术记录中，也是无比优秀的作品。

关于越州窑的知识，前一段过去我们多根据晋潘岳《瓶笙赋》，杜育《荈赋》和六朝人伪托的邹阳《酒赋》，知道晋缥青瓷是它的先声。根据陆羽《茶经》的叙述，知道它在唐代实代表南方青瓷生产的最高成就，和北方邢州白瓷生产，同具全国性。上承晋缥青瓷的技术，加以进一步的发展和提高，下启宋代“官”、“均”、“汝”、“哥”、“龙泉”、“修内司”和“郊坛”诸青瓷的成就——特别是在南方生产的“章龙泉”和“修内司”、“郊坛”诸窑青绿釉名瓷，在技术上显明有直接影响。中国从汉代以来，南海交通就已经和海外各国文化交流，主要是劳动人民生产品的外输。隋唐以来，已有大量青瓷输出，越州窑因此不仅受国内重视，同时也为世界所重视，和中国丝绸一样，是中国劳动文化成就对于世界一个重要贡献。近五十年海外各地远如埃及、土耳其、印度，都陆续有大量中国古青瓷发现，证明文献记载实完全正确。此外，朝鲜、暹罗、越南各国本土生产古青瓷的发现，也可看出这些青瓷在花纹和釉色方面，都有越窑影响的痕迹，可补充历史文献所不及载。这次全国基本建设出土文物展，各地出土唐代青绿釉瓷的新记录，更加丰富了我们对于越系青瓷的知识。特别重要的是长沙广东两地出土的青瓷，从釉色形式来看，让我们明白，两地生产原来都属于越州窑系统，这是历来研究陶瓷史的专家学人料想不到的。长沙青瓷已从窑址发现，证明即陆羽《茶经》所说的“岳州窑”。广州青瓷的发现，却启示我们，当时南海的青瓷输出，可能一部分或大部分就是广州生产。这种新发现，对于中国生产发展史和经济史的研究，都无疑有极大重要性。唯有人民的力量，才能把古代文化的面貌和优秀伟大的成就发掘出来，不仅可丰富我们陶瓷美术的知识，对于新的陶瓷生产也提供了无限丰富新资料。这是只有在中国共产党领导下的人民新中国才可能作得到的。

这四篇封面图案说明，分别解读了在山西阳高汉墓中发现的汉代青铜戈戟附件展开的鸟兽纹图样、敦煌千佛洞石窑寺发现的一片丝绸复原图、长沙楚墓出土的一个彩绘凤纹漆“羽觞”图样和唐代“越州窑”青瓷酒壶。从解读可以看出沈从文先生扎实的文物知识功底和渊博的历史文化知识，以《王制》、《月令》、《考工》、《诗经》、《左传》、《国语》、《诸葛亮文集》、《史记·匈奴传》、《魏略》、《邺中记》、《东宫旧事》、《唐六典》、《唐书》、《楚辞·九歌》、李白诗篇、《韩非子》、晋潘岳《瓶笙赋》，杜育《荈赋》和六朝人伪托的邹阳《酒赋》、陆羽《茶经》等大量文献记载为佐证，以春秋战国至隋唐为线索，为我们解读了中国古代金银工艺发展的过程、古代丝绸的造型艺术的产生、历代传承与对外输出贸易、彩绘凤纹漆“羽觞”的来龙去脉及图案组织、唐代“越州窑”青瓷酒壶的形态与发展历程等，言语中充盈着对中国古代文化欣赏和对创作工匠的崇敬之情、对悠久而优秀的传统对于世界文化贡献的肯定，并把所解读的文物放入世界文化交流的大背景下进行解读。

解读称金银细丝镶嵌在青铜兵器、礼器、车器、日常用器中的“金银错”器，兼用两三种技法和花纹，在“艺术上的特征，是摆脱了铜器模印花纹的呆板拘束，突破了传统对称格式，得到自由活泼的发展”。唐代艺术的“丝织物的花纹，常常能结合秀美和壮丽而为一，图案组织，健康活泼，比其他时代更显得生气勃勃，并且见出时代精神”。古漆器“图案组织不拘常例，给人一种清新鲜明、健康活泼的印象”。“我们从这件小小漆器中，也可以体会到古代楚民族文化有色彩有性格的一面。”“彩绘漆器是最有代表性的一种。”唐代“越州窑”青瓷的酒壶“秀拔端重的造形，既富于雕刻美，加上光润莹澈的青碧釉色，综合作成的完整效果，在中国陶瓷工艺美术发展史上，是具有代表性的”。“反映到越州窑青瓷中，更加见得精美而洗炼，在世界陶瓷美术记录中，也是无比优秀的作品。”

现代历史科学研究中的文献史料与实物史料，二者相辅相成，缺一不可。实物史料能证史、补史与扩大文字的历史[13]。沈从文先生的这些解读补充了历史文献不及载，发现了“古代文化的面貌和优秀伟大的成就”，“对于中国生产发展史和经济史的研究，都无疑有极大的重要性”。通俗易懂的解读，丰富了我们对于文物的基本知识，同时，为新工艺生产提供了无限丰富的新资料。

[13] 韩寿萱、陈长虹：《花纹与实物史料》，《历史教学》，1958 年第 4 期，第 43—51 页。

沈从文物质文化史研究梳理

张晓眉
北京《航空制造技术》杂志编辑，吉首大学沈从文研究所特聘研究员。

新中国成立后，沈从文先生转行物质文化史研究，在近四十年里凭着超常的耐烦劲，对数十万件的实物、图像、壁画、墓俑等文物经手过眼，加上自身所具备的丰厚文史知识以及对史学传统积习的深刻体会，在“二重证据法”的基础上摸索出了一条实物、图像、文献三结合的“比较唯物实事求是的新路”，并撰写出版了《中国古代服饰研究》(以下简称《研究》)《中国丝绸图案》《战国漆器》《唐宋铜镜》等多部具有开创意义的学术论著，从而奠定了沈从文先生在物质文化史研究领域的开拓者和先行者历史地位。

随着沈从文物质文化史研究方法越来越受到学界所重视且运用到实际研究当中，并取得了一定成绩。2011年，中国社会科学院历史研究所文化史研究室出于文化史学科建设和学术创新的考量，提出了“形象史学”概念，为引起学术界对其内涵、研究模式的探讨，创办了《形象史学研究》杂志作为学术交流平台，2012年12月13日由中国社会科学院历史研究所主办的“形象史学学术研讨会”在中国社会科学院学术报告厅举行，50余位与会者从文物学、历史学、考古学、文学、美术学、宗教学等学科视野下，针对形象史学的概念、内涵、学术渊源、理论架构、研究方法等问题进行了较为充分的探讨。[1]

形象史学这一学术概念被正式提出，作为一种新的史学研究模式目前尚处于起步阶段，但随着研究实践的不断深入，必将会对其理论体系的成熟和完善以及中国文化史学科的整体发展起到积极地推动作用。而沈从文先生作为这一学科的先行者，深入研究其物质文化史

[1] 刘中玉：《“形象史学学术研讨会”综述》，《中国史研究动态》，2013年第2期，第78—79页。

研究方法对今后的相关研究也必将产生积极推动作用。“虽然沈从文生前并未在其著述中有明确的形象史学研究理论体系，但其研究却将传世的包括出土（水）的石刻、陶塑、壁画、雕砖、铜玉、织绣、漆器、木器、绘画等历史实物、文本图像及文化史迹作为研究对象，并结合传统文献整体考察历史的史学研究模式，是该方法的身体力行者。”[2]

较之沈从文文学研究的广度和深度，沈从文物质文化史研究仍处于探索阶段，本文以时间节点为基准，将近年来有关沈从文物质文化史研究方面的宝贵探索研究论文进行梳理，旨在厘清该项研究现状，探究今后研究前景，进而助力该项研究加速朝前发展。

本文通过在中国知网、万方数据库等国内数据库网站以“沈从文物质”为关键词进行搜索，所得篇数极为有限。中国知网搜索仅得10篇，其中3篇不在研究范畴，其余7篇发表的年份及数量分别为2005年1篇，2012年1篇，2013年1篇，2015年1篇，2017年3篇。尽管以沈从文物质文化史研究为专题的论文很少，但2017年有3篇成果发表，可一窥其积极朝前发展的苗头与趋势。特别值得一提的是，文物学、考古学、文

[2] 刘中玉：《沈从文与形象史学》，《中国社会科学报》，2013年2月27日，第A05版。

学、美术学、宗教学、历史学等领域的学者开始将沈从文物质文化史研究方法作为其主要研究方法，并结合专业特点进行研究，这些探索无疑对沈从文物质文化史研究有着重要的学术贡献，在学术和社会层面兼具双重价值。

一、20世纪80年代研究状况

1981年，沈从文先生编著的《研究》由商务印书馆香港分馆正式出版，尽管当时产生过较大社会反响，但学界对其关注却相对有限，从现可查资料来看，黄裳撰写的《沈从文和他的新书——读〈中国古代服饰研究〉》系20世纪80年代对沈从文物质文化研究着墨较多的一篇，该文简约回顾了作者与沈从文先生的交际以及受其文学影响，随后用较大篇幅细致梳理了在阅读《研究》后的所得感受，比较客观地评价了《研究》给读者在阅读过程所带来的形象性和信息的丰富性，“读《中国古代服饰研究》，时时会感受一种‘左右逢源’之乐，它会诱使你翻出另外许多本书，对读、思索，并享受‘左图右史’的愉快”[3] 该文就《研究》中使用温庭

[3] 黄裳：《沈从文和他的新书——读〈中国古代服饰研究〉》，《读书》，1982年第11期，第46—54页。

筠、杜牧、白居易等诗句以及《红楼梦》等经典名著与图画、陶俑等相互佐证研究方法进行了阐述，认为《研究》“应该重排出版，以普及面貌出现。即使附图简单些也好，这样必将在学术界、文学界、戏剧电影界……引起更大的反响，推动我们的事业前进。”评价《研究》“不是一本结构完整的《中国历代服装史》，不是先有了一个严密的理论体系精细的大纲，再来搜集资料，论证成书的。它是从大量的具体的历史实物出发，进行先是个别的、然后是比较的研究终于得到了某些带有规律性的认识。完整的、严密的体系的形成也许还是将来的事。但现已露出地表的林立的桩脚都是结实的，多数是经得起考验的，而且也已初步显示出宏伟建筑的规模。这本书最大的特点是它所体现的唯物的、从实际出发的精神……”[4]上述较客观论断在过去 30 多年来被逐步证实，由于学界逐渐在实践过程中认识到了沈从文物质文化史研究方法的重要作用，从 2011 年正式将沈从文学术研究提炼为形象史学即可为证。该文专门论述了沈从文与形象史学的渊源关系“沈从文虽然没有提出‘形象史学’的概念，却是形象史学研究的力行者和开拓者。如他提出实物、图像、文献三结合的观点，便是在研究

[4] 黄裳：《沈从文和他的新书——读〈中国古代服饰研究〉》，《读书》，1982 年第 11 期，第 46—54 页。

方法论上的重要突破。”[5]

在这一期间有限的史料中，1988 年发表在《吉首大学学报》上由肖离先生整理的《沈从文谈〈楚文物展览〉》一文值得参阅，该文原文为 1953 年肖离先生采访沈从文先生的新闻稿，但文后的《后记》部分是新写的，可算作是这一时期对沈从文文物文化史研究的一个小节。[6] 还有一些回忆性文章发表在《我所认识的沈从文》《长河不尽流》《星斗其文　赤子其人》》等书上，一些相关新闻报道也有提及。此外，由余亦农，龙生庭记录整理的《独轮车虽小　不倒永向前——沈从文黄永玉肖离座谈发言（摘登）》[7] 也是这一时期值得参看的史料。

总的来看，20 世纪 80 年代学术届对沈从文物质文化史研究处于待开垦阶段。

二、20 世纪 90 年代研究状况

相比较 20 世纪 80 年代，90 年代从沈从文物质文

[5] 刘中玉：《沈从文与形象史学》，《中国社会科学报》，2013 年 2 月 27 日，第 A05 版。

[6] 肖离：《沈从文谈〈楚文物展览〉》，《吉首大学学报（社会科学版）》，1988 年第 2 期，第 4—7 页。

[7] 余亦农，龙生庭：《独轮车虽小　不倒永向前——沈从文黄永玉肖离座谈发言（摘登）》，《吉首大学学报（社会科学版）》，1988 年第 2 期，第 1—5 页。

化史方面进行研究的文章有所增加，武敏撰写的《毕生致力于美的发掘和传播的沈从文先生》一文，在第一部分就对沈从文是否可作为一名正式的物质文化史学者进行了梳理，并引用《简明不列颠百科全书》等资料进行论证；第二部分则论述了沈从文物质文化史研究的方法和治学之道，并将其归纳为“人趋我避，人弃我取，博闻约取，甘心打杂，热爱文物”，评价上述方法正是沈从文先生“作为研究历史文物的学者取得成功的决窍。”该文比较深入地剖析了沈从文物质文化史研究方法“有自己独到的认识与理解，往往能见前人所未见，发他人所未发，且敢于向某些传统的‘定论’挑战”；该文第三部分总结了沈从文先生一生无论从事文学创作还是进行物质文化史研究都是在一以贯之地致力于美的发掘和传播。该文作者身份“因为和我从事的专业接近，经常学习、参考，感受尤为亲切”，因而对沈从文物质文化史研究方法能从专业角度进行论述，兼具作者对沈从文先生文学的了解，文学与学术研究兼论，使得该文整体形象生动，较客观地反映了沈从文物质文化史研究历程。该文最后预言“至今也许还有不少人对他没有真正理解。然而随着时间的推移，他终将会被越来越多的人理解。一旦大多数人从他的作品中对他有了正确的理解（这大概需要经历一个漫长的过程），那时人们将会领悟到：中国出过一个沈从文，他是中国人民的骄傲！”[8]该文的上述论断，正逐步被印证。

吴广平撰写的《沈从文在中国当代学术史上的贡献》从三个部分来阐述沈从文物质文化史研究，首先对沈从文先生的学术根底做了梳理，随后对其研究方法进行归类分析，将其研究方法分为文献与文物结合、上下前后四方求索、宏观与微观结合、历与史现实结合、治学与育人结合，最后一部分总结了沈从文先生的学术研究成果，并从中国服饰史、美术史、杂文物、书画鉴定以及中国古代文学研究等领域进行逐一点评。该文系这一时期较为全面梳理沈从文物质文化史研究成果和使用大篇幅探讨其在学术界地位和意义的研究论文。[9]

此外，廷兴根据1997由上海书店出版社出版的《研究·增订本》撰写的《再读沈从文〈中国古代服饰研究〉》一文，对《研究》丰富博杂的内容和细致清晰的排比所构筑起来的庞大完整的中国古代服饰文化体系进行了梳理，对沈从文先生服饰研究方法在中国衣俗研

[8] 武敏：《毕生致力于美的发掘和传播的沈从文先生》，《吉首大学学报（社会科学版）》，1991年S1期，第195—200页。

[9] 吴广平：《沈从文在中国当代学术史上的贡献》，《吉首大学学报（社会科学版）》，1991年S1期，第170、201—207页。

究方法方面所具有的指导和借鉴意义进行了述评。[10]

总体而言，20 世纪 90 年代在 80 年代的基础上无论是研究论文的数量还是篇幅方面都有了显著增加，沈从文先生在物质文化史方面的成就和方法论意义已经开始引起学界关注，尽管这一时期的研究成果屈指可数，考虑到大的社会历史背景，这一时期所取得的成果已属不易。

三、新世纪以来研究现状

新世纪以来，特别是《沈从文全集》公开出版发行以来，沈从文物质文化史研究成果得以大部头集中展现在世人面前，为各界人士了解沈从文物质文化史研究提供了较为丰富的史料，随着社会的进步和人们逐渐认识到沈从文物质文化史研究方法在学术研究中的重要作用，在这一领域进行探索的学者逐年增多。从目前所搜集的史料来看，在 20 世纪 80 ~ 90 年代的研究基础上，新世纪在这一领域所取的研究成果在质与量方面都有了大的提升。

[10] 廷兴:《再读沈从文〈中国古代服饰研究〉》,《民俗研究》，1999 年第 1 期，第 94—95 页。

（一）从物质文化史本身着手的研究与梳理

中国社会科学院历史研究所刘中玉撰写的《沈从文与形象史学》就沈从文物质文化史研究方法与形象史学这一新的学科诞生渊源做了较为详细分析说明，“1950年以后，沈从文在利用形象材料研究中国古代物质文化史方面成果卓著。作为中国社会科学院历史研究所文化史学科的奠基者之一，沈从文开创了服饰、纹样、玉器、杂文物等多个文化史研究的新领域，并形成了实物、图像、文献三结合的方法论和以唯物主义为指导的形象历史观”，刘中玉在其撰写的《形象史学：文化史研究的新方向》一文中再次强调了沈从文先生对形象史学的贡献和价值，明确了沈从文先生身体力行的形象史学研究是构建形象史学这一新型学科的直接源泉，为以图像证史为代表的新文化史学提供了理论支撑。[11] 随着研究的不断向前发展，沈从文物质文化史研究方法将不断被认可并付诸实践，刘中玉在上述两文中梳理了沈从文在物质文化史方面的历史贡献，系目前比较深入地对沈从文物质文化史研究的再研究。

张弓撰写的《从历史图像学到形象史学》以《研究》作为典范进行分析研究，该文认为，当前历史形象

[11] 刘中玉：《形象史学：文化史研究的新方向》，《河北学刊》，2014年第34（1）期，第19—22页。

资料从辅助史料地位已提升为史学研究的主体对象，形象史学从传统的历史图像学、考古文物学中脱胎而出，成为新的学术生长点。而沈从文编著的《研究》可视为形象史学的初期名著，该文对《研究》在这一学科中的学术价值和地位作了较高评价。[12]

王任撰写的《沈从文与物质文化研究》概述了沈从文先生编著《研究》的艰辛历程，梳理了该著作中的主要内容，并对该著作产生的社会反响和学术价值进行了评价“是第一本系统地研究中国古代服饰的专著，填补了空白，并且从中也可窥见中国服饰文化史的发展和工艺水平的进步，具有重要的代表性”，评价《研究》“为筚路蓝缕的中国古代服饰研究”；该文第二部分论述了沈从文先生融注生命意识的工艺美术研究和甘于寂寞的钻研精神，对沈从文先生的典籍文献与文物实物相结合印证的综合研究学术方法和广博开阔的知识视野、严谨求实的艺术教育观念进行了剖析，该文系目前从学术专业领域对沈从文先生物质文化史研究进行较为系统梳理的宝贵探索。[13]

王方撰写的《沈从文的古代服饰研究与服饰考

[12] 张弓：《从历史图像学到形象史学》，《形象史学研究》，2013年第4期，第3—9页。

[13] 王任：《沈从文与物质文化研究》，《设计艺术》，2005年第2期，第30—31页。

古——重读〈中国古代服饰研究〉》梳理了沈从文先生编著《研究》历程，该文对沈从文先生长年为文物编目、抄写陈列卡、自愿为群众讲解等琐碎工作所建立起对文物的理性认识进行了较为详细梳理，分析认为沈从文先生“半路出家”由文学创作转入文物研究，其研究方法一定程度上融合了文学创作理念。该文总结了《研究》在论述方面的完整性和系统性，以及材料方法上的开创性选择反映出来的沈从文先生学术研究的开放性和前瞻性学术视野，评价《研究》作为我国第一部古代服饰学术研究专著，其成就具有开创性和突破性，不仅填补了服饰研究中的诸多空白，对考古学、历史学、民族学、文物鉴定等也有着重要的学术贡献，《研究》影响的深远性和持久性在学术层面和社会层面上所具有的双重价值，强调其实用价值甚至超过了它的学术价值，并例举了在考古学、文物鉴定等方面日益凸显的作用，同时也分析了《研究》虽然有新见解和新认识，但没有形成系统的学说体系，有待深入研究。该文高度评价了《研究》对服饰起源的推测、服饰起源与纺织起源的关系、纺织工具及其技术水平、装饰品与社会等级等促进服饰研究向纵深发展的前景走向，为未来的服饰专题研究构建了无限扩展的空间，也提供了继续深入的可能。该文对沈从文先生的学术经历和治学特点以及研究材料、研究方法、研究视野方面的特点进行了较系统梳理，在评价《研究》学术地位和学术价值方面也比较中肯，系从学术研究视角对沈从文先生物质文化史进行研究并阐释得较为到位的宝贵探索。[14]

毕德广撰写的《以“物”见“文”——沈从文文物研究的成就和旨趣初探》从不该有的寂寞、文物因缘、主要成就、研究旨趣四个方面进行论述。该文认为，研究沈从文先生后半生的学术成就及其意义一方面可以帮助人们发现绝迹于文学后沈从文的踪迹所向，另一方面可揭示其学术成就的独特价值，特别是他的宗旨和方法对文物和历史学界的启发。该文的上述论断对今后沈从文先生物质文化史研究具启发意义，也道出了目前沈从文物质文化史研究存在的困境和今后有待加强研究的方向。[15]

季进撰写的《论沈从文与物质文化研究》梳理了沈从文先生从文学创作转向物质文化研究过程，评价沈从文物质文化研究与其文学创作的相关性，将其总结为生命形态的“抒情考古学”、“为物立传”，“追溯‘物’的前世今生”。该文评价沈从文先生物质文史研究“从抒

[14] 王方：《沈从文的古代服饰研究与服饰考古——重读〈中国古代服饰研究〉》，《中国国家博物馆馆刊》，2011 年第 12 期，第 140—147 页。

[15] 毕德广：《以“物”见“文”——沈从文文物研究的成就和旨趣初探》，《齐鲁学刊》，2011 年第 3 期，第 54—61 页。

情考古学的立场出发，将物质与文学、艺术、历史等融为一炉，与物质文化理论达到了高度的契合”“为物作传”的物质文化研究突破了原来的学科界限，将文史研究与文物研究相结合，融合技术史、美术史、美学史、文化史等，体现了鲜明的跨学科性，既是一种历史解释的方法，也成为理解与修正文学史叙事的重要依据，其研究是联接历史、沟通人我的工具。该文从文学与学术研究两个方面结合来论述沈从文先生的物质文化史研究，并与西方史学研究参照，较好地把握了沈从文先生在学术研究方面的精髓所在，系当前这一研究领域取得的新进展。[16]

李斌撰写的《沈从文〈中国古代服饰研究〉编撰始末》梳理了《研究》出版始末以及出版后产生的社会影响，描述了该著作在国家层面的影响如被国家领导人作为国礼送给日本天皇、美国总统和英国女王；在学术界的影响也引用了相关研究者的评价，如历史博物馆研究员孙机评价此书为“中国服饰史的第一部通史”，英国维多利亚与阿尔伯特博物馆研究员威尔第女士评价“给搞时装的知道了都会发疯的”，黄裳评价“这是一本充满了爱国主义精神与民族自豪感的著作”。此外，该文

[16] 季进：《论沈从文与物质文化研究》，《文艺理论研究》，2017年第1期，第27—34页。

还引用了胡乔木先生的贺信“以一人之力，历时十余载，几经艰阻，数易其稿，幸获此鸿篇巨制，实为对我学术界一重大贡献，极为可贺。”该文就史料的梳理对后期沈从文物质文化史具有参考作用。[17]

（二）助手的回忆及后续研究

沈从文先生的得力助手当属王㐨先生，“1988年沈从文先生去世时，王㐨先生和王亚蓉女士相约只做工作，不谈、不写沈从文先生，把所有精力都用在工作中，他们认定只有将沈从文先生开创的这项事业传承下去、发扬开来才不负沈从文先生的多年来谆谆教诲和良苦用心……”[18]鉴于上述原因，王㐨先生对沈从文先生的物质文化史研究以文字形式介绍和记录寥寥无几，其《沈从文和他的古代服饰研究》以沈从文先生的助手和学生身份介绍了《研究》漫长而坎坷的成书历程以及沈从文先生对学术研究的坚守与执着[19]。1997年，王㐨先生不幸去世，沈从文物质文化史研究的一些宝贵经验和珍贵史料未能得到及时整理记录，系极其遗憾之事。2015年，王亚蓉女士在接受张晓眉的访谈过程中，也

[17] 李斌：《沈从文〈中国古代服饰研究〉编撰始末》，《读书文摘》，2015年第3期，第61—65页。

[18] 张晓眉：王亚蓉女士专访。

[19] 王亚蓉，王㐨：《沈从文和他的古代服饰研究》，《中国建设》，1980年第11期。

谈到了这方面的遗憾“1997年王㐨先生去世，随着他的去世，特别是那些挖掘、保护等宝贵工作经验也随他而去，没有流传下来，非常可惜。随着年龄增大，我的健康状况不容乐观，我想如果将我了解的一些情况和工作经验记录下来，说不定有一天可以给后人起到一点参考作用，也是好的。”[20] 鉴于上述原因，王亚蓉女士先后出版了《沈从文晚年口述》《章服之实——从沈从文先生晚年说起》，这两部著作在一定程度上记录了沈从文物质文化史研究历程及沈从文先生去世后这项事业延续状况，上述两部著作和王亚蓉女士在接受各类媒体采访如《高山仰止——王亚蓉先生访谈录》、《王亚蓉女士专访》等系目前这方面较为系统和珍贵的史料，也是沈从文物质文化史研究不可或缺的重要参考资料。

沈从文先生的另一位助手李之檀先生撰写的《沈从文先生的服饰研究历程（一至四）》分四次先后发表在《艺术设计研究》上，该文从物质文化史研究角度梳理了沈从文先生的学术研究历程，对沈从文先生正式转行从事物质文化研究前后的历史事件有较详细描述，如沈从文先生萌发编著《研究》一书设想的历史背景，随后受周恩来总理嘱托担任《研究》主编主持召开工作情

[20] 张晓眉：《中外沈从文研究学者访谈录》，北岳文艺出版社，2015年。

况介绍，书名确定为《中国古代服饰研究》原因，以及该著作最后怎样在中国社会科学院支持下顺利出版等作了较详细梳理，并将其受到沈从文先生影响搜集整理出版的相关著作如《中国服饰文化参考文献目录》做了介绍。李之檀先生因参与了《研究》早期的绘图等工作，系沈从文先生早期的得力助手，又兼具中国博物馆研究员的特殊身份，因此对沈从文物质文化史研究的梳理较为专业具体详细。李之檀先生在沈从文先生开创的物质文化史领域也有著述和延续，特别是沈从文先生去世后，在整理沈从文先生的物质文化史料方面做出了一定贡献。2014 年在接受张晓眉采访时，李之檀先生谈到沈从文先生在中国历史博物馆 30 年来所做出的贡献，鉴于此，中国历史博物馆计划出版一本纪念沈从文先生的书，书名拟了两个：《沈从文在历史博物馆》和《沈从文和历史博物馆》。这本书计划从四个板块来表现沈从文先生在历史博物馆 30 年的工作和生活：一是沈从文先生参与接待国外专家学者和工作、生活照片；二是历史博物馆同仁写的怀念沈从文先生的文章；三是沈从文先生与历史博物馆相关的书信往来和书法手迹；四是李之檀先生自己对沈从文先生的理解文章。在这本书中，李之檀先生还准备将沈从文先生在担任全国政协当委员、常委期间提过的 21 个提案内容加入进来，因为这些内容不仅体现了沈从文先生在中国历史博物馆工作的内容，其中有一个提案周恩来总理曾做过批示“这是内行人讲的话。”[21]这本书稿目前正由北岳文艺出版社编校出版，可以预见，这部著作出版后必将对沈从文物质文化史研究起到助力作用。在接受媒体采访时，李之檀先生多次谈及沈从文先生的学术研究，如《李之檀研究员专访》[22]《与沈从文先生一起工作的日子》《我给沈从文先生当助手》《巨人的肩膀——李之檀访谈录》等。此外，李之檀先生还主编了由万卷出版公司出版的《沈从文博古春秋》系列丛书，这套丛书收录了沈从文先生 40 年的文物研究成果，出版这套丛书是沈从文先生生前愿望。这套丛书的出版不但凝聚了沈从文先生的学术研究精华，同时也因李之檀先生的细致、耐心、专业以及对沈从文先生的了解，在文物收藏渐热的今天，人们开始急迫了解文物背后发生的故事，《沈从文博古春秋》正是这样一套叫人轻易读懂的书。从某种意义上讲，上述著作的出版系沈从文先生物质文化史研究的影响延续。

赵连赏先生作为沈从文先生晚年工作助手，他撰写的《沈从文的文物历程》《沈从文的文物情怀》《形象史

[21] 张晓眉：《中外沈从文研究学者访谈录》，北岳文艺出版社，2015 年。

[22] 张晓眉：《中外沈从文研究学者访谈录》，北岳文艺出版社，2015 年。

学的先行者和奠基人——记沈从文的学术研究方法》等系列研究成果对沈从文先生从事物质文化史研究原因、过程和取得的成果有比较全面的梳理和研究。除了撰写的部分研究论文外，赵连赏先生在接受媒体采访、学术讲座方面也对沈从文先生物质文化史研究有过系统介绍，如《赵连赏研究员专访》对沈从文先生 1981 年以后的生活和学术研究进行了具体详细回顾。2014 年在吉首大学沈从文研究所主办的“从文大讲坛”主讲《学术沈从文　生活沈从文》从沈从文先生的物质文化史研究和《研究》出版后的日常生活相结合进行讲述，赵连赏先生与沈从文先生有过近 8 年的共事经历，他在该次讲座中除对沈从文先生坚持用辩证唯物主义哲学观点指导包括服饰在内的一切学术研究工作、沈从文先生与形象史学研究方法、奉行为人民服务等做了详细介绍外，还对沈从文先生晚年日常生活做了回顾，除广为人知的慷慨助人、为人低调、平易近人外，还有大量鲜为人知的往事如沈从文平时工作状态与生活习惯等，有些细节对研究沈从文物质文化史研究具有一定的参考价值。此外，赵连赏先生目前正在撰写的《沈从文传》，据介绍，该传记侧重沈从文先生的学术研究，鉴于赵连赏先生的专业研究领域和系沈从文先生助手等特殊身份，我们有理由期待这部著作出版后将填补这一领域的空白。[23]

郑欣淼作为沈从文先生学生所撰写的《沈从文与故宫博物院》从“沈与故宫：三种说法、一封信引出的一场工作调动、在故宫织绣馆的劳绩、参与几个委员会的工作、‘顾问’还是‘兼职研究员’”五个版块对沈从文先生早期从事物质文化史研究过程及其作出的贡献做了详细梳理，通过结合史料求证，该文得出“沈先生在织绣组做兼职研究员工作，但不是一般的研究员，而是本组的陈列展览、科学研究、人才培养等工作的实际负责人。正是这一特殊身份，才使他有可能在故宫博物院织绣组做了如此多的重要而影响深远的工作。”该文对当年沈从文先生文物质文化史研究状态进行了较为深入的梳理，对那些只从大的社会历史背景出发，而未曾获知沈从文先生当年对物质文化史研究真实状况，仅从某个侧面来推测沈从文先生这时段的工作状态的研究者来说，该文起到了澄清事实和帮助研究者贴近更真实的沈从文学术研究状态，从这层意义上讲，该文具有较为重要的参考价值。[24]

关于与沈从文先生物质文化史研究相关的回忆类文

[23] 张晓眉：《中外沈从文研究学者访谈录》，北岳文艺出版社，2015年。

[24] 郑欣淼：《沈从文与故宫博物院》，《新文学史料》，2006年第1期，第107—116页。

章还有肖离先生撰写的《不倒的独轮车——沈从文侧面像》介绍了沈从文先生的转业、在文物研究中的成就及其对文物工作的认真和执着；宋伯胤撰写的《不应当疏忽这份无比丰富宝藏》；清华大学美术学院黄能馥教授撰写的《怀念恩师沈从文》，该文回顾了作者学生时代及工作后受到沈从文先生的学术研究影响；丁大华撰写的《我所认识的文博大师沈从文》，该文回忆了与沈从文先生在故宫一起共事的经历及受其影响，回忆中涉及了部分沈从文物质文化史研究，值得参考。

（三）硕博士论文中的沈从文物质文化史研究现状

从笔者目前所能查阅到的资料来看，专门以“沈从文物质文化史研究”为专题的硕博士论文相比文学而言，比例悬殊，且极为有限。与之专题相近的硕士学位论文有王任撰写的《沈从文与美术考古研究》，该文从美术考古研究角度切入，回顾了沈从文先生从事美术考古研究的历程，分别从古代服饰研究、工艺美术研究、传统书画与生活方式研究、博物馆陈列设计研究等方面进行论述，梳理、考证了沈从文美术考古的研究历程和学术价值并进行评价，对作为学者的沈从文学术境遇和学术历程提出了自己的思考。值得一提的是，该论文附录的《沈从文与美术考古年表（1948—1988）》，对沈从文先生40年间的学术生涯、美术考古历程和主要论著的撰写与发表情况进行了集中整理，这为今后的沈从文物质文化史研究在史料方面起到了一定参考作用。该文的理论价值和研究意义在于发掘和探讨沈从文美术考古研究的学术价值和历史贡献，特别是对沈从文美术考古研究历程的史实梳理、对其学术贡献和审美理念的探讨，一定程度上弥补了长期以来学术界对沈从文先生后半生学术研究历程的较少关注和评价不足的缺憾。[25]

毕德广撰写的《以“物”见“文”：沈从文文物研究的成就和意义》硕士论文从沈从文先生文物研究成就和意义入手，梳理了在这一研究领域被研究的现状及原因，该文评价沈从文先生的学术研究与文学创作成就具有同等重要的历史价值，指出其文物研究所具有的开创性和独特性，系新文物学的开拓者和奠基者之一。该文试图通过对沈从文物质文化史研究的成就予以概括，并对其治学宗旨、方法及其研究的意义进行探讨，尝试在此基础上初步构建沈从文学术研究的整体框架，推进沈从文学术研究向前发展。该文从叙述沈从文与文物的因缘经历，从古代服饰史、工艺美术史、字画史、古典文学史和陈列与展览等五个方面进行总结和概括其文物研究的总体成就，并通过大量实例，力图揭示和展现沈从

[25] 王任：《沈从文与美术考古研究》，山东大学，2009年。

文先生在其各个研究领域内特殊的具体的研究思路、研究方法或学术风格；探讨和总结沈从文先生的治学宗旨，并将之概括为“求真实”、“重致用”、“以‘物’见‘文’——发掘生命与美”等三个方面，进而探索民族文化心路历程和审美精神，体现了沈从文先生文物研究的最高宗旨和最具特色之处。该论文较为系统的梳理了沈从文先生物质文化史研究历程及取得的成就，对后续的研究具有一定的参考价值。[26]

杨颖慧撰写的《从“文”到“物”，发掘生命与美——谈沈从文在文学与文物研究中的生命书写》将沈从文先生前期的文学创作与后期的文物研究并置，从生命意识的角度切入来探究沈从文在各个阶段因人生际遇不同而产生的不同的生命思索，以及这种生命思考在其创作与研究中的反映，从其思想的内部结构入手分析其生命书写的价值与意义。[27]

吴敬玲撰写的《学术：小说之外的沈从文——49 年之前沈从文的学术准备》，该文通过探寻 1949 年以前沈从文先生的学术积累和学术准备来认识其成就来源，进而展现作家之外的更丰富全面的沈从文先生学者形象，

[26] 毕德广：《以“物”见“文”：沈从文文物研究的成就和意义》，曲阜师范大学，2008 年。

[27] 杨颖慧：《从“文”到“物”，发掘生命与美——谈沈从文在文学与文物研究中的生命书写》，曲阜师范大学，2016 年。

旨在促进沈从文研究逐渐走向全面、丰富和完整。[28]

部分涉及如作为参照、比较对象的大篇幅介绍沈从文物质文化史研究的有刘璐撰写的《潘絜兹与敦煌艺术研究》，该文第二章第二节通过研究时代、资料、方法、内容、重心、摹绘、文字等七个方面对潘絜兹与沈从文先生作了比较分析，对沈从文物质文化史研究的著作如《唐宋铜镜》、《中国丝绸图案》、《研究》、《龙凤艺术》等有比较深入的论述。[29] 此外，苏梅撰写的《晚年沈从文研究》，该文从沈从文先生在1949年前后的思想发展及自身经历，以及其后的生命状态与精神世界的梳理分析中探寻沈从文先生如何在时代的洪流中寻找与坚守自己的位置并在物质文化史研究方面做出巨大贡献的原因，通过分析得出沈从文先生在物质文化史研究不以个人独特的生命体验为核心，因此能够以轻松的心态面对，并逐渐在物质文化史研究领域取得了可喜的成就，填补了沈从文先生在文学创作领域所失去的满足感与自信心。[30]

从沈从文物质文化史研究方法论上进行尝试的有张翎撰写的《北京地区传统女装的装饰风格及其工艺初

[28] 吴敬玲：《学术：小说之外的沈从文——49年之前沈从文的学术准备》，厦门大学，2008年。

[29] 刘璐：《潘絜兹与敦煌艺术研究》，南京师范大学，2015年。

[30] 苏梅：《晚年沈从文研究》，陕西师范大学，2012年。

探》，该文在摘要中明确“本文遵从沈从文先生所提倡的‘文史研究必需结合文物’的治学态度，一方面通过对北京地区现存传统女装实物的调查与研究，从视觉造型的角度剖析了传统女装的装饰特征”，可看作是按照沈从文先生物质文化史研究方法来进行的实践研究。[31]

（四）述评与综述类

毕德广撰写的《沈从文学术研究述评》从研究主体尚不以专业史学家为主因而没有形成专业的研究群体、研究的广度和深度不够因而没有形成初步的学术研究框架和已有研究成果零散、学术性差且无研究专著出现等三个方面总结了学界在20余年来对沈从文先生在物质文化史方面的研究现状，指出未来研究重点应放在沈从文先生的学术成果、学术思想及方法、学术宗旨、文学创作与文物研究之间的关系和历史地位等方面，逐步形成“术业有专攻”的研究群体，写出一批有分量的学术论文及专著，构建沈从文学术研究体系。该文肯定了沈从文先生在当代学术史上的地位，文中提及的“据不完全统计，在各种报刊上发表的有关沈从文学术研究的文章只有五六十篇”，只是一个简单的数字介绍，没有具

[31] 张翎：《北京地区传统女装的装饰风格及其工艺初探》，北京服装学院，2005年。

体的篇目和作者介绍，给后来的研究留下盲点，且容易让人质疑该数据的可信度，有待完善。[32]

张鑫，李建平撰写的《近三十年来沈从文物质文化史研究述评——纪念沈从文先生诞辰110周年》一文梳理了从1953年以来沈从文先生在《光明日报》发表《明代织金锦》后陆续在《装饰》《文物》《新建设》《人民画报》等重要报刊发表的数十篇物质文化史研究论文及其在学术界未获得应有关注的事实，指出沈从文先生的服饰史研究得到了相应关注，但其物质文化史研究成果却未能得到相应地介绍与推广现状，就沈从文先生转向物质文史研究的原因、取得的学术价值、使用的方法论等方面做了梳理，从沈从文物质文化史研究方法论的总结与利用、构建成果推广促进传统文化传承、学术再认识与成果利用、独特性质的总结与深入考察以完善沈从文研究、学术界地位的考察与研究以及对提出而未竟研究课题的继续与完善等方面进行了展望。该文对学界在沈从文物质文化史研究近30年来的研究现状做了比较系统的梳理，所提出的有待完善相关课题值得学界参阅和思考。[33]

[32] 毕德广:《沈从文学术研究述评》,《牡丹江教育学院学报》，2008年第2期，第15—16页。

[33] 张鑫,李建平:《近三十年来沈从文物质文化史研究述评——纪念沈从文先生诞辰110周年》，《淮阴师范学院学报（哲学社会科学版）》，2013年第35(1)期，第112—116页。

罗勋章，齐藤大纪撰写的《2010年后中国大陆沈从文研究的新动向》对沈从文物质文化研究以“物质文化研究：沈从文物质文化研究历程与转型”为小节进行综述，但只选取了四篇相关文献进行评述，总体评价为“2010年后，有关沈从文的物质文化研究依然不够丰富，但有一些新的思想颇具启发性。”对沈从文先生物质文化史研究现状把握比较准确，该文随后又引出四篇关于旅游方面的研究论文预估“基于沈从文文学作品的文化创新开发，成为物质文化研究的一个新的视角。”该提法延伸了沈从文先生的物质文化史研究方向，但是否具有可行性，有待日后验证。该文提出的“其研究者必须读懂沈从文的情怀，才有可能续接他的文化遗产”也同样值得后来学者去深思和领会。[34]

（五）在教学和训诂学中的影响

一部作品之所以被称之经典，其必然包含着无法从某一个领域去评价和定性的特点。沈从文先生的《研究》正应验了这一特点，其影响力在历史教学中开始焕发光彩。由魏龙环撰写的《形象史学带给中学教学的新思考》一文，详细论述了形象史学对中学历史教学的

[34] 罗勋章，齐藤大纪：《2010年后中国大陆沈从文研究的新动向》，《长江大学学报（社科版）》，2017年第40（5）期，第50—55页。

启发，该文认为沈从文先生编著的《研究》所包含的从历代服饰图像资料、研究方法如图像为主辅以文献等在历史教学中所起到的示范和影响作用，从形象史学角度切入，论述了形象史学为中学历史教学和史料教学所提供的新视角。该文从概念、特点、运用问题的认知逻辑在中学历史教学的角度来解读形象史学，认为形象史学研究和史料对于中学教学的启发透过形象史料表面的“形”和“象”来探究其背后的历史，用历史图片进行“图说历史”引导学生“读图”，通过对图片所展示的形象史料进行观察、分析、解读、对比、归纳和总结，最终让学生学到历史知识和对历史产生认识，从而使学生在对历史材料的观察能力、分析能力、思维能力和重证据的历史意识中得到锻炼和培养，高度评价了形象史学这一学术前沿真正带给中学教学的思考。[35]

从训诂学领域对《研究》进行研究的有董志翘撰写的《〈中国古代服饰研究〉在名物训诂方面的价值——纪念沈从文先生百年诞辰》，该文从训诂学领域对《研究》进行了梳理，剖析了《研究》所提供的一些实物图画对解决古文阅读中的疑难所具有的参考价值以及对训释古文献词语的极大启示，同时也指出了《研究》中存

[35] 魏龙环：《形象史学带给中学教学的新思考》，《中学历史教学参考》，2017 年第 16 期，第 61—63 页。

在的一些瑕疵，评价《研究》是一部“资料丰富，从旧石器时代晚期至明清，时间上历经万年，涉及的研究对象也远远超出了服饰范围，堪称一部浓缩的古代文化史。在书中，沈先生利用出土文物等资料解决了一些古代名物训诂方面的难题，如：衽、小山、便面、步障、捉鹰等。”该文系目前为止关于《研究》在文字学方面的宝贵探索，具有开创性意义。[36]

（六）文史兼论

张新颖撰写的《书写历史文化长河的故事——沈从文与文物研究》分别选取了《我为什么始终不离开历史博物馆》《曲折十七年》《研究》作为论述对象，介绍了上述作品中沈从文先生在从事物质文化史研究这项工作时的甘苦荣辱，特别是沈从文先生对自己在实践中摸索出来的研究方法所具有的意义和强烈自信，并结合《从文自传》《边城》《湘行散记》论述了沈从文先生的物质文化史研究。[37]张新颖撰写的另一篇《“联接历史沟通人我”而长久活在历史中——门外谈沈从文的杂文物研究》从沈从文先生“他这个人和文物研究是什么关系，

[36] 董志翘：《中国古代服饰研究在名物训诂方面的价值——纪念沈从文先生百年诞辰》，《淮阴师范学院学报（哲学社会科学版）》，2002年第24（5）期，第617—624页。

[37] 张新颖：《书写历史文化长河的故事——沈从文与文物研究》，《美文》，2005年第11期，第29—36页。

他的文学和文物研究如何相通，他的文物研究的观念、方法和成就有什么独特价值”三个方面来讨论沈从文物质文化史研究。分析了沈从文先生转行物质文化史研究的“远因和选择”，比较准确地把握了沈从文物质文化史的研究方法，该文评价“沈从文不是理论家，可是他的研究实践却强烈地显示出明确、坚定的历史观和物质文化史观。”认为沈从文先生的“文物研究必须实物和文献互证，文史研究必须结合文物。这样的见解和主张，具有方法论的意义。”该文比较准确把握了沈从文文学与物质文化史研究的精髓，相互论证衔接自然，是为数不多的两者结合较好的研究探索。[38]

（七）在艺术设计视角方面的体现

从设计艺术视角来谈沈从文物质研究的论文有成磊撰写的《沈从文服饰设计思想研究》，该文从服饰设计视角进行论述，称其为“以服饰发展为脉络，涵盖了中国古代数千年的服饰设计史。”认为《研究》中提及的其他工艺设计不仅包涵了沈从文先生对服饰设计的独到见解，而且道出了服饰背后的社会生活如古代普通人的生活状态及情感领会对服饰设计的理解和阐释。该文还

[38] 张新颖：《“联接历史沟通人我”而长久活在历史中——门外谈沈从文的杂文物研究》，《中国现代文学研究丛刊》，2012 年第 6 期，第 1—9 页。

从社会学角度，将沈从文先生的设计思想进行了梳理，并借用西方社会学理论的哲学思想将沈从文先生的设计思想做了提炼和归类。[39] 成磊撰写《沈从文的陈列设计思想研究》则分析了沈从文先生从事陈列设计的历史背景，并就沈从文先生在织绣陈列设计思想、明代部分、太白楼陈列设计思想等作了较为详细分析，并将沈从文先生的陈列设计与国外陈列设计思想进行比较，得出沈从文先生在陈列设计思想方面的独特之处。[40]

祝帅撰写的《设计艺术学学术史上的沈从文》对沈从先生的设计学术研究进行了梳理，得出“在艺术设计学的立场上看，沈从文的从工艺到文化，在我看来依然有重大的学术范式开创意义。”认为沈从文先生在物质文化史领域的相关研究间接影响到了 20 世纪 80 年代以来设计艺术学中的若干分支学科的建设，是中国现代设计艺术学学科建构过程中的重要环节；评价沈从文先生对工艺美术和艺术设计问题投以极高兴趣并取得的巨大学术成就，指出沈从文先生尽管在如何由“古”通“今”的设计创作论方面具体论述不多，但无论其具体研究成果还是研究方法，对于当代设计教学和设计研究

[39] 成磊：《沈从文服饰设计思想研究》，《美与时代（上）》，2012 年第 11 期，第 112—114 页。

[40] 成磊：《沈从文的陈列设计思想研究》，《中国博物馆协会博物馆学专业委员会论文集粹》，2013 年。

两方面都具有重要的学术史意义。[41]

（八）转行物质文化史研究的原因分析

对沈从文先生转行物质文化史研究原因分析方面的探讨有刘媛撰写的《书写“有情”的历史：沈从文的文物研究之路》从沈从文先生的晚年日常、“有情”历史、未竟事业三个版块简约梳理了沈从文先生从事文物研究的历程。[42] 李荣秀撰写的《穿着双履行走——建国后沈从文的文学活动和文物研究》分析了1949年以来沈从文先生工作转向物质文化史研究的原因及取得的学术成果。[43] 袁丹撰写的《试探作家沈从文从事文物研究之原因》从社会变化的因素、崇尚自由的思想、“乡下人”的气质三个版块做了原因分析，对沈从文先生从作家到文物专家的转型原因，从社会变化、思想根源及个人性格方面作了初步探讨。[44]

[41] 祝帅:《设计艺术学学术史上的沈从文》,《吉首大学学报(社会科学版)》, 2007年第28(5)期, 第71—78页。

[42] 刘媛:《书写“有情”的历史：沈从文的文物研究之路》,《美术观察》, 2016年第4期, 第132—133页。

[43] 李荣秀:《穿着双履行走——建国后沈从文的文学活动和文物研究》,《济宁学院学报》, 2009年, 第30(2)期, 第37—43页。

[44] 袁丹:《试探作家沈从文从事文物研究之原因》,《东方博物》, 2005年第3期, 第107—110页。

（九）物质文化史中的文化理想探索

吴丹撰写的《沈从文物质文化史研究中文化理想的书写及影响》运用文本细读方法梳理了沈从文先生在物质文化史研究中寄予的文化理想，该文对2011年中国社会科学院历史研究所文化史研究室提出的形象史学与沈从文身体力行的形象史研究进行了描述，指出沈从文先生的学术研究是构建形象史学这一新型学科的直接源泉，以图像证史为代表的新文化史学则为之提供了理论支撑，肯定了沈从文先生在物质文化史研究领域中留下的丰硕成果，对文化领域的研究有深远的影响。[45]

四、小结

综上所梳理的系自20世纪80年代以来各界人士对沈从文物质文化史研究历程、研究成果、产生的社会影响等所进行的部分宝贵探索，通过梳理不难发现，上述研究在研究方法、研究对象、阐述方式、深入程度和广度等方面存在差异，取得的成效与沈从文先生实际所取得的成果对称方面尚不尽如人意，距系统研究沈从文物质文化史应当达到的深度、广度还有一段距离，专

[45] 吴丹：《沈从文物质文化史研究中文化理想的书写及影响》《牡丹》，2017年第24期，第51—54页。

业学术研究群体尚未形成，学术研究框架体系还在探索中……尽管存在上述问题，我们从所目前所取得的研究成果呈逐年上升趋势，特别是沈从文物质文化史研究方法正在作为一门新的学科建立起来并运用到考古学、文物学、历史学、美术学、宗教学等领域，相关专业研究领域覆盖面正不断延伸扩展，其发展进程亦不断加快，尽管目前还不尽如人意，但毕竟迈出了可贵的一步。

鉴于沈从文先生在文学与学术研究两方面取得的双重丰收，今后的学界研究单从文学或学术研究都将是不全面的，只有将两者结合起来，鼎力合作，才有可能全面地诠释沈从文及其学术价值，从而推进和完善对沈从文物质文化史研究。

沈从文复陈增弼佚信考释

王任
山东工艺美术学院美术馆副馆长，研究员。

2018 年 5 月 10 日，适逢沈从文先生逝世三十周年纪念日，诸多学者和媒体纷纷撰文纪念。而在此前不久的 4 月 14 日至 26 日，“默研勤耕——陈增弼古典家具研究文献及藏品展”在王府井大街嘉德艺术中心举办，大概也有纪念陈增弼先生逝世十年的意涵。两位献身中国物质文化研究的已逝学人，几乎同时再度进入了人们关注的视野。在这个时刻，来解读一封沈从文复陈增弼佚信，重现二位学人的因缘交集、学界往事，大概也算是别样的纪念。

众所周知，1949 年之后，著名作家沈从文由于形势变化，被迫搁笔“转行”，进入历史博物馆工作。“转行”之后的沈从文却因对文物与艺术之美的沉迷陶醉和对“杂知识”的经年积累、深入探研，而成为古代服饰研究、物质文化研究、工艺美术研究领域的知名专家。转行 30 年后的 1979 年，垂暮之年的沈从文似乎迎来了他生命中的又一个春天。在 1979 年 7 月这封回复陈增弼的书信中，沈从文简要记述了一年间的工作经历和近期考察计划，并答复了陈增弼来信中咨询的问题。著作即将出版的期盼之情，和对学术问题的切磋之意，溢于言表，呈现出沈从文在那个历史时刻的真实情境和生活状态。

“转行”之后的沈从文，与文物考古界、工艺美术界等文化艺术领域的专家学者多有交往，陈增弼即是其中的一位。陈增弼（1933—2008），建筑设计师，中国传统家具研究学者，中国古典家具鉴定专家、收藏与设计专家。1960 年毕业于清华大学建筑系，师从梁思成先生学习建筑，后师从杨耀先生系统研习中国家具。1960 年至 1981 年在中国建筑科学院担任建筑师。1981 年至 1994 年任中央工艺美术学院（今清华大学美术学院）教授。1990年主持筹建成立“中国工艺美术学会明式家具专业委员会”（简称明式家具学会）并任明式家具学会会长，定期开展国际性学术交流，为中国家具学术的发展和传播做出了重要贡献。2005年受聘于北京理工大学设计艺术系，2007年创建中国家具学系。学术代表作主要有《什么是“明式家具”》《千年古榻》《北方民间家具初论》《中国建筑艺术史·家具篇》等。

《沈从文全集》第25卷收录有一封《197709月初，复陈增弼》的信。信中主要内容是详细答复关于“来示承示镜台与炉台事”的参考文献和历史资料，另外还稍谈了自己的身体状况，“我因体力衰退，报废恐只是迟早间事。任何工作通不宜抱不切现实妄想，即近卅年搞的主要部分工作，大致也难望眼看到它一一付印了”。但是《沈从文全集》注释该信“据未完废邮编入”，是否已将另外誊写的完整信稿寄出，尚待发掘考证。在此信中，可见沈从文晚年虽是体力衰退、终归心有不甘的无奈感喟，正所谓“烈士暮年，壮心不已”。

笔者新见到的这封沈从文复陈增弼佚信（见附录），据信中内容可断定写信时间为1979年7月。依据是“弟等去年夏天，曾到避暑山庄考古所工作组住了十多天，又过石家庄看过中山王墓中文物。后即调住友谊宾馆和外边暂时隔绝。”1978年3月，沈从文由历史博物馆调到中国社会科学院历史研究所工作。8月6日，沈从文携夫人张兆和与孙女沈红来到承德避暑山庄社科院考古所内蒙古工作站。当时，王㐨、王亚蓉正在该工作站参与大甸子出土文物清理修复工作，邀请沈从文到此作指导和休憩。直至8月18日左右返回北京。期间，还曾到石家庄考察河北战国中山王墓出土的大量文物，住了两天。回京后，沈从文于9月13日致信胡乔木，提出两点请求：一是希望能调整住房，有个大些的工作室以便开展工作；二是调王㐨、王亚蓉作自己的助手。不久，1978年10月6日起，社科院在北京西郊友谊宾馆为沈从文租用两个大套间作临时工作室，在王㐨、王亚蓉等几位助手配合下，为《中国古代服饰研究》作最后定稿。后期又看书稿校样，沈从文在友谊宾馆一直住到1979年3月。

“约三个月里，得到王㐨、王亚蓉诸同志帮助，初步把那分［份］关于服装试点本添了四五百新图。年终在十分匆促下交了卷。”王㐨、王亚蓉是沈从文晚年最得力的学术助手，后来也成为文物考古、服饰研究领域的知名专家。“服装试点本”，即是沈从文晚年代表作《中国古代服饰研究》。在此不妨回顾一下这本历经磨难的大著的编撰与出版之路。该书的编撰构想大致起始于1960年。1960年4月，沈从文在致沈云麓的信中附言："近日正在草拟个服装史的计划……可能编得出十来本大书的。"4月，沈从文为轻工业出版社草拟了《中国服饰资料》目录。5月中旬，《中国服饰资料》项目计划完成初拟，还拟进一步编成十本书。6月，此计划提交讨论，文化部同意该计划，后来沈从文又多次向领导呼吁。1963年12月，文化部副部长齐燕铭在文化部党组会议上，传达了周恩来总理的指示，责成中国历史博物馆负责开展《中国古代服饰资料》的编辑工作。不久，历史博物馆成立编写小组，并任命沈从文为主编。1964年6月，中国历史博物馆和中国财经出版社研究了《中国古代服饰资料选辑》的出版规格，准备作为向建国十五周年献礼的重点图书推出。此后不久，全部文稿及图版陆续交到了中国财经出版社。9月，该书稿完成，包括200幅历代服饰图片和20万字文字说明，即将出版。但是，10月之后因为"四清"运动开展，书稿出版工作陷入停顿。1965年4月，历史博物馆决定对《中国古代服饰资料选辑》做些增删。1966年"文革"开始，9月间沈从文被批斗，《中国古代服饰资料选辑》被定为宣扬帝王将相、才子佳人的大毒草。红卫兵先后八次查抄沈从文的家，众多书籍和服饰研究资料皆被抄走或焚毁。1969年底，沈从文被下放湖北咸宁"五七"干校，1971年8月转往丹江，1972年2月回到北京。4月，沈从文在复张兆和信中说："且先搞《服饰资料》，因为可能将争七月付印，九月出版，十月即要用……" 4月下旬，博物馆领导要求将书稿从20万字压缩到5万字。1973年5月，沈从文将《中国古代服饰资料》定稿交给馆中。但此后馆中重视不够，迟迟不得出版，沈从文即多次请求退还书稿。1974年8月，终于拿到退还的书稿，沈从文随之继续修改补充。

"文革"结束之后，该书稿的出版过程也并不顺利。1977年8月，沈从文不得不致信邓颖超反映"《中国古代服装资料》"一书出版遇到的问题。而在这封新发现的回复陈增弼的佚信中，即呈现出沈从文期盼早日出版的复杂心情。"因和书店商洽添换新得的晋六朝宋元明新材料，才知道前交图稿至今犹搁在出版部门。因此看来，今年付印，大致十分渺茫。即在八九月内可交付印刷部门，校稿至早也得在十月后去了。"这是1979年间沈从文与出版社交涉具体编辑出版进程的真实记录。1979年1月，《中国古代服饰资料》书稿定稿整理完成，书名改为《中国古代服饰研究》，并交到轻工业出版社。后轻工业出版社拟与日本讲谈社合作出版，又转到人民美术出版社，却也拟与日方合作，沈从文再次撤回书稿。再度一波三折，该书直至两年后的1981年9月才最终由香港商务印书馆出版，从草拟目录到正式出版历时近20年，是为沈从文晚年学术代表作和中国古代服饰研究的开山之作。

沉迷学术的沈从文在工作间隙，还时常酝酿出行考察古迹、收集材料的计划。“因此也有可能趁八月中王亚蓉去洛阳摹绘北齐墓出土俑便利（估计恐得有一月时间），我或尚可到太原看看右玉那二百轴水陆道场画，并转洛阳看看其他材料。如条件便利，或将把北齐和元代材料汇集各三百种。这不过只是目下一种主观想法，未必能成为现实，因为人究竟上了年岁。”其中所谈“右玉那二百轴水陆道场画”是指山西省朔州市右玉县宝宁寺壁画。宝宁寺是明正统十四年英宗皇帝朱祁镇在“土木堡之变”中兵败被俘被挟持的囚禁之地，后英宗被释，并在其弟代宗皇帝朱祁钰驾崩后由太上皇再度复位称帝。景泰六年，代宗皇帝在兄长英宗被俘之地建寺诵经，予以安慰，便敕建了宝宁寺，初命名为毕在寺（意即驻跸寺），一年后代宗崩，英宗复辟，将在建中的毕在寺改名宝宁寺，并将宫中水陆画（136幅绢本设色的立轴式明代佛教绘画）赐予宝宁寺，赐名“镇边水陆神祯”，让僧侣每年定期做水陆道场，超度在“土木堡之变”中阵亡的将士英灵，福佑军民及边境安宁，同时弘扬佛法。水陆画中儒、释、道各界人物齐全，色彩富丽，画工精致，堪称国宝，现为山西省博物馆移藏。沈从文拟去山西右玉看看水陆道场画，大概主要是研究其中的明代服饰。

书信的第二大部分，是回答陈增弼来信咨询的问题。“你信中询到的问题，因所有杂书还堆在一处，住处过窄，无从打开，只依稀记得《东京梦华录》有傅湘用红字校印本。”沈从文自1972年回到北京后，长期奔走于羊宜宾胡同与东堂子胡同之间，“东家食而西家宿”。在给邓颖超的信中他说：“住处也改为一小间，约十六七平方，搁放新收资料，即难容纳得下，因此只好和家中人分开居住，生活工作，均感困难。”另，傅湘（1903—1928），系湘西麻阳人，曾与沈从文同为陈渠珍军中部下。时间已然过去半个世纪，沈从文依然记得傅湘用红字校印本的《东京梦华录》，可见故人情谊之深厚。

对于陈增弼问题的分析，沈从文阐明：“如系误字，多可从此本上得到解决。如系汴梁社会风俗习语，则无从得知。述临安社会，也有不少同类当时社会习惯用语，不易明白。例如蹋毬的圆社组织中活动中不少宋元人习用语，至今收了好些图像。但在记载中及诗曲中咏及此事用辞，即不易明确。”根据信中所谈内容来看，陈增弼来信大概是请教涉及宋代社会习惯用语、语言文字问题的某些专有字词。从《东京梦华录》到汴梁社会风俗习语，再到临安社会习惯用语，还举例蹋毬的圆社组织中的宋元人习用语，以及图像与文字记载。由此可以管窥到沈从文“杂知识”博观约取的鲜明特点。

在信的最后，沈从文提出建议：“有关这类事，大致吴晓玲先生知道的必比我多百十倍。请问问他，或易明白些问题。”吴晓玲（1914—1995），著名古典文学研究专家，是沈从文任教于西南联大中文系时的同事，当时任职于中国科学院文学研究所。

在信末，沈从文又附言：“闻傅熹年、杨乃济诸兄均回建筑研究院，晤及时，盼为致意。”傅熹年，1955年毕业于清华大学建筑系，中国建筑设计研究院建筑历史研究所研究员，著名建筑历史学家、文物鉴定专家，中国工程院院士。杨乃济，1955年毕业于清华大学建筑系，长期在中国建筑科学研究院建筑历史研究所从事中国古代建筑史研究。两位都是陈增弼曾经的同事，也与沈从文有所交往。

1979年7月的一封短信，承载了诸多的历史信息和时代状貌，也寄托着沈从文与人倾诉的文字表达以及垂暮之年的不已壮心。图文的增补、资料的搜集、问题的探讨、生活的困境、酝酿的计划，诸多那个历史时刻的细节都在信中一一呈现。书稿的最终定稿和付印在望，成为他晚年最大的欣慰。但是，近卅年的工作计划和成果有的最终没能完全完成并一一付印，大概也是他一生的遗憾。作家沈从文、学者沈从文，永远留在了他身后的文字著述里。

附录：沈从文 1979 年复陈增弼信

增弼兄：

赐信收到，谢谢厚意。多久未见，闻曾到南方收集了不少桌椅材料，什么时候方便盼能把照片捎来看看，必可增长不少见识。

弟等去年夏天，曾到避暑山庄考古所工作组住了十多天，又过石家庄看过中山王墓中文物。后即调住友谊宾馆和外边暂时隔绝。约三个月里，得到王孖、王亚蓉诸同志帮助，初步把那分［份］关于服装试点本添了四五百新图。年终在十分匆促下交了卷。满以为即将付印，文图校对至早亦必在两个月之后，因抽空同去南方走了四十天，看了些可以补充材料。四月底，才回到北京。王孖兄等重复去南京照相，不久才回来。因和书店商洽添换新得的晋六朝宋元明新材料，才知道前交图稿至今犹搁在出版部门。因此看来，今年付印，大致十分渺茫。即在八九月内可交付印刷部门，校稿至早也得在十月后去了。因此也有可能趁八月中王亚蓉去洛阳摹绘北齐墓出土俑便利（估计恐得有一月时间），我或尚可到太原看看右玉那二百轴水陆道场画，并转洛阳看看其他材料。如条件便利，或将把北齐和元代材料各汇集三百种。这不过只是目下一种主观想法，未必能成为现实，因为人究竟上了年岁。外出有一系列住、行、交通工具使得事先商洽解决。否则下车站后将陷于无所适从困境。这次南行经验，即足为鉴戒。

你信中询到的问题，因所有杂书还堆在一处，住处过窄，无从打开，只依稀记得《东京梦华录》有傅湘用红字校印本。如系误字，多可从此本上得到解决。如系汴梁社会风俗习语，则无从得知。述临安社会，也有不少同类当时社会习惯用语，不易明白。例如踢毬的圆社组织中活动中不少宋元人习用语，至今收了好些图像。但在记载中及诗曲中咏及此事用辞，即不易明确。有关这类事，大致吴晓玲先生知道的必比我多百十倍，请问问他，或易明白一些问题。

并候近安。

弟　沈从文

七月十二

闻傅熹年、杨乃济诸兄均回建筑研究院，晤及时，盼为致意。

我将把若干知名代表作精选集三百种以上（决不过），是因为一种主观想法，未必能求为

妥定，因为人究竟上了年纪，也还一不到位，而且过二五年后得多方考虑为

准，否则只有请做，将陷于无从应付困境。这些事只能略说，即是如此求我

你信中询到的问题，因所在离我还很远，一些任意过宽，无从打开，只依稀记

得东京着手录全传湘西红字教部本，尤其误会，多了此本上得到解决。尤其

许多社会风俗习惯，则无从得知。从此临去社会，也是不大问题，当时社会好像用语

不易明白。例如驼戏的团体组织中，任务方式，不少宗元人用语，至今听了好些，尤像

从去记载中及诸书中所涉及到用解，即见多所补。尤关这数事，本难关键

足知它的，比我多百十倍，请问问，也或可明白些问题。

并候近安。

弟沈从文　十月十二

内得并集，载之诗作可用作研究，临时请分为者。

堪弼兄：赐信收到，彼此已多久未见，前年去南方收集了一些材料，什么时

候方便，盼将那照片摘来看看，以便接表示一点见识，亦当去看。家王兰到过

名山庄，孜古所上代细佳多十多年，又有石家庄者写中山王墓中文物，良好

（仍之今月里，仍到王府井西崇门来勘助。）

调往友谊宾馆和我们已初对隔绝，将来想聊，我们笑于秋装谈起未，深了四五百

（文学在宾馆下）

我国年谱考一篇以为印将付印，（文告）卷考去年上海去西本月之际，因抽

空闲去南方走了两个多月，为了要补充材料，九月底才回到北京，王彦先生当事

处去南京取材，不久才回来，因和王彦商洽，深探到的音乐系元明清

非我才知道前次著稿会被搁去出版部门，因此等事，今年付印大致十

多版范。印去八九月内方交付印刷部门，我意去年也，仍在十月后去了，因此

（校对也已是二月时间）

也需多斟酌。这几个月中主要是去信问黄子说出齐墨先生俑像例，我或当另行

太原看了，在五那二百韵水陆画，再将法同看了其他材料，以求便利。

日本有关沈从文的介绍·研究论文目录

齐藤大纪（日）校订
罗勋章 吕晶 译

齐藤大纪，日本富山大学人文学院教授；罗勋章，长江大学文学院教授；吕晶，长江大学文学院2016级汉语言文学硕士研究生。

说明：题目的开头有“·”是沈从文作品的翻译或译注。

1926年

·春霞译，《小说母亲》，《北京周报》第203、204号，极东新信社，1926年4月4、11日

1927年

·柳湘雨译，《盲人（戏曲）》，《满蒙》第8卷第

10号，中日文化协会，1927年10月

1935年

佚名，《一、〈老舍和沈从文〉(中国味儿的现代作家) 冈崎俊夫》(例会记录)，《中国文学月报》第1卷第3号，1935年5月

佚名，《第三次座谈会》(介绍座谈会的情况与报道沈从文访日的消息)，《中国文学月报》第1卷第3号，1935年5月

佚名，《会报》(上述错误信息的改正)，《中国文学月报》第1卷第4号，1935年6月

· 大高岩译，《若墨医生》，《同人》第9卷第6号，同人会，1935年6月

· 竹内好译，《黄昏》、《文艺》，第3卷第12号，改造社，1935年12月

1937年

冈崎俊夫，《沈从文小论》，《中国文学月报》第2卷第22号，1935年6月

1938年

松枝茂夫，《译者后记》，《边城》(大陆文化丛书7)，改造社，1938年11月（后改题为《〈边城〉译者后记》，收入《中国文学的乐趣》，岩波书店，1998年1月）

·梅村良之译，《生存——赠予长荣》，《中国文学月报》第4卷第36号，1938年3月

·古滨修一译，《会明》、《顾问官》，《新支那作家集·夜哨线》，第一书店，1938年1月

·松枝茂夫译，《边城》(大陆文化丛书7，《边城》、《丈夫》、《夫妇》、《会明》、《柏子》、《龙朱》、《月下小景》)，改造社，1938年11月

1939年

梅村良之，《作家论》，《中国文学月报》第5卷第50号，1939年5月

柳泽三郎，《虚妄的愉悦——以松枝茂夫译〈边城〉为中心》，《中国文学月报》第5卷第51号、1939年6月

·土井彦一郎译，《牛》，《西湖的夜——白话文学二十讲》，白水社，1939年12月

·松枝茂夫译，《山道中》，中国文学研究会编《蚕》(现代支那文学丛刊第2辑)，伊藤书店，1939年12月

1940 年

桥川时雄，《沈从文》，《中国文化界人物总鉴》，中华法令编印馆，1940 年 10 月

武田泰淳，（书评）《沈从文《记丁玲》续集》，《中国文学》第 66 号，1940 年 11 月（后收入《武田泰淳全集》第 11 卷，筑摩书房，1971 年 11 月）

· 猪俣庄八译，《昆明冬景》，《文艺日本》第 9 号，文艺日本社，1940 年 7 月

1941 年

松枝茂夫，《喜欢的作家 · 不喜欢的作家》，《中国文学》第 77 号（民国三十年纪念特辑），1941 年 10 月（后收入《松枝茂夫文集》第二卷《中国现代文学 · 回想文篇》，研文出版，1999 年 4 月）

武田泰淳、小田岳夫，《扬子江文学风土记》，龙吟社，1941 年 12 月（其中《湖南省的部分》收入《武田泰淳全集》第 10 卷，筑摩书房，1971 年）

· 松枝茂夫译，《灯》，小田岳夫编《现代支那文学杰作集》，春阳堂书店，1941 年 7 月

1942 年

大岛觉，《〈湖南的士兵〉简介》，《湖南的士兵》，小学馆，1942 年 9 月（后收入《武田泰淳全集》第 10 卷，筑摩书房，1973 年）

· 大岛觉译，《湖南的士兵》(《湖南的士兵》、《女作家的生活》)，小学馆，1942 年 9 月

1943 年

· 榊岛善次郎译，《生》，《黄鸟》第 3 号，南京三通书局，1943 年 5 月

· 金子二郎译，《灯》，《支那语文化》第 1、2 号，大阪宝文馆，1943 年 10、11 月

1945 年

· 冈本隆三译，《沈从文短编集》(《旅店》、《结婚前》、《阿金》、《七个野人与最后一个迎春节》)，开成馆，1945 年 11 月

1946 年

冈本隆三，《沈从文的〈旅店〉其他》，《中国文学》

第96号，1946年6月

· 猪俣庄八译，《郭沫若论》，《中国文学》第96号，1946年6月

1947年

饭塚朗，《沈从文和现实》，《中华日报》，1947年3月（后收入咿呀之会编《黄琉璃的碎片》，1981年1月）

无署名，《座谈会：东方文学的世界性和地方性》，《中国文学》第100号，1947年10月（参加者：小野忍、武田泰淳、冈崎俊夫、饭塚朗、竹内好、千田九一、增田涉）

1948年

高山岩，《边城的世界》，《中国文学》第103号，1948年2月

1949年

冈崎俊夫，《关于中国作家的浪漫的心情——为纪念〈五四〉三十周年》，《民主朝鲜》第4卷27号，1949年5月

近藤春雄，《沈从文》，《现代中国的作家和作品》，

新泉书房，1949 年 11 月

1951 年

冈崎俊夫，《狄更斯与老舍、沈从文》，《中国语杂志》第 6 号，帝国书院，1951 年 6 月

1952 年

Q，《〈背景〉和沈从文——有关新中国的思想改造》（文化部门），《亚东资料》第 51 期，1952 年 9 月

· 无署名，《从政治和文学的分离到结合——我的学习》，《人间革命——中国知识人的思想改造》，1952 年 3 月

1954 年

仓田淳之助，《沈从文》，《研究社世界文学辞典》，研究社，1954 年 9 月

立间祥介，《后记》，《现代中国文学全集》第 8 卷《沈从文篇》，河出书房，1954 年 10 月

桧山久雄，《对太古的乡愁》，《现代中国文学全集月报》第 9 号，河出书房，1954 年 10 月

武田泰淳，《人的悲苦和欢喜——现代中国文学全集8沈从文篇》，《日本读书新闻》，1954年12月20日（后改题为《现代中国文学全集8沈从文篇》，收入《武田泰淳全集》第10卷，筑摩书房，1973年）

·松枝茂夫、立间祥介、冈本隆三译，《现代中国文学全集》第8卷《沈从文篇》（《边城》、《丈夫》、《夫妇》、《灯》、《会明》、《柏子》、《龙朱》、《月下小景》、《旅店》、《结婚前》、《从文自传》），河出书房，1954年10月

1955年

无署名，《沈从文》，《边城》，中国文学研究会编《中国新文学事典》，河出书房，1955年11月

1957年

尾坂德司，《中国新文学运动史》，法政大学出版局，1957年11月

1959年

新岛淳良，《沈从文》，中国研究所《现代中国事典》，岩崎书店，1959年12月

丸山升，《沈从文》，《亚洲历史事典》第6卷，平凡社，1959年12月

1962年

松枝茂夫，《有关沈从文》(解说)，《中国现代文学选集》第6卷《老舍 · 曹禺集》，平凡社，1962年6月

· 松枝茂夫译，《丈夫》、《灯》，《中国现代文学选集》第6卷《老舍 · 曹禺集》，平凡社，1962年6月

· 今村与志雄译，《我喜欢你》，《中国现代文学选集》第19卷《诗 · 民谣集》，平凡社，1962年6月

1965年

尾坂德司，《续 · 中国新文学运动史》，法政大学出版局，1965年3月

1966年

立间祥介，《沈从文》，《新潮世界文学小辞典》，新潮社，1966年5月

1970 年

松枝茂夫，《有关沈从文》(解说)，《中国现代文学选集》第 5 卷《丁玲 · 沈从文》，河出书房，1970 年 8 月

山室静，《〈边城〉小感》，《中国现代文学选集》第 5 卷《丁玲 · 沈从文》，河出书房，1970 年 8 月

· 松枝茂夫译，《边城》、《丈夫》、《夫妇》、《灯》、《会明》，《中国现代文学》第 5 卷《丁玲 · 沈从文》，河出书房新社，1970 年 8 月

1971 年

· 岩佐氏健译，《昆明冬景》，《中国现代文学》第 12 卷《评论 · 散文》，河出书房新社，1971 年 10 月

1972 年

松枝茂夫，《沈从文》，《世界大百科事典》第 20 卷，平凡社，1972 年 4 月初版

1973 年

小岛久代，《沈从文》，《万有百科大事典》第 1 卷《文学》，小学馆，1973 年 8 月

1974年

内田道夫，《新与旧——向中国现代文学的道路》，《人文学部人文学报》(东京都立大学)，第98号，1974年3月

西胁隆夫，《在汉民族的少数民族像——以苗族为例》，《人文学报》(东京都立大学)，第98号，1974年3月

宫原哲雄，《沈从文杂感》，《咿呀》第3号，咿呀之会，1974年

1977年

·福家道信译，《记丁玲》，《VIKING》第319—339号，VIKING CLUB，1977年7月—1979年3月

1982年

冈本隆三，《沈从文先生诸事》，《东方》第24号，东方书店，1982年11月

1983年

辛岛骁，《中国现代文学的研究》，汲古书院，1983

年 10 月

城谷武男，《非政治性的来源和意味——沈从文和湘西》，《野草》第 32 号，中国文艺研究会，1983 年 12 月（后收入《沈从文研究：在我看来》，札幌堂书店，2008 年 11 月）

1984 年

小岛久代，《中国最近有关沈从文研究的动向》，《御茶水女子大学中国文学报》第 3 号，1984 年 4 月

井口晃，《沈从文文学作品的议论连续不断》，《东方》第 38 号，东方书店，1984 年 5 月

城谷武男，《凤凰县的世界——沈从文的故乡》，《野草》第 34 号，中国文艺研究会，1984 年 8 月（后收入《沈从文研究：在我看来》，札幌堂书店，2008 年 11 月）

小岛久代，《〈边城〉试论——沈从文文学中的爱和美》，《都留文科大学研究纪要》第 21 集，1984 年 11 月（后收入《沈从文：人和作品》，汲古书院，1997 年 6 月）

1985 年

城谷武男，《游历湘西——山、河、民族》，《日中

经济协会会报》第137号，1985年1月（后收入《中国：在我看来》，札幌堂书店，2003年6月）

尾崎文昭，《从〈反差不多论争〉(1937年）中看沈从文和南北文坛的位置关系》，《东洋文化》第65号，东京大学东洋文化研究所，1985年3月

小岛久代，《沈从文文学中有关“常”和“变”——以〈边城〉和〈长河〉为例》，《东洋文化》第65号，东京大学东洋文化研究所，1985年3月（后收入《沈从文：人和作品》，汲古书院，1997年6月）

城谷武男，《〈边城〉的舞台——茶洞》，《东方》第50号，东方书店，1985年5月（后收入《中国：在我看来》，札幌堂书店，2003年6月）

小岛久代，《沈从文》，丸山升、伊藤虎丸、新村彻编《中国现代文学事典》，东京堂出版，1985年9月

城谷武男，《〈边城〉主题考》，《北海学园大学学园论集》第52号，1985年12月（后收入《沈从文研究：在我看来》，札幌堂书店，2008年11月）

1986年

小岛久代，《湘西旅行记》，《志上同窗会》第6号，1986年6月

小岛久代，《沈从文》，《日本大百科全书》，小学

馆，1986年11月

1988年

小岛久代，《胡也频、丁玲、沈从文在上海轨迹探访》，《御茶水女子大学中国文学报》第7号，1988年4月（后收入《沈从文：人和作品》，汲古书院，1997年6月）

城谷武男，《事实和解释的区别——读凌宇著〈从边城到世界〉》，《北海学园大学学园论集》第60号，1988年5月（后收入《沈从文研究：在我看来》，札幌堂书店，2008年11月）

城谷武男，《〈边城〉和沈从文——接到那个噩耗》，《北海道新闻》夕刊，1988年6月15日（后收入《中国：在我看来》，札幌堂书店，2003年6月）

松枝茂夫，《沈从文先生和我》，《节令》第8期，早稻田大学文学部，1988年9月（后收入《中国文学的乐趣》，岩波书店，1998年1月）

稻畑耕一郎，《沈从文先生访问记》、《沈从文先生和我》，《节令》第8期，早稻田大学文学部，1988年9月

稻畑耕一郎，《〈沅湘之间〉中的巫俗》，《中国文学研究》第14号，早稻田大学文学部，1988年12月

1989 年

小岛久代，《沈从文的初期作品（1924—1927）介绍》，《明海大学外国语学部论集》第 1 号，1989 年 3 月

河田悌一，《沈从文》(潮音风音)，《读卖新闻》夕刊，1989 年 5 月 5 日

北霖太郎，《沈从文先生的文学和生涯》，《东亚》第 267 号，霞山会，1989 年 9 月

城谷武男，《〈萧萧〉版本比较与评注》，《北海学园大学学园论集》第 63 号，1989 年 7 月（后收入《沈从文〈萧萧〉〈阿金〉〈牛〉的版本研究》，札幌堂书店，2006 年 12 月）

福家道信，《沈从文的〈边城〉》，《近畿大学教养部研究纪要》第 22 卷 2 号，1989 年 12 月

城谷武男，《〈萧萧〉诸版本不同之处与其意图》，《北海学园大学学园论集》第 64 号，1989 年 12 月（后收入《沈从文研究：在我看来》，札幌堂书店，2008 年 11 月）

1990 年

城谷武男，《〈阿金〉诸版本不同之处与其意图》，《北海学园大学学园论集》第 66 号，1990 年 3 月（后收入《沈从文〈萧萧〉〈阿金〉〈牛〉的版本研究》，札幌堂

书店，2006 年 12 月）

小岛久代，《〈月下小景〉考》，《御茶水女子大学中国文学报》第 9 号，1990 年 4 月（后收入《沈从文：人和作品》，汲古书院，1997 年 6 月）

寺村政男、西槙光正，《萧萧：汉语中级阅读课本》，白帝社，1990 年 4 月

边土名朝邦，《沈从文的〈萧萧〉》，《樋口进先生古稀记念中国现代文学论集》，中国书店，1990 年 4 月

福家道信，《沈从文的短篇小说（上）》，《近畿大学教养部研究纪要》第 22 卷 2 号，1990 年 12 月

城谷武男，《〈牛〉诸版本不同之处与其意图》，《北海学园大学学园论集》第 67、68 号，1990 年 12 月、1991 年 3 月（后收入《沈从文〈萧萧〉〈阿金〉〈牛〉的版本研究》，札幌堂书店，2006 年 12 月）

1991 年

宫原哲雄（高鹏译），《沈从文杂感》，邵华强编《沈从文研究资料》，花城出版社、生活·读书·新知三联书店香港分店，1991 年 1 月

藤井省三，《中国文学的百年》，新潮选书，新潮社，1991 年 2 月

李辉（名和又介译），《沈从文的〈记丁玲女士〉》，

《野草》第47号，中国文艺研究会，1991年2月

小岛久代，《〈月下小景〉考其二——〈扇陀〉的人物形象和主题》，《竹田晃先生退官记念东亚文化论丛》，汲古书院，1991年6月（后收入《沈从文：人和作品》，汲古书院，1997年6月）

城谷武男，《试论沈从文〈阿金〉——诸版本之间文学性不同之处与作为其方法的版本比较》，《北海学园大学学园论集》第69号，1991年7月（后收入《沈从文研究：在我看来》，札幌堂书店，2008年11月）

城谷武男：《〈边城〉校异考（一）—（二十）》，《北海学园大学学园论集》第69–74、76–87、90、93–95号、1991年7月—1998年3月（后成书为《沈从文〈边城〉的校勘》，札幌堂书店，2005年12月；《沈从文〈边城〉的评释》，札幌堂书店，2012年7月）

今泉秀人，《"乡下人"究竟指什么——沈从文和民族意识》，《野草》第48号，中国文艺研究会，1991年8月

阿赖耶顺宏，《沈从文——将评价委托给历史的作家》，《东洋文化学科年报》第6号，追手门学院大学，1991年11月

福家道信，《沈从文的短篇小说（中之上）》，《近畿大学教养部研究纪要》第23卷12号，1991年12月

1992 年

黄媛玲，《有关沈从文初期创作的考察》，《名古屋外国语大学外国语学部纪要》第 5 号、1992 年 1 月

小岛久代，《鲁迅和沈从文——从〈文学者的态度〉到〈七论“文人相轻”——两伤〉》，《鲁迅和同时代人》，汲古书院，1992 年 6 月（后收入《沈从文：人和作品》，汲古书院，1997 年 6 月）

今泉秀人，《〈边城〉· 传达的故事——沈从文和民族意识》，《关西大学 · 中国文学会纪要》第 13 号，1992 年 3 月

今泉秀人，《“乡下人”究竟指什么——沈从文和民族意识》，《中国现代文学研究丛刊》1992 年第 3 期，1992 年 9 月

小岛久代，《〈月下小景〉考——〈女人〉·〈被刖刑者的爱〉人物形象和主题》，《文化语言学——建议与建设》，三省堂出版，1992 年 11 月（后收入《沈从文：人和作品》，汲古书院，1997 年 6 月）

山本明，《〈新散文〉的形成——沈从文的文体》，《中国文学研究》（早稻田大学）第 18 期，1992 年 12 月

· 今泉秀人译，《怯步者笔记——鸡声》，《火锅子》第 2 号，《火锅子》刊行委员会，1992 年 4 月

· 今泉秀人译，《乡间的夏（镇筸土话）》，《火锅子》第 4 号，《火锅子》刊行委员会，1992 年 8 月

·城谷武男译，《贵州小景》，《中国语》第395—398号，内山书店，1992年12月—1993年3月

·长堀祐造译，《自杀的故事》，藤井省三编《中国幽默文学杰作选：微笑的共和国》，白水社，1992年6月

1993年

黄媛玲，《一九二五年春北京的沈从文、胡也频和鲁迅》，《未名》第11号，中文研究会（神户大学），1993年3月

小岛久代，《浪漫主义者的历史浮沉》，《中国语》第401号，内山书店，1993年6月

福家道信，《沈从文的短篇小说〈萧萧〉》，《近畿大学教养部研究纪要》第25卷1号，1993年7月

土屋美津江，《沈从文和政治——〈七个野人和最后一个迎春节〉》，《信大史学》第18号，1993年11月

·今泉秀人译，《市集》，《火锅子》第6号，《火锅子》刊行委员会，1993年1月

·传田章译，《牛》，《中国语Ⅳ》，放送大学教育振兴会，1993年3月

1994年

小岛久代，《〈寻觅〉试论》，《野草》第53号（沈从文特集），中国文艺研究会，1994年2月（后收入《沈从文：人和作品》，汲古书院，1997年6月）

城谷武男，《沈从文、中上健次对比研究试论——援引、对比编》，《野草》第53号（沈从文特集），中国文艺研究会，1994年2月（后收入《沈从文研究：在我看来》，札幌堂书店，2008年11月）

孙歌（西野由希子译），《沈从文的"美育重造政治"说》，《野草》第53号（沈从文特集），中国文艺研究会，1994年2月

土屋美津江，《〈记胡也频〉、〈记丁玲〉再读》，《野草》第53号（沈从文特集），中国文艺研究会，1994年2月

福家道信，《从小说到电影》，《野草》第53号（沈从文特集），中国文艺研究会，1994年2月

彭小研（中泽智惠译），《无声之恋——沈从文的〈神巫之爱〉》，《野草》第53号（沈从文特集），中国文艺研究会，1994年2月

孙歌（西野由希子译），《试论〈抽象〉——阅读沈从文的四十年代的论说文》，阿部幸夫编《读中国现代文学——四十年代的检验》，东方书店，1994年2月

城谷武男，《沈从文、中上健次对比研究试论——本质推论编》，《北海学园大学学园论集》第79号，

1994年3月（后收入《沈从文研究：在我看来》，札幌堂书店，2008年11月）

城谷武男，《对〈沈从文全集〉的期待和危惧——沈从文诸版本的状况和对编集方针的要求》，《东方》第158号，东方书店，1994年5月（后收入《中国：在我看来》，札幌堂书店，2003年）

今泉秀人，《我们能将今天的作家和沈从文相比吗？——城谷武男〈沈从文·中上健次对比研究试论〉》，《野草》第54号，中国文艺研究会，1994年8月

· 城谷武男译，《雨后》，《火锅子》第13号，《火锅子》刊行委员会，1994年4月

· 城谷武男译，《萧萧》，《饕餮》第2号，中国人文学会（北海道大学），1994年8月

1995年

斋藤敏康，《沈从文》，中国文艺研究会编，《读原书　图说中国20世纪文学　解说和资料》，白帝社，1995年3月

土屋美津江，《沈从文的民族性和民族主义》，《御茶水女子大学中国文学报》第14号，1995年4月

吉田富夫，《杂志〈红黑〉》，《中国文学报》第50册，京都大学中国语中国文学研究室中国文学会，1995

年 4 月

今泉秀人，《读〈雨后〉——沈从文和民俗学》，《季刊中国》第 42 号，季刊中国刊行委员会，1995 年 9 月

齐藤大纪，《〈边城〉论——沈从文的空间意识》，《饕餮》第 3 号，中国人文学会（北海道大学），1995 年 9 月

城谷武男、今泉秀人，《未定稿 · 日本国内沈从文著作目录》，《北海学园大学学园论集》第 85 号，1995 年 9 月（后收入《沈从文研究：在我看来》，札幌堂书店，2008 年 11 月）

辻田正雄，《沈从文》，山田辰雄编，《近代中国人名辞典》，财团法人霞山会，1995 年 9 月

福家道信，《北京文学散步 1》，《中国文艺研究会会报》第 167 号，1995 年 9 月 30 日

福家道信、小岛久代，《北京文学散步 2》，《中国文艺研究会会报》第 170 号，1995 年 12 月 31 日

· 古田真一、栗城延江译，《中国古代服饰研究》，京都书院，1995 年 5 月

· 城谷武男译，《生》，《饕餮》第 3 号，中国人文学会（北海道大学），1995 年 9 月

1996 年

黄媛玲，《沈从文初期创作中思想——1924 年—

1926年（一）》，《名古屋外国语大学外国语学部纪要》第13号，1996年1月

福家道信，《北京文学散步3》，《中国文艺研究会会报》第171号，1996年1月30日

小岛久代，《作为〈爱丽丝漫游奇境记〉模仿作品的〈阿丽思中国游记〉》，《明海大学外国语学部论集》第8集，1996年3月（后收入《沈从文：人和作品》，汲古书院，1997年6月）

福家道信，《北京文学散步4》，《中国文艺研究会会报》第173号，1996年3月31日

吉田富夫，《中国现代文学史》，朋友书店，1996年4月

福家道信，《湘西之旅5》，《中国文艺研究会会报》第175号，1996年5月31日

齐藤大纪，《〈还乡〉论——沈从文的别有洞天》，《火轮》创刊号，《火轮》发行会（北海道大学），1996年6月

城谷武男，《假说〈阿黑小史〉论——沈从文中篇小说的成立和其题目》，《北海学园大学学园论集》第88号，1996年6月（后收入《沈从文研究：在我看来》，札幌堂书店，2008年11月）

黄媛玲，《沈从文初期创作中的思想——1924年—1926年（二）》，《名古屋外国语大学外国语学部纪要》

第 14 号，1996 年 7 月

福家道信，《湘西之旅 6》，《中国文艺研究会会报》第 180 号，1996 年 10 月 27 日

1997 年

小岛久代，《沈从文》，《集英社世界文学大事典》，集英社，1977 年 1 月

福家道信，《湘西之旅 7》，《中国文艺研究会会报》第 183 号，1997 年 1 月 31 日

黄媛玲，《沈从文初期创作中的思想——1924 年—1926 年（三）》，《名古屋外国语大学外国语学部纪要》第 15 号，1997 年 2 月

小岛久代，《沈从文评价的变迁其一》，《明海大学外国语学部论集》第 9 集，1997 年 3 月（后收入《沈从文：人和作品》，汲古书院，1997 年 6 月）

福家道信，《沈从文的短篇小说（中之中）》，《近畿大学教养部研究纪要》第 28 卷 3 号，1997 年 3 月

今泉秀人，《沈从文著，古田真一、栗城延江译〈中国古代服饰研究〉》(汉语 · 中国文学 我所推荐的一书)，《日中友好新闻》，1997 年 4 月 5 日

中野知洋，《沈从文的军队小说》，《集刊东洋学》第 77 号，中国文史哲研究会（东北大学），1997 年 5 月

小岛久代，《沈从文：人和作品》，汲古书院，1997年6月

藤井省三、大木康，《新中国文学史：从近代到现代》，Minerva 书房，1997年7月

齐藤大纪，《遥夜的电车——一九二四年，北京电车开通和知识人》，《饕餮》第5号，中国人文学会（北海道大学），1997年9月

· 齐藤大纪译，《更夫阿韩》，《火轮》第3号，《火轮》发行会（北海道大学），1997年9月

1998年

福家道信，《再访凤凰县》，《中国文艺研究会会报》第195号，1998年1月31日

松枝茂夫，《中国文学的乐趣》，岩波书店，1998年1月

齐藤大纪，《究竟哪一篇是沈从文之作》，《火轮》第4号，《火轮》发行会（北海道大学），1998年3月

增田浩，《言外言》，《〈丈夫〉夫》，蓝天文艺出版社，1998年3月

间房子，《电影化的沈从文作品——〈边城〉、〈萧萧〉》，《〈丈夫〉夫》，蓝天文艺出版社，1998年3月

横地刚，《从一九六七年夏天以来的片断思维》，

《〈丈夫〉夫》，蓝天文艺出版社，1998 年 3 月

福本胜清，《在中国革命中跑过去的反叛者：土匪、流氓的世界》，中公新书 1409，1998 年 3 月

城谷武男，《读小岛久代著〈沈从文：人和作品〉》，《野草》第 62 号，中国文艺研究会，1998 年 8 月（后收入《沈从文研究：在我看来》，札幌堂书店，2008 年 11 月）

小岛久代，《〈沈从文：人和作品〉正误表》，《野草》第 62 号，中国文艺研究会，1998 年 8 月

杜晓东编，《沈从文中文研究资料目录（1980—1997）》，《野草》第 62 号，中国文艺研究会，1998 年 8 月

齐藤大纪，《徐志摩的细语——徐志摩和沈从文〈湘西小说〉》，《火轮》第 5 号，《火轮》发行会（北海道大学），1998 年 9 月

中野知洋，《沈从文小说中时间描写的一侧面——以北京时期的作品为例》，《集刊东洋学》第 80 号，中国文史哲研究会（东北大学），1998 年 11 月

城谷武男《“性鬼”——补说〈阿黑小史〉论》，《北海学园大学学园论集》第 98 号，1998 年 12 月（后收入《沈从文研究：在我看来》，札幌堂书店，2008 年 11 月）

· 现代汉语讲座《孩子王》班级译，《〈丈夫〉夫》

(《辰溪的煤》、《丈夫》、《在吉首大学的讲话》），蓝天文艺出版社，1998 年 3 月

· 福家道信译，《沈从文、张兆和〈湘行书简〉》第 1 回，《火锅子》第 42 号，《火锅子》刊行委员会，1998 年 3 月

· 福家道信译，《沈从文、张兆和〈湘行书简〉》第 2 回，《火锅子》第 43 号，《火锅子》刊行委员会，1998 年 5 月

· 小岛久代译，《巧秀和冬生》(现代文学名作对比翻译)，《中国语》8 月号，内山书店，1998 年 8 月

1999 年

小岛久代，《一九四〇年代的沈从文——读四〇年代的评论》，小谷一郎、佐治俊彦、丸山升编《转型期中国知识人》，汲古书院，1999 年 1 月

上田直美，《“’98 国际沈从文学术研讨会”的报告》，《中国文艺研究会会报》第 207 号，1999 年 1 月 31 日

福家道信，《湘西之旅 · 1998（上）》，《中国文艺研究会会报》第 208 号，1999 年 2 月 28 日

齐藤大纪，《胡也频去湖南——1925 年 6 月的沈从文和胡也频》，《火轮》第 6 号，《火轮》发行会（北海

道大学)，1999 年 3 月

中野知洋，《参加“’98 国际沈从文学术研讨会”》，《东方》第 218 号，东方书店，1999 年 4 月

松枝茂夫，《松枝茂夫文集》，第二卷《中国现代文学 · 回想文篇》，研文出版，1999 年 4 月

中裕史，《沈从文》，《岩波现代中国事典》，岩波书店，1999 年 5 月

齐藤大纪，《沈从文〈乡下的夏〉》，《饕餮》第 7 号，中国人文学会（北海道大学)，1999 年 9 月

城谷武男，《从日本发信——〈湘西〉创刊》，《湘西》创刊号，《湘西》刊行会、白帝社，1999 年 10 月（后收入《中国：在我看来》，札幌堂书店，2003 年 6 月）

城谷武男，《怀念田时烈先生》，《湘西》创刊号，《湘西》刊行会、白帝社，1999 年 10 月

沈虎雏（福家道信译)，《杂忆沈从文对作品的谈论》，《湘西》创刊号，《湘西》刊行会、白帝社，1999 年 10 月

田时烈（福家道信译)，《凤凰县苗寨风情盎然》，《湘西》创刊号，《湘西》刊行会、白帝社，1999 年 10 月

田时烈整理（福家道信译)，《沈从文先生幼时趣谈》，《湘西》创刊号，《湘西》刊行会、白帝社，1999 年 10 月

田时烈（福家道信译），《风动岩——凤凰县见闻一瞥》，《湘西》创刊号，《湘西》刊行会、白帝社，1999年10月

中野彻，《凤凰县城游记》，《湘西》创刊号，《湘西》刊行会、白帝社，1999年10月

土屋美津江，《沈从文〈边城〉所描写的恋爱》，《湘西》创刊号，《湘西》刊行会、白帝社，1999年10月

城谷武男，《"油坊"访问记》，《湘西》创刊号，《湘西》刊行会、白帝社，1999年10月（后收入《沈从文研究：在我看来》，札幌堂书店，2008年11月）

齐藤大纪，《打鸣呀、北京的公鸡——五·卅运动、出版媒介与沈从文》，《湘西》创刊号，《湘西》刊行会、白帝社，1999年10月

齐藤大纪，《民国北京、年轻诗人的肖像——刘梦苇和沈从文》，《火轮》第7号，火轮》发行会（北海道大学），1999年12月

·小岛久代译，《巧秀和冬生》，《湘西》创刊号，《湘西》刊行会、白帝社，1999年10月

·城谷武男译《早上——一堆土一个兵》，《火锅子》第41号，《火锅子》刊行委员会，1999年1月

·城谷武男译，《论中国创作小说》，《北海学园大学学园论集》99号，1999年3月

2000年

中村翠，《沈从文论——故事和归属的选择》，《人文学报》(东京都立大学）第311号，2000年3月

中野知洋，《到上海时期的沈从文小说——围绕着〈自杀〉主题和描写》，《集刊东洋学》第83号，中国文史哲研究会（东北大学），2000年5月

饭塚容，《沈从文作〈边城〉》(系列名作介绍4)，《中国语》第487号，内山书店，2000年8月

齐藤大纪，《黑色房间的诗人们——闻一多〈死水〉和沈从文〈还愿〉》，《火轮》第8号，《火轮》发行会(北海道大学)，2000年9月

糜华菱，《在沈从文墓前》，《湘西》第2号，《湘西》刊行会、白帝社，2000年10月

黄媛玲，《沈从文初期乡土文学作品之题材选择及其描写——通过与鲁迅作品互读来思考》，《湘西》第2号，《湘西》刊行会、白帝社，2000年10月

吉野尚政，《〈月下小景〉——从沈从文改编佛教说话的方法来看》，《湘西》第2号，《湘西》刊行会、白帝社，2000年10月

刘壮翀、刘壮韬，《在沈从文作品中湘西方言释义》，《湘西》第2号，《湘西》刊行会、白帝社，2000年10月

中野知洋，《沈从文所描写的〈自杀〉——关于〈知

己朋友〉》，《湘西》第2号，《湘西》刊行会、白帝社，2000年10月

中野知洋，《〈冬的空间〉论——以岳萌为中心》，《东北大学中国语学文学论集》第5号，2000年11月

· 小岛久代译，《丈夫》，《中国现代文学珠玉选》小说1，二玄社，2000年3月

· 福家道信译，《沈从文、张兆和〈湘行书简〉》第3回，《火锅子》第48号，《火锅子》刊行委员会，2000年4月

· 小岛久代译，《赤魇 · 雪晴》，《湘西》第2号，《湘西》刊行会、白帝社，2000年10月

2001年

丸山升，《到文化大革命的道路》，岩波书店，2001年1月

武田雅哉、林久之，《中国科学幻想文学馆》(上)，亚洲丛书35，大修馆书店，2001年2月

齐藤大纪，(博士论文)《沈从文：作家的形成》，北海道大学，2001年3月

齐藤大纪，《名字中有两只脚的女儿们》(上、下)，《东方》第242、243号，东方书店，2001年3、4月

城谷武男、今泉秀人，《读沈从文〈雨后〉——向

中国现代文学的魅惑》，同学社，2001 年 4 月

上田直美，《日本沈从文研究的现状》，《一海、太田两教授退休记念中国学论集》，朋友书店，2001 年 4 月

佐原阳子，《有关沈从文封笔的考察》，《神戸市外国语大学研究科论集》第 4 号，2001 年 4 月

黄媛玲，《沈从文的初期创作中的思想——1924 年—1926 年（五）》，《名古屋外国语大学外国语学部纪要》第 22 号，2001 年 8 月

齐藤大纪，《不怕“讲鬼故事”的故事》，月刊《Sinica》2001 年 8 月号，大修馆书店，2001 年 8 月

田时烈（福家道信译），《沈从文先生最后一次回故乡的日子》，《湘西》第 3 号，《湘西》刊行会、白帝社，2001 年 10 月

福家道信，《初到凤凰县的时候——记田時烈先生》，《湘西》第 3 号，《湘西》刊行会、白帝社，2001 年 10 月

向成国，《沈从文作品背后的小故事》，（吉首大学特集）《湘西》第 3 号，《湘西》刊行会、白帝社，2001 年 10 月

叶德政，《沈从文与湘西三王朝》，（吉首大学特集）《湘西》第 3 号，《湘西》刊行会、白帝社，2001 年 10 月

李启群，《浅谈沈从文作品中方言俗语的表达效果》，（吉首大学特集）《湘西》第 3 号，《湘西》刊行会、

白帝社，2001 年 10 月

李端生，《沈从文与文物收藏》，（吉首大学特集）《湘西》第 3 号，《湘西》刊行会、白帝社，2001 年 10 月

向成国（文）、张勤（写真），《火龙闹元宵》，（吉首大学特集）《湘西》第 3 号，《湘西》刊行会、白帝社，2001 年 10 月

糜华菱、糜允孝，《沈从文作品中的沅陵（辰州）地名图说》，《湘西》第 3 号，《湘西》刊行会、白帝社，2001 年 10 月

糜华菱，《别开生面的〈湘行集〉》，《湘西》第 3 号，《湘西》刊行会、白帝社，2001 年 10 月

中野彻，《〈八骏图〉考——沈从文怎么创作故事》，《湘西》第 3 号，《湘西》刊行会、白帝社，2001 年 10 月

中野知洋，《沈从文在吴淞》，《日本中国学会报》第 53 集，2001 年 10 月

中野知洋，《士兵和妇人——武汉时期的沈从文小说》，《集刊东洋学》第 86 号，中国文史哲研究会（东北大学），2001 年 11 月

· 福家道信译，《沈从文、张兆和〈湘行书简〉》第 4 回，《火锅子》第 51 号，《火锅子》刊行委员会，2001 年 1 月

· 齐藤大纪译，《老实人》(1)、(2)，《火轮》第 9 号、第 10 号，《火轮》发行会（北海道大学），2001 年

3月、2001年9月

· 福家道信译，《沈从文、张兆和〈湘行书简〉》第5回，《火锅子》第48号，《火锅子》刊行委员会，2001年9月

· 小岛久代译，《传奇不奇》，《湘西》第3号，《湘西》刊行会、白帝社，2001年10月

2002年

小岛久代，《沈从文自杀未遂事件和两份〈家书〉的异同》，《明海大学外国语学部论集》第14集，2002年3月

齐藤大纪，《彷徨中的自宽君——沈从文〈老实人〉论》，《火轮》第11号，《火轮》发行会（北海道大学），2002年3月

中野知洋，（博士论文）《沈从文小说研究》，东北大学，2002年3月

佐原阳子，《〈边城〉中的河流》，《神户市外国语大学研究科论集》第5号，2002年4月

藤井省三，《〈花边文学〉》，《鲁迅事典》，三省堂，2002年4月

小岛久代，《沈从文》，《集英社世界文学事典》，集英社，2002年6月

丸山升，《沈从文与我》，（特集《我心里的沈从文》）《湘西》第 4 号，《湘西》刊行会、白帝社，2002 年 10 月

饭仓照平，《我遇到的第一本中国小说》，（特集《我心里的沈从文》）《湘西》第 4 号，《湘西》刊行会、白帝社，2002 年 10 月

苏冰，《“自然”的几种颜色——沈从文作品阅读随感一则》，（特集《我心里的沈从文》）《湘西》第 4 号，《湘西》刊行会、白帝社，2002 年 10 月

糜华菱，《沈从文笔下的湘西是什么样子——读〈沈从文和他的湘西〉》，《湘西》第 4 号，《湘西》，刊行会、白帝社，2002 年 10 月

陈石子、田光孚，《诗人田名瑜》，《湘西》第 4 号，《湘西》刊行会、白帝社，2002 年 10 月

吴立昌，《一场并非严格的派别之争——沈从文挑起的“京”“海”之争评析》，《湘西》第 4 号，《湘西》刊行会、白帝社，2002 年 10 月

华菱、允孝，《沅陵地名补说》，《湘西》第 4 号，《湘西》刊行会、白帝社，2002 年 10 月

福家道信，《〈湘行书简〉之旅》，《湘西》第 4 号，《湘西》刊行会、白帝社，2002 年 10 月

· 齐藤大纪译，《张大相》，《火轮》第 12 号，《火轮》发行会（北海道大学），2002 年 9 月

· 齐藤大纪译，《〈箪人谣曲〉前文》，《湘西》第 4 号，《湘西》刊行会、白帝社，2002 年 10 月

· 城谷武男译，《〈箪人谣曲〉选录》，《湘西》第 4 号，《湘西》刊行会、白帝社，2002 年 10 月

2003 年

小岛久代，《〈青色魇〉考》，《明海大学外国语学部论集》第 15 集，2003 年 3 月

福家道信，《沈从文和湘西》，《野草》第 71 号，中国文艺研究会，2003 年 3 月

佐原阳子，《〈边城〉中河的作用》，凤凰县人民政府、吉首大学文学院、吉首大学沈从文研究所，《永远的沈从文：沈从文百年诞辰国际学术论坛文集》，2003 年 4 月

中野知洋，《〈冬的空间〉论》，凤凰县人民政府、吉首大学文学院、吉首大学沈从文研究所，《永远的沈从文：沈从文百年诞辰国际学术论坛文集》，2003 年 4 月

齐藤大纪，《日本沈从文研究的昨天，今天，明天》，凤凰县人民政府、吉首大学文学院、吉首大学沈从文研究所，《永远的沈从文：沈从文百年诞辰国际学术论坛文集》，2003 年 4 月

福家道信，《凤凰县的印象和沈从文研究的几缕思绪》，凤凰县人民政府、吉首大学文学院、吉首大学沈从文研究所，《永远的沈从文：沈从文百年诞辰国际学术论坛文集》，2003 年 4 月

小岛久代，《〈赤魇〉〈雪晴〉〈巧秀和冬生〉〈传奇不奇〉中的生命观》，凤凰县人民政府、吉首大学文学院、吉首大学沈从文研究所，《永远的沈从文：沈从文百年诞辰国际学术论坛文集》，2003 年 4 月

城谷武男，《“性鬼”〈阿黑小史〉再论提要》，凤凰县人民政府、吉首大学文学院、吉首大学沈从文研究所，《永远的沈从文：沈从文百年诞辰国际学术论坛文集》，2003 年 4 月

城谷武男，《“性鬼”〈阿黑小史〉论补说》，凤凰县人民政府、吉首大学文学院、吉首大学沈从文研究所，《永远的沈从文：沈从文百年诞辰国际学术论坛文集》，2003 年 4 月

齐藤大纪，《沈从文与徐志摩——“文章的魔术家”与“自卑感的魔术家”》，凤凰县人民政府、吉首大学文学院、吉首大学沈从文研究所，《永远的沈从文：沈从文百年诞辰国际学术论坛文集》，2003 年 4 月

中野知洋，《论沈从文的军队小说》，凤凰县人民政府、吉首大学文学院、吉首大学沈从文研究所，《永远的沈从文：沈从文百年诞辰国际学术论坛文集》，2003

年 4 月

城谷武男，《中国：在我看来》，札幌堂书店，2003 年 6 月

宇野木洋，《中国 20 世纪文学史简编》，宇野木洋、松浦恒雄编，《为了学习中国 20 世纪文学的人们》，世界思想社，2003 年 6 月

今泉秀人，《“书写”的意义——20 世纪后半叶的中国小说》，宇野木洋、松浦恒雄编，《为了学习中国 20 世纪文学的人们》，世界思想社，2003 年 6 月

钱理群、吴晓东著，赵京华、桑岛由美子、葛谷登译，《新世纪的中国文学——从现代到后现代》，白帝社，2003 年 7 月

今泉秀人，《福家道信〈沈从文和湘西〉》，《野草》第 72 号，中国文艺研究会，2003 年 8 月

今泉秀人，《汪曾祺的〈职业〉》(《种种中国文学》64)，《季刊中国》第 74 号，《季刊中国》刊行委员会，2003 年秋季

福家道信，《怀念张兆和女士》(怀念张兆和女士)，《湘西》第 5 号，《湘西》刊行会、白帝社，2003 年 10 月

沈红（齐藤大纪译)，《奶奶的花园》(怀念张兆和女士)，《湘西》第 5 号，《湘西》刊行会、白帝社，2003 年 10 月

安国鹏，《寻访石碑的遗憾》，《湘西》第 5 号，《湘

西》刊行会、白帝社，2003 年 10 月

糜永校，《沅陵——沈从文的第二故乡》，《湘西》第 5 号，《湘西》刊行会、白帝社，2003 年 10 月

糜永校，《深秋访边城》，《湘西》第 5 号，《湘西》刊行会、白帝社，2003 年 10 月

齐藤大纪，《凤凰县的鱼鹰捕鱼》，《MALLY》第 9 号，北海道新闻野生生物基金，2003 年 12 月

佐原阳子，《当代湖南行——探寻〈边城〉的梦幻》，《飙风》第 37 号，飙风之会，2003 年 12 月

· 齐藤大纪译，《新与旧》，《火轮》第 13 号，《火轮》发行会（北海道大学），2003 年 3 月

· 福家道信译，《沈从文、张兆和〈湘行书简〉》第 6 回，《火锅子》第 59 号，《火锅子》刊行委员会，2003 年 7 月

· 中里见敬“2002 年度第二学期亚洲语言文化论 Ⅱ / Ⅳ”听课生译，《三个男人和一个女人》，《湘西》第 5 号，《湘西》刊行会、白帝社，2003 年 10 月

· 小岛久代译，《一个戴水獭皮帽子的朋友》，《湘西》第 5 号，《湘西》刊行会、白帝社，2003 年 10 月

· 小岛久代译，《桃源与沅州》，《湘西》第 5 号，《湘西》刊行会、白帝社，2003 年 10 月

· 小岛久代译，《鸭窠围的夜》，《湘西》第 5 号，《湘西》刊行会、白帝社，2003 年 10 月

· 城谷武男译，《黑夜》，《湘西》第5号，《湘西》刊行会、白帝社，2003年10月

· 福家道信译，《沈从文、张兆和〈湘行书简〉》第7回，《火锅子》第60号，《火锅子》刊行委员会，2003年11月

2004年

阪口直树，《中国现代文学的系谱——围绕革命和通俗》，东方书店，2004年2月

中野知洋，《南京·杭州：沈从文的轨迹——〈小说月刊〉与〈西湖文苑〉》，《野草》第73号，中国文艺研究会，2004年2月

土屋美津江，《沈从文作品中的军人——从〈会明〉到〈边城〉》，《御茶水女子大学中国文学报》第23号，2004年4月

福家道信，《〈边城〉的少女和老人》，《近畿大学语学教育部纪要》第4卷第1号，2004年6月

福家道信，（书评）《中野知洋〈南京·杭州：沈从文的轨迹——《小说月刊》和《西湖文苑》〉》，《野草》第74号，中国文艺研究会，2004年7月

福家道信，《沈从文的故乡——凤凰县雷烧坡》（种种中国文学66回），《季刊中国》，04年夏季

糜华菱，《沈从文〈长河〉的多舛命运》，《湘西》第6号，《湘西》刊行会、白帝社，2004年10月

藤田理佳，《〈丈夫〉——从游女描写中引发的思考》，《湘西》第6号，《湘西》刊行会、白帝社，2004年10月

糜华菱，《胡适何时识从文》，《湘西》第6号，《湘西》刊行会、白帝社，2004年10月

糜永校，《虎雏夫妇到沅陵》，《湘西》第6号，《湘西》刊行会、白帝社，2004年10月

齐藤大纪，《黄苗子、郁风夫妻座谈会》，《湘西》第6号，《湘西》刊行会、白帝社，2004年10月

福家道信，《凤凰县和沈从文研究》，《湘西》第6号，《湘西》刊行会、白帝社，2004年10月

无署名，《汇报——日本沈从文介绍与研究：2002年—2004年上半年》，《湘西》第6号，《湘西》刊行会、白帝社，2004年10月

· 福家道信译，《沈从文、张兆和〈湘行书简〉》第8回，《火锅子》第61号，《火锅子》刊行委员会，2004年3月

· 福家道信译，《沈从文、张兆和〈湘行书简〉》第9回，《火锅子》第62号，《火锅子》刊行委员会，2004年7月

· 城谷武男译，《翻译集　瞥見　沈从文》（《雨后》、

《早上——一堆土一个兵》、《生》、《萧萧》、《烟斗》、《黑夜》、《贵州小景》、《十年后》、《〈篁人谣曲〉选录》,《论中国创作小说》,《附录》齐藤大纪译注《〈篁人谣曲〉前文》),札幌堂书店,2004年7月

·小岛久代译,《一九三四年一月十八》、《一个多情水手与多情妇人》、《辰河小船上的水手》,(翻译)《湘西》第6号,《湘西》刊行会、白帝社,2004年10月

2005年

小岛久代,《日本的沈从文研究(1926年—1986年)》,《明海大学外国语学部论集》第17集,2005年3月

小岛久代,《中国近期的沈从文研究》,《明海大学应用语言学研究科纪要》第7号,2005年3月

城谷武男,《〈边城〉校勘记》,《湘西》第7号,《湘西》刊行会、白帝社,2005年10月

安国鹏,《咸宁双溪行——“五七”干校访沈老》,《湘西》第7号,《湘西》刊行会、白帝社,2005年10月

城谷武男著,角田笃信编,《沈从文〈边城〉的校勘》,札幌堂书店,2005年12月

·福家道信译,《沈从文、张兆和〈湘行书简〉》第10回,《火锅子》第64号,《火锅子》刊行委员会,

2005年4月

·福家道信译，《沈从文、张兆和〈湘行书简〉》第11回，《火锅子》第66号，《火锅子》刊行委员会，2005年12月

·齐藤大纪译，《北京之文艺刊物及作者》(上)，《湘西》第7号，《湘西》刊行会、白帝社，2005年10月

·小岛久代译，《箱子岩》、《五个军官和一个煤矿工人》、《老伴》，《湘西》第7号，《湘西》刊行会、白帝社，2005年10月

2006年

黄媛玲，《沈从文初期创作中的思想——1924年—1926年》(六)，《名古屋外国语大学外国语学部纪要》，2006年2月

齐藤大纪，《1925年北京文艺的园地——围绕沈从文〈北京之文艺刊物及作者〉》，《野草》第77号，中国文艺研究会，2006年2月

小岛久代，《〈月下小景〉考》，《沈从文研究资料》，天津人民出版社，2006年6月

城谷武男，《〈边城〉主题考》，《沈从文研究资料》，天津人民出版社，2006年6月

齐藤大纪，《日本沈从文研究的昨天，今天，明天》，

《沈从文研究资料》，天津人民出版社，2006 年 6 月

福家道信，《到沈从文的故乡的旅行——从〈湘行书简〉到〈湘行散记〉》，《近畿大学语学教育部纪要》第 6 卷第 1 号，2006 年 7 月

津守阳，（书评）《齐藤大纪〈1925 年北京文艺的园地——围绕沈从文《北京之文艺刊物及作者》〉》，《野草》第 78 号，中国文艺研究会，2006 年 8 月

糜华菱，《沈从文作品中的方言民俗考释》，《湘西》第 8 号，《湘西》刊行会、白帝社，2006 年 10 月

安国鹏，《中营街往事》，《湘西》第 8 号，《湘西》刊行会、白帝社，2006 年 10 月

城谷武男、角田笃信编，《沈从文〈萧萧〉〈阿金〉〈牛〉的版本研究》，札幌堂书店，2006 年 12 月

· 福家道信译，《沈从文、张兆和〈湘行书简〉》第 12 回，《火锅子》第 67 号，《火锅子》刊行委员会，2006 年 5 月

· 福家道信译，《沈从文、张兆和〈湘行书简〉》第 13 回（最终回），《火锅子》第 68 号，《火锅子》刊行委员会，2006 年 10 月

· 齐藤大纪译，《北京之文艺刊物及作者》（下），《湘西》第 8 号，《湘西》刊行会、白帝社，2006 年 10 月

· 小岛久代译，《虎雏再遇记》、《一个爱惜鼻子的朋友》、《滕回生堂的今昔》，《湘西》第 8 号，《湘西》

刊行会、白帝社，2006 年 10 月

2007 年

中野知洋《沈从文〈习作选集代序〉》，《学大国文》(大阪教育大学) 第 50 号，2007 年

津守阳，《隐藏在沈从文的女性形象中的“乡土”——白皙女神，还是黝黑乡下姑娘》，《东方学》第 113 辑，东方学会，2007 年 1 月

福家道信，《沈从文的故乡之旅——沈从文〈鸭窠围的夜〉与原始资料的比较》，《近畿大学语学教育部纪要》第 7 卷第 1 号，2007 年 7 月

津守阳，《溶化“乡土”的内心空白——从沈从文的女性像来看》，《现代中国》第 81 号，日本现代中国学会，2007 年 9 月

糜华菱，《找寻记忆，巴金与沈从文相识时间考》，《湘西》第 9 号，《湘西》刊行会、白帝社，2007 年 10 月

安国鹏，《好一片水，好一座小小山城》，《湘西》第 9 号，《湘西》刊行会、白帝社，2007 年 10 月

安国鹏，《再创辉煌的乡下人——沈从文下半生的史学成就》，《湘西》第 9 号，《湘西》刊行会、白帝社，2007 年 10 月

刘庭桂，《沈从文的凤凰城，永不寂寞——〈沈从

文的凤凰城〉读后》，《湘西》第 9 号，《湘西》刊行会、白帝社，2007 年 10 月

金介甫著（安刚强译），《沈从文作品导读》，《湘西》第 9 号，《湘西》刊行会、白帝社，2007 年 10 月

李恺玲著（今泉秀人译），《淡泊厚情——从〈萧萧〉中沈从文的表现形式论说》，《湘西》第 9 号，《湘西》刊行会、白帝社，2007 年 10 月

齐藤大纪，《青岛访问记》，《湘西》第 9 号，《湘西》刊行会、白帝社，2007 年 10 月

城谷武男著、角田笃信编，《湘西——1996 年秋冬照片和文章》，札幌堂书店，2007 年 12 月 31 日

· 小岛久代、市原幸子译，《沈从文小说翻译选》（《贵生》、《传奇不奇》翻译、解说），《中国文库》，2007 年 9 月

2008 年

王德威（今泉秀人译），《从头说起——鲁迅 · 沈从文和砍头》，《未名》第 26 号，中文研究会（神户大学），2008 年 3 月

齐藤大纪，《网破山河在——读沈从文〈长河〉》，川村朋贵、小林功、中井精一编，《海域世界的网络和多层性》，桂书房，2008 年 5 月

齐藤大纪，《于赓虞的诗——围绕三·一八和〈晨报·诗镌〉》，《野草》82号，中国文艺研究会，2008年8月

今泉秀人，《两个童养媳——沈从文〈萧萧〉的成就》，《野草》第82号，中国文艺研究会，2008年8月

津守阳，《从人物称呼来看沈从文的“乡土”观——以〈边城〉为题材》，《野草》第82号，中国文艺研究会，2008年8月

小岛久代，《〈湘西〉终刊之辞》，《湘西》第10号，《湘西》刊行会、白帝社，2008年10月

糜华菱，《十年友谊不寻常——纪念〈湘西〉出刊十周年》，《湘西》第10号，《湘西》刊行会、白帝社，2008年10月

安国鹏，《沈从文与美术和音乐》，《湘西》第10号，《湘西》刊行会、白帝社，2008年10月

安国鹏，《舍弃文学研究文物——沈从文的考古贡献》，《湘西》第10号，《湘西》刊行会、白帝社，2008年10月

角田笃信，《〈阿黑小史〉校勘》，《湘西》第10号，《湘西》刊行会、白帝社，2008年10月

齐藤大纪，《被消费的感伤——沈从文和于赓虞》，《湘西》第10号，《湘西》刊行会、白帝社，2008年10月

井上裕子，《河水里流走的结婚故事：〈边城〉》，《湘

西》第10号,《湘西》刊行会、白帝社，2008年10月

城谷武男,《去世前的一年——怀念丸尾常喜先生》,《湘西》第10号,《湘西》刊行会、白帝社，2008年10月

城谷武男著，角田笃信编,《沈从文研究：在我看来》，札幌堂书店，2008年11月3日

小岛久代,《沈从文〈边城〉》(中国·朝鲜文学的魅力),《全国商工新闻》，2008年12月8日

·小岛久代译,《湘行散记》，好文出版，2008年1月

2009年

今泉秀人，(书评)《齐藤大纪〈于赓虞的诗——围绕三·一八和《晨报·诗镌》〉》,《野草》第83号，中国文艺研究会，2009年2月

福家道信，(书评)《今泉秀人〈两个童养媳——沈从文《萧萧》的成就〉》,《野草》第83号，中国文艺研究会，2009年2月

大东和重，(书评)《津守阳〈从人物称呼来看沈从文的"乡土"观——以《边城》为题材〉》,《野草》第83号，中国文艺研究会，2009年2月

张新颖（阿部干雄译),《从个人困境体认历史传统中的"有情"——读沈从文的土地改革期的家书》,《语

言社会》(一桥大学）第3号，2009年3月

小岛久代，(书评)《读城谷武男著，角田笃信编〈沈从文研究：在我来看〉》，《野草》第84号，中国文艺研究会，2009年8月

福家道信，《“文革”中的沈从文的小说——〈来的是谁？〉》，《近畿大学文艺学部论集“文学·艺术·文化”》第21卷1号，2009年9月

津守阳，《围绕《乡土》的时间形式——沈从文和“不变的宁静的乡村”像》，《日本中国学会报》第61号，2009年10月

2010年

津守阳，(博士论文)《沈从文的〈乡土〉表象：近代文学“原中国”像的建构》，京都大学，2010年3月

小岛久代，《最近日本的沈从文研究》，《御茶水女子大学中国文学报》第29号，2010年4月

齐藤大纪、小岛久代，《日本沈从文介绍·研究论文目录》，《御茶水女子大学中国文学报》第29号，2010年4月

黄媛玲，《沈从文研究的现在——中国的研究状况》，《野草》第86号，中国文艺研究会，2010年8月

福家道信，《沈从文未实现的梦》，《现代中国》第84号，2010年9月

·山田多佳子译，《沈从文家书——鄂行书简》，三惠社，2010 年 5 月

2011 年

津守阳，（书评）《沈从文等著，山田多佳子译·解说，荻野修二监修，三惠社，〈沈从文家书——鄂行书简〉》，《中国研究月报》第 65 卷 4 号，中国研究所，2011 年 4 月

吴悦，《川端康成和沈从文的传统回归——以〈古都〉和〈边城〉的比较为中心》，《多元文化》（名古屋大学）第 11 号，2011 年

黄媛玲，《追寻失去的时光——沈从文的日记体小说〈篁君日记〉中的"恋爱"》，《野草》第 88 号，中国文艺研究会，2011 年 8 月

福家道信，《沈从文和闻一多：近年的〈死水〉评》，《神话和诗：日本闻一多学会报》第 10 号，2011 年 12 月

2012 年

津守阳，（书评）《黄媛玲〈追寻失去的时光——沈从文的日记体小说《篁君日记》中的"恋爱"〉》，《野草》第 89 号，中国文艺研究会，2012 年 2 月

山田多佳子，《沈从文的信》，《关西大学中国文学会纪要》第33号，2012年3月

城谷武男，《沈从文〈边城〉的评释》，札幌堂书店，2012年7月

小岛久代，《研究沈从文，不可缺少的书 ：城谷武男著〈沈从文《边城》的评释〉》，《东方》第382号，东方书店，2012年12月

2013年

中野知洋，《〈沈从文全集〉未收录作品三篇》，《学大国文》（大阪教育大学）第56号，2013年3月

齐藤大纪，《纠缠在一起的异国情调——读沈从文〈在别一个国度里〉》，《野草》第92号，中国文艺研究会，2013年8月

杨灵琳《〈边城〉中军人——以杨马兵为中心》，《野草》第92号，中国文艺研究会，2013年8月

津守阳，《从“气味”的追踪者到“音乐”的崇拜者——沈从文〈七色魇〉集的彷徨轨迹》，《中国研究月报》第67卷12号，中国研究所，2013年12月

小岛久代译，《从边城来的爱的故事：沈从文小说选》，勉诚出版，2013年

2014年

小岛久代，《领略〈从边城来的爱的故事：沈从文小说选〉》，《季刊中国》第118号，《季刊中国》刊行委员会，2014年

张竞，（书评）《本周书架：〈从边城来的爱的故事：沈从文小说选〉》，《每日新闻》，2014年1月26日

黄媛玲，（书评）《齐藤大纪〈纠缠在一起的异国情调：读沈从文《在别一个国度里》〉》，《野草》第93号，中国文艺研究会，2014年2月

藤井省三，（书评）《沈从文著〈从边城来的爱的故事：沈从文小说选〉》，《北海道新闻》2014年2月23日

杨灵琳，（博士论文）《沈从文的选择：沈从文民国时期作品中的政治性和文学观》，大阪大学，2014年3月

杨灵琳，《文化科学　真实的选择　周作人的文学革命初期的文学主张中看沈从文的文学观》，《日中台共同研究"现代中国和东亚的新环境"② 21世纪的日中关系：青年研究者的思索和对话》，OUFC小册子3，2014年3月

今泉秀人，（书评）《相邀到〈边城〉——小岛久代译〈从边城来的爱的故事：沈从文小说选〉》，《中国文艺研究会会报》第388/389合并号，2014年3月

无署名，（书评）《从边城来的爱的故事：沈从文小说选》，《东方》397号，东方书店，2014年3月

无署名，（书评）《（书的介绍）〈从边城来的爱的故事：沈从文小说选〉》，《日中友好新闻》，2014年3月15日

藤井省三，（书评）《（读书馆）从边城来的爱的故事：沈从文著》，《西日本新闻》，2014年3月30日

今泉秀人，《作家们编写的国语教科书〔1〕教科书编写事业和杨振声“小组”的成立》，《中国文艺研究会会报》第393号，2014年7月

今泉秀人，《作家们编写的国语教科书〔2〕从朱自清的日记追寻编辑工作的流程》，《中国文艺研究会会报》第394号，2014年8月

今泉秀人，《自负和自卑——沈从文对民国国语教科书编辑事业的参与》，《野草》第94号，中国文艺研究会，2014年8月

今泉秀人，《作家们编写的国语教科书〔3〕从回忆录中看编辑工作的样子》，《中国文艺研究会会报》第395号，2014年9月

中国现代主义研究会，《龙的解剖学：登龙门卷：中国现代文化14讲》，关西学院大学出版社，2014年10月

今泉秀人，《作家们编写的国语教科书〔4〕〈小学校高级用实验国语教科书〉（全四册）的出版和国立编译馆》，《中国文艺研究会会报》第397号，2014年11月

今泉秀人，《作家们编写的国语教科书〔5〕教科书出版的时代的背景和〈编辑大意〉》，《中国文艺研究会会报》第 398 号，2014 年 12 月

2015 年

黄媛玲，《沈从文〈边城〉论（1）》，《名古屋外国语大学外国语学部纪要》第 48 号，2015 年 2 月

齐藤大纪，（书评）《今泉秀人〈自负和自卑——沈从文对民国国语教科书编辑事业的参与〉》，《野草》第 95 号，中国文艺研究会，2015 年 2 月

齐藤大纪，《寻找达子营 28 号》，《中国文艺研究会会报》第 399、400、401 号合并号，2015 年 3 月

齐藤大纪，《齐藤大纪先生专访》，张晓眉编著，《中外沈从文研究学者访谈录》，北岳文艺出版社，2015 年 5 月

小岛久代，《小岛久代女士专访》，张晓眉编著，《中外沈从文研究学者访谈录》，北岳文艺出版社，2015 年 5 月

今泉秀人，《作家们编写的国语教科书〔6〕杨振声〈小学与小学国语〉》，《中国文艺研究会会报》第 404 号，2015 年 6 月

今泉秀人，《沈从文的沉默和漂泊——日中抗战时

期的中学国语教科书编写事业》，《日本中国学会报》第67集，2015年10月

2016年

滨田麻矢，《未解之谜——沈从文〈萧萧〉中的女学生表象》，《东方学》第131号，东方学会，2016年1月

山内智惠美，《“乡下人”的意外的反抗——从沈从文小说从都市部女性的服饰叙述描写中观察到的事（上编）》，《中国言语文化学研究》（大东文化大学）第5号，2016年

今泉秀人，《作家们编写的国语教科书〔7〕：从〈编辑大意〉中看〈小学校高级用实验国语教科书〉的内容（其1）》，《中国文艺研究会会报》第411号，2016年1月

今泉秀人，《作家们编写的国语教科书〔8〕：从〈编辑大意〉中看〈小学校高级用实验国语教科书〉的内容（其2）》，《中国文艺研究会会报》第412号，2016年2月

武田雅哉、田村容子、加部勇一郎编，《中国文化55个的关键词》，Minerva书房，2016年4月

津守阳，《沈从文的物恋——头发的书写与被身体化的“城市／乡土”》，《中国文学报》第87册，京都

大学中国语中国文学研究室中国文学会，2016 年 4 月

今泉秀人，《作家们编写的国语教科书〔9〕：从〈编辑大意〉中看〈小学校高级用实验国语教科书〉的内容（其 3）》，《中国文艺研究会会报》第 414 号，2016 年 4 月

今泉秀人，《作家们编写的国语教科书〔10〕：课文〈爱与牺牲〉和小说〈医生〉（上）》，《中国文艺研究会会报》第 417 号，2016 年 7 月

今泉秀人，《作家们编写的国语教科书〔11〕：课文〈爱与牺牲〉和小说〈医生〉（下）》，《中国文艺研究会会报》第 418 号，2016 年 8 月

齐藤大纪，《讲故事人的笑容》，王道编，《似水华年："水"与一个家族的精神传奇》，新星出版社，2016 年 11 月

· 小岛久代译，《街》，中国一九三〇年代文学研究会编，《中国现代散文杰作选》，勉诚出版，2016 年 2 月

2017 年

黄媛玲，《沈从文〈边城〉论（2）》，《名古屋外国语大学外国语学部纪要》第 52 号，2017 年 2 月

小岛久代，《续〈月下小景〉考——关于〈猎人故事〉和〈慷慨的王子〉》，《御茶水女子大学中国文学

报》第36号，2017年4月

山内智恵美，《“老实人”的憧憬——从沈从文小说从都市部女性的服饰叙述描写中观察到的事（下编）》，《大东文化大学纪要》（人文科学）第55号，2017年

齐藤大纪（张彦萍译），《被消费的感伤：沈从文与于赓虞》，《长江大学学报》（人文社科版）第40卷第4期，2017年4月

小岛久代，《沈从文研究在日本》，周刚、陈思和、张新颖主编，《全球视野下的沈从文》，上海交通大学出版社，2017年5月

城谷武男（张耿译），《沈从文、中上健次对比研究》，周刚、陈思和、张新颖主编，《全球视野下的沈从文》，上海交通大学出版社，2017年5月

今泉秀人，《战争时期下沈从文作品中的“梦”与“现实”以〈梦与现实〉(1940)、〈摘星录〉(1941)、〈看虹录〉(1943）为中心》，周刚、陈思和、张新颖主编，《全球视野下的沈从文》，上海交通大学出版社，2017年5月

津守阳，《从“气味”的追踪者到“音乐”的崇拜者——沈从文〈七色魇〉集的彷徨轨迹》，周刚、陈思和、张新颖主编，《全球视野下的沈从文》，上海交通大学出版社，2017年5月

罗勋章（齐藤大纪译），《2010年后中国大陆沈从

文研究的新动向》，《富山大学人文学部纪要》第 67 号，2017 年 8 月

福家道信，《〈Articles〉在〈主妇〉里看到的对“物质文化”的向往》，《Journal of International Studies》第 2 号，2017 年 11 月

2018 年

· 福家道信译，《湘行书简——沅水之旅》，白帝社，2018 年 3 月

· 津守阳译，《水云：中日战争时期的新浮士德》，大东和重、神谷真理子、城山拓也编，《中国现代文学杰作选》，勉诚出版，2018 年 5 月

参考文献

小岛久代，《在日本沈从文的介绍·研究论文》，《沈从文——人和作品》，汲古书院，1997 年 6 月

城谷武男、今泉秀人，《在日本沈从文的介绍·研究》，《读沈从文〈雨后〉——到中国现代文学的魅惑》，同学社，2001 年 4 月

齐藤大纪、小岛久代，《在日本沈从文的介绍·研究论文目录》，《御茶水女子大学中国文学报》第 29 号，2010 年 4 月

沈从文与鲁迅究竟见过面没有

任葆华
渭南师范学院人文学院教授。

1923年至1926年，沈从文与鲁迅同时住在北京；1928年至1931年，他们又同居上海，应该是有不少见面机会的，然而他们两人留下的文字里从未见有提及彼此见过面的事。因此以往的研究者、传记作家都认为他们从未见过面，几乎在所有的有关沈从文与鲁迅的文章中，每每说到二人关系时也皆无一例外地持此观点。华济时先生1982年在《湘潭大学学报》第3期发表的《鲁迅与沈从文》一文是目前我能查阅到的最早持此观点的文章。国内沈从文研究最权威的专家凌宇先生在《从边城走向世界》(1985 年初版及 2006 年修订版)、《沈从文传》(1988 年版）等书中也持此观点。笔者 2015 年曾在《鲁迅研究月刊》第 2 期上发表的《沈从文的一封佚信及鲁迅》一文曾就此问题做过考证，但由于当时手中掌握的材料有限，只是证实他们曾处同一场合，并由此推断他们有可能见过面。[1] 复旦大学张新颖教授 2018 年 2 月最新出版的《沈从文的前半生》一书中虽然注意到拙文的说法，但仍认为沈从文与鲁迅从未见过面[2]。最近查阅有关资料，笔者又意外地发现了一条有力的证据，该材料不仅完全可以证实他们两个人见过面，而且还包含了一些沈从文对鲁迅的评价等有价值的信息。

为了完整而彻底地说明这一问题，有必要对之前提及拙文中有关证据材料重新做一回顾。

沈从文先生 1930 年 4 月曾给赵景深写过一信，该信和其他作家的信件曾以《现代小说家书简——现代作家书简之一》为题刊载在上海文艺出版社 1981 年出版的《中国现代文艺资料丛刊》第六辑上，题目下署“赵

[1] 任葆华：《沈从文的一封佚信及鲁迅》，《鲁迅研究月刊》2015 年第 2 期。

[2] 张新颖：《沈从文的前半生》，上海三联书店，2018 年 2 月。

景深辑注”。查阅《沈从文全集》，发现并未收入此信，吴世勇编著的《沈从文年谱》中也未见提及，经与沈从文的儿子沈虎雏先生信件联系沟通，确认它是沈从文的一封佚信无疑。故这里全文照录如下：

景深兄：

来访候约一小时，恐不能即归，乃走去。中公预二欲请一教授，一星期五小时，支配在两天内，每时二元，特托弟来恳我兄帮忙，教的是极易对付之国文，如我兄高兴，希望即回弟一信。在同学方面，极希望有我兄为引导，学校待遇虽薄，同学愿作柴霍甫[3]译者之学生事实极幸福，故亟盼得一示，以便转告。

十七喜事，当来吃酒。

弟 从文 顿首[4]

信中主要谈了两件事：一是沈言曾来访代中国公学邀赵前去教授国文。据赵景深注中所说，当时他并未接受邀约前去教书，但在第二年李青崖任该校中文系主任

[3] 柴霍甫今译契诃夫，俄罗斯19世纪作家。赵景深在1928—1929年间曾译柴霍甫作品，并于1930年3月出版《柴霍甫短篇杰作集》8卷本。

[4] 赵景深辑注：《现代小说家书简——现代作家书简之一》，《中国现代文艺资料丛刊》第六辑，上海文艺出版社，1981年，第224页。

后，却应约在该校教了《小说法程》。二是沈表示要来吃赵之喜酒。这里需要说明的是，赵的婚礼是在1930年4月19日，而沈信中误说成4月17日。不过，4月19日那天，沈还是按时出席了赵景深与李希同女士在上海大中华饭店举行的婚宴。

这里有贺玉波的《鲁迅的孤僻》一文（1934年7月20日在上海《时事新报》上发表）为证。该文记录了贺在赵景深与李希同女士婚礼上所见，不仅证明了沈按时出席了婚宴，而且贺玉波还证实，在那天的婚宴上他同时看到过沈从文与鲁迅两位先生。文章不长，为省去翻检之劳，全文抄录如下：

在文学家群中，据说性情最孤僻的莫如鲁迅。从前我只从一些作家故事中看到，或是从人家的口中听到，似乎有点不大相信。可是，自从民十八年我亲眼见到他孤僻的性情，方才相信人言之不虚。

记得是那年春季吧，赵景深和李希同女士在大中华饭店举行婚礼；男女两家所请宾客将近百人，均为海上文坛知名人士。我因为是景深的旧友，也在被邀之列；便在那天黄昏时刻，随开明书店章老板和同事等，雇一汽车去赴宴。

进礼堂时，已是嘉宾满座的时候。我们给主人道贺之后，便自动参加那些熟悉的友朋之中间，谈着，笑着，以等候宴席。这时候，有一位在我的耳边低语着：

“瞧！鲁迅一人孤单地坐在那里！”

我便把眼光投去，只见他老人家，穿着一件长衣，孤单单地闷坐在一张椅子上：他前额的头发已脱落，一笔粗黑的东洋胡须，把他的那脸色衬得怪庄严而冷酷。

我瞧瞧礼堂的各处，却见这里一摊，那里一群的宾客，大家正谈得格外起劲。那漂亮的徐霞村，陪着瘦削的沈从文，把新进的女诗人虞女士包围在一起，混得怪有趣而快乐。我们滑稽的章老板，却和商务一部分同人如周予同、叶圣陶等，加上我们自己几个人，正在大谈其新郎的“江北空城计”的笑话。此外，还看见许多不相识的人也是各成一团，在谈着闲话。

于是，我再把眼光去投到鲁迅的身上，他仍然如前孤零零地坐在那里，只是痴看着，默想着，不说一句话。他不去找同堂的人攀谈；可是，人家也不敢走到他的身边去找他，一直到张宴时，他才一声不响地入座。

“的确，鲁迅这老头儿是一个孤僻的人！”

我时时听见身旁的人，在发着这一类的议论。[5]

[5] 玉波：《鲁迅的孤僻》，《时事新报》（上海），1934年7月20日。

贺玉波是现代有名的文学批评家，兼搞创作与翻译。贺上文发表时，鲁迅与沈从文尚在世，完全有机会看到，故不大可能造假，而且文中有许多有关鲁迅和沈从文等人那天参加宴会的细节描述，应该真实可信，只不过笔调有点欠恭。

查阅鲁迅 1930 年 4 月 19 日日记，其中写道："昙。上午广平来。下午雨。李小峰之妹希同与赵景深结婚，因往贺，留晚饭，同席七人。夜回寓。"[6] 可见贺文其言不虚，鲁迅确实出席了那天的婚宴。而且据贺文中所述，他是"那天黄昏时刻"赴的宴，这与鲁迅日记"留晚饭"时间完全吻合。

沈从文与鲁迅同在赵景深的婚礼现场出现，这可能是他们两人唯一一次共同出现在同一场合，据贺玉波前文所言，那天参加婚宴者不足百人，同时按鲁迅日记"同席 7 人"之说，每桌也就 8 人左右，总共也就 10 桌上下。这说明那天出席宴会的人并不算太多。鲁迅作为中国文坛的翘楚，名头极大，当时的书刊上也时有他的消息和照片，他的出席肯定会比较引人注目。沈从文若是看到鲁迅，应该能够认出来。再说宴会上他们彼此都熟悉的人，也完全有可能向他们指认彼此。因此，我认

[6] 鲁迅：《鲁迅全集》（第 16 卷），人民文学出版社，2005 年，第 192—193 页。

为不能排除沈在赵景深婚宴上看到过鲁迅的可能性。至此，我们只能说，沈从文有机会和可能在婚宴上看到过鲁迅，至于是否见到尚无法确切证实。

前不久，笔者为写一篇其他文章查阅资料，偶尔发现了一条有力的证据，该材料似可证实笔者当初的推断。

1936 年 10 月 19 日鲁迅在上海逝世。10 月 20 日北平出版的《世界日报》第 3 版刊出《悼鲁迅先生》的社评，同时在第 7 版以《教育界及文艺作家昨一致痛悼鲁迅向记者分别谈述所感均认系文坛最大不幸》为题刊出了该报记者对蒋梦麟、梁实秋、沈尹默、沈从文、杨振声、黎锦熙等关于鲁迅逝世的专访。该记者最初可能并没有计划采访沈从文，但在他采访杨振声时，沈从文正好在杨家里，于是他便随即采访了沈从文，征询他对鲁迅及其作品的看法，据该报道，沈具体谈话如下：

余与鲁迅先生，仅在上海时晤得一面，当时系赴一宴会，余与其同桌，然彼此之间，并无一语相通。先生为文，冷峭深刻，为当代文人所不能及者，盖其幼时尖刻，又留心世故，故经验颇为宏富，嗣后所作之文，皆由当时经验得来，刻划入骨，《狂人日记》《阿 Q 正传》等作品，讽刺人生，冷袭社会亦为当时经验中对人世黑暗之愤恨而成，即后日发表之作品，大半如是。盖其个性异常强硬，心机又灵，遇事不满，则始终不能忘记，即现时所发表之小品文字及杂感，亦由他人对于彼之文章之批评，而实行报复主义之反攻，最近先生自觉创作艰难，而从事翻译工作，不料竟永诀矣。至其参加此次之作家联合宣言，乃是海上左翼之内讧，因以此而重行复圆也。[7]

在上面这段访谈中，沈从文本人明确承认，自己与鲁迅“仅在上海时晤得一面，当时系赴一宴会”，且他与鲁迅同坐一桌，只不过彼此之间“并无一语相通”。沈清楚知道自己对记者的谈话是要上报纸的，而和他同时出席宴会的文坛名流和友人多尚在人世，因此他不大可能毫无顾忌地去说谎。再说，以沈从文的为人品性和当时在国内文坛的地位，他也没有可能和必要通过说谎攀附鲁迅来抬高自己。沈一生留下的文字里从未有过攀附鲁迅的语句，反而倒是从不掩饰自己对鲁迅的疏离，甚至晚年他还在致大姐沈岳锟的信中这样言及鲁迅：“我倒觉得最幸运处，是一生从不曾和他发生关系，

[7] 本报记者：《教育界及文艺作家昨一致痛悼鲁迅》，《世界日报》，1936年10月20日，第7版。

极好。”[8]基于此以及我之前的有关论述，我们现在应该基本可以确认，沈从文与鲁迅见过面，而且唯一的一次晤面，很可能就是在1930年4月19日赵景深与李小峰之妹李希同女士的婚宴上。因为这是目前已知唯一的一次、而且是可以被证实的两人共同出席过的宴会。虽然鲁迅日记中关于此次宴会的记载，只是说“同席7人”，而并没有说有哪些人，但我们不能由此排除此次宴会沈与鲁迅同桌的可能性。总之，沈从文与鲁迅见过面确属事实。希望大家以后不要再以讹传讹了。

早年鲁迅因丁玲来信误会沈从文之事，造成他们彼此的心理隔阂，同时政治态度、文艺观的迥异或又导致他们之间互有成见，加之鲁迅的“孤傲”与沈从文的“执拗”，使得他们两人谁也不愿首先打破僵局。上海宴会上的晤面，本有可能为两位文学大师提供一次难得的冰释前嫌的机会，但由于种种原因而未能实现，给我们后人留下了诸多遗憾。

这里需要补充说明的是，沈从文在上面的访谈中还有一些有关鲁迅及作品的评论。概括起来，主要有以下几点：一、鲁迅作品皆从经验中得来，“冷峭深刻，为当代文人所不能及”；二、鲁迅“个性异常强硬，心机

[8] 沈从文：《沈从文全集》（第26卷），北岳文艺出版社，2002年，第482页。

又灵，遇事不满，则始终不能忘记”；三、鲁迅后期杂文是“由他人对于彼之文章之批评，而实行报复主义之反攻”；四、鲁迅等人1936年签署的《中国文艺工作者宣言》是“海上左翼之内讧，因以此而重行复圆也”。应该说，沈从文对鲁迅作品“冷峭深刻”之特点的把握颇为准确，对鲁迅个性之分析及鲁迅等人签署《宣言》的行为之评价也不无道理，但他对鲁迅后期杂文之认识却显得有一些狭隘。不过，这样的认识也是当时北平学界和文学界一种比较普遍的看法。

尽管沈从文与鲁迅先生早年有过嫌隙，但这并没有因此影响各自对对方的文学成就的赞赏。沈在一系列论述中国新文学成就的文章中对鲁迅都有过很高的评价，而鲁迅在1935年与斯诺的一次谈话中，也肯定沈从文是自新文学运动以来，“出现的最好的作家”之一。[9]鲁迅逝世后，沈从文和北平文教界人士致电哀悼鲁迅逝世，并积极参加悼念活动。据1936年10月21日《世界日报》报道，沈从文与曹靖华、许寿裳、沈兼士、顾颉刚、朱自清、谢冰心、梁实秋等人准备发起鲁迅先生扩大追悼会。同日上海《大公报》记者发表“北平通信”，也报道了北平方面的追悼会安排：“鲁迅前晨因肺

[9] 尼姆·威尔士：《现代中国文学运动》，《新文学史料》，1978年第1期。

病在沪逝世，平教育文化界友人莫不表示哀痛，昨纷纷致电上海吊唁。此外还决定于最近期间联合举行追悼大会，闻昨已商定追悼的办法如下：一、追悼会之发起，由个人团体双方进行。个人方面有许寿裳、沈兼士、顾颉刚、朱自清、谢冰心、沈从文等，团体方面有作家协会、北方文艺社、世界语编译等；二、追悼地点决定在城内。”[10]或许沈从文并不怎么欣赏鲁迅的个性及为文风格，但鲁迅逝世后，他积极参加有关悼念活动的行为，业已证实了他对鲁迅还是比较敬重的。昔人已乘黄鹤去，是非恩怨转头空。

[10] 吴世勇：《沈从文年谱》，天津人民出版社，2006年，第185页。

回忆恩师沈从文

宋惕冰
原《燕都》总编辑，原燕山出版社副总编辑。

我是一名文史编辑工作者，现已年逾九十岁。自幼受教老师甚多，如中学时期宋慕法英语老师（丰子恺的女婿）、李岳南语文老师（作家、诗人，《箭杆河边》编剧者）、孙俍工（资深教师，曾在长沙第一师范任教，毛泽东以师尊之）。大学时期老师有朱光潜、曹靖华、俞平伯、沈从文等等。其中受教最多的是曹靖华与沈从文老师。

我是1947年在武汉考区考上北京大学文学院西语系，根据早年蔡元培校长的遗训：国文是文学院各系的必修课，因此我在西语系（学习两年，后转俄语系学习4年）前后学外语6年，其中1948年在北大必修国文课中，直接受教于沈从文老师。

沈老师1902年出生于湖南凤凰县，当年46岁时在北大受聘为国文教授。听说他青年时曾入伍当兵，想必他是一位身材伟岸的纠纠武夫。

见面后才看到他中等身材，上课时穿着灰布长袍，非常朴实，给人印象和蔼可亲，完全是一位文质彬彬的文人，对学生轻言细语，略带湘西口音。得知我是湖南长沙人，更以同乡学生视我，相互之间甚至以湘语交谈。

沈老师给我印象最深刻的，是一次下课后叫我单独留下，拿了我写的一篇作文，亲切地对我说："你的文章写得不错呀！"我听到沈老师的夸奖，非常高兴，不料正在有些得意时，他突然变了脸，十分严肃地说："你们这些学外语的总是习惯写欧化长句，叫人看起来费劲。你去好好地、仔细地看看《红楼梦》，里面有没有像你写的这样长句子?!"他不仅态度严厉，而且声音急切……让我吓了一跳，自满情绪马上收敛了，而且立即感到惭愧起来，的确欧化文句，不仅冗长，而且念起来不顺口，完全不合汉语的路数。他接着说，他不是否定外语与译文，既然是译文就必须“信、达、雅”，保存汉语的特点，尤其是中文译文，一定要按照汉语的语法，通俗简明。沈老师这一席教诲，让我终身受益。此后我在几十年的英译中与俄译中的生涯中，一律不用欧化句子，跟别人审译文稿时，也恪守师训。记得有次受教于朱光潜老师，将英文诗集《金库》，外国诗人写的诗句译成中文诗句时，我将外国诗人写的“人的生命是一种不能永存的物质”，译成“人无金石寿”，还受到朱光潜老师的好评。

我自1952年毕业于北大俄语系，分配到重工业部专家工作办公室后，也俄译中《工厂建筑》小册子，也为社科院考古所译过《中亚细亚古代史》(即今日称“丝绸之路”)，也受过梁思永所长的好评。直到以后为国家文物局译方志丛书，为大百科译《考古学》，为蒋彝译《儿时琐忆》，为北京市文物局译瑞典作家喜仁龙《北京的城门和城墙》等等，我一直遵循沈老师的教导，力求做到汉语的“信、达、雅”。也正是北京大学侯仁之教授得知我受教于沈从文老师后，才将他珍藏多年的喜仁龙的上述著作付托于我中译的，2017年北京联合出版公司将此书印成大八开的精美珍藏本。

上世纪70年代，大批知识分子被派往各地“五七”

干校学习改造，文化部的“五七”干校设在湖北咸宁向阳湖畔的452高地，进行围湖造田的劳动，我属国家文物局所属文物出版社的干校，于1969年底，全家首先调去这个“五七”干校。大约就在1970年初，沈从文老师的全家人也都调到此干校。我闻知此讯，曾急忙找沈老师安置的地点，452高地是临时安置地点，他对我说即将调到湖畔一个叫“蛇岛”的地点，那里是作家协会人员的下放地，简称“作协”，当地农民误听为“做鞋”，说来了一批“做鞋的”。他一笑置之，不以为意。

第三次再见到沈老师，是70年代中期，沈老师和我一家调回了北京。我1956年到1991年三次办外事公务：1956年首次被国家文物局派出担任苏联博物馆代表团的随行翻译；第二次是1985年北京市首次赴美国华盛顿，委派担任“北京历史文物展”的翻译；第三次是1991年代表北京燕山出版社赴苏联莫斯科办书展。因此有个别外国人通过我这位熟人，去找当时在中国历史博物馆工作的沈老师鉴定古代服饰，沈老十分热情地接待了我和一位外籍人士，对古代服饰（仅一件）作了鉴定与说明。但临别时沈老师拉我到一旁，悄悄对我说：“惕冰，下次带外宾来找我，一定要开介绍信！”这句话提醒外事工作无论大小都要按程序、守规矩，事情再小，也不能轻举妄动。

此后，一直到1988年沈老师逝世，我未曾与沈老师见过面，也未曾去到湖南凤凰他的墓地去祭奠留影。但我特地保存他的文集，一套12册，是生活·读书·新知三联书店香港分店花城出版社1982年出版的。敬置案头，不时拜读。此外，我十分敬重沈老师生前在他将逝世时写下的墓偈：

照我思索，能理解我；

照我思索，可认识人。

沈老师享年86岁，离开我们已30年了。墓偈是他一生的最确切的总结与评价。沈从文的为人与事业永垂不朽！

新发现的一篇张兆和集外文

金传胜
扬州大学文学院讲师，硕士生导师。

张兆和女士作为作家的身份，主要是由其短篇小说集《湖畔》奠定的。这本作品集收入《费家的二小》《小还的悲哀》《湖畔》《招弟和她的马》四篇小说，巴金将其编入《文学丛刊》第七集，1941 年由文化生活出版社印行。1997 年，上海古籍出版社重印本书，作为“虹影丛书 · 民国女作家小说经典”之一。2007 年，中国妇女出版社推出了《与二哥书：一个叫三三的女子》，被称为“历史上张兆和作品首次完整出版”，除收入上述四个短篇外，还收录张的日记、书信、散文，以及小说《玲玲》等。此后又有学者披露了张兆和的几篇外国文学译作[1]和中学时期的作文《〈王昭君〉说明书》[2]。

一

笔者最近在查阅文献时，于1942年7月20日桂林《大公报·文艺》副刊第180期上见到了一篇署名“叔文”的散文《思想·信仰·工作（赠育侨随军同学）》。为便于讨论，照录如下：

思想·信仰·工作（赠育侨随军同学）

叔文

谈到人生时，后世思想家多称引哲人巴斯卡尔几句话，作为注释。“人只是一支芦苇，自然中最脆弱的东西。但这是一支有思想的芦苇。人生全部尊严即包含在思想中。我们得好好的思想，这即是道德的要义。”话虽极简单，却使我们明白人在宇宙间，原只占有那么一

[1] 参见赵慧芳：《张兆和译作佚文考论》，《新文学史料》，2016年第1期。

[2] 参见王道：《流动的斯文（合肥张家纪事 下）》，浙江大学出版社，2014年，第343—344页。

个小小位置，正如一个中国古人说的，“丈夫生于世，如轻尘栖弱草。”可是由于有思想，便将我们生命高举起来，人类文化与文明，种种辉煌业绩，即由此而来。高尚的理想，博大的人类爱，种种抽象情感，亦无不由此产生流转在人类发展史上透出一线光明。

可是，人是一个善恶兼具的生物，人类进步上即包含了罪恶的增长，顽固的保守，自私的贪欲，不公正的情形到处可见。民族间的自大与偏见，更容易从强权下产生腐败制度和不良组织，可能将人类堕落残忍到如何可怕程度中。消除此一切，实有赖于人类正义感的抬头。正义感的建设，又有赖于信仰。因信仰坚固，才敢于怀疑。所以托尔斯泰说：“人要信仰，不能信仰的，他亦不敢彻底怀疑。”其实如仅仅单纯的有所信，有所疑，人类的前途还依然很渺茫的。我们需要的是从“□（按：原刊无法辨识之字，下同）”与“疑”的认识，得到一种勇气，一种做人所不可少的勇气，去面对事实，好好工作。服尔泰说：“我年纪愈大，愈需要工作。慢慢的成为最□的乐趣，代替我一切已经消失的幻□”。服尔泰活到八十多岁，也工作到八十多岁，用他那支笔去和整个的欧洲□权与迷信作战，成为法国思想界一颗光明煌煌的巨星。末后却应了巴斯卡尔的话，这支“自然界的芦苇”，终于受自然限制，摧折了。托尔斯泰或巴斯卡尔本身，也同样死去了。然而几个人那点高尚精神，却至今还活在一切人类善良的生命中，成为我们向前向上的力量，是很显然的。我□在中学读书时，与社会离得还远，所以容许有多少幻想，保留在生命中或生活中。如今到社会里去，代替这个幻想的，就得只有“工作”了。我们明白这个民族正在苦难中，要得救，必奋斗。“为人类而工作”，应当是我们学校每个离校同学都记住的一句话。

四月，昆明

桂林《大公报·文艺副刊》创刊于1941年3月6日，1944年6月25日停刊，由著名女作家杨刚主编。茅盾、郭沫若、老舍、巴金、沈从文、夏衍、何其芳、李健吾、施蛰存、汪曾祺、胡风等名家都曾在此发表过作品。经考证，我们可以断定此文当出自张兆和的手笔。

首先，“叔文”是张兆和发表和出版作品时使用最多的一个笔名。《费家的二小》《湖畔》等作品发表时都是用这一笔名。当然，民国时期并非只有张兆和使用过“叔文”。如1936年《交大学生》上的《欢迎电机学院新同学》即署“叔文”，显然另有他人。刊于《世界知识》的《“自下而上”》明确标明“浙江　叔文”，显然也不是张兆和。至于1937年刊于《通俗知识》署“叔文”的《献给乡村教师的几点刍议》一文，是张兆和撰述的可能性也不大。因此，仅从笔名来判定作者乃张兆和，似乎说服力不够。

其次，由标题可知，此文是作者为即将离开学校随军参战的同学而作。根据沈虎雏等人的回忆，抗日战争时期，沈从文一家住在昆明呈贡县龙街149号杨家大院。1940年10月，为躲避日军飞机轰炸，育侨中学迁至龙翔寺继续办学，一批华侨男生住进杨家大院的前楼，成为沈家邻居[3]。不久，育侨中学校长卢蔚民邀请张兆和担任该校英文教师。《与二哥书：一个叫三三的女子》一书所收《张兆和年表》记载“1940年夏—1942年春华侨中学（呈贡龙街子）任英文老师”[4]，这里的“华侨中学”即“育侨中学”，因私立育侨中学1942年初并入国立第一华侨中学，改称国立第一华侨中学呈贡分校。沈虎雏编《沈从文年表简编》（收入《沈从文全集》）则记载1943年“年初，因远征军准备第二次入缅甸作战，许多华侨男生被动员入伍作译员，呈贡县

[3] 沈虎雏：《沈从文的从武朋友》，《新文学史料》，2012年第1期。

[4] 张兆和：《与二哥书：一个叫三三的女子》，中国妇女出版社，2007年，第203页。

龙街的育侨中学停办，张兆和暂时失业”。[5]《思想·信仰·工作》末尾标明“四月，昆明”，即写于1942年4月的昆明，而彼时的张兆和正在育侨中学兼课。

此外，作为中国公学英文系的毕业生，张兆和具有良好的英文修养，熟悉西方文化，并曾有多篇译作发表。上文中提到的巴斯卡尔（现译“帕斯卡尔”）、托尔斯泰、服尔泰（现译“伏尔泰”）等经典名家无疑都是张兆和所熟读的对象。何况早在1932年7月底，沈从文从青岛去苏州张家看望已毕业的张兆和时，带去的礼物就是“许多精装本的俄文英译小说”[6]。

因此，综合笔名、生平行迹和作品内容来分析，我们认为《思想·信仰·工作》的作者就是张兆和。学界一般认为张兆和1940年代已经停止写作，这一篇新发现的集外文虽篇幅不长，但极为珍贵，对于了解与认识女作家的生平与思想，无疑是有较高价值的。

二

育侨中学1939年创办于昆明，学生主要是来自于

[5] 沈虎雏编：《沈从文年谱简编》，《沈从文全集 附卷 资料·索引》，北岳文艺出版社，2009年，第28页。

[6] 吴世勇：《沈从文年谱》，天津人民出版社，2006年，第125页。

南洋地区的华侨子女，也有少量国内学生。盖因香港与东南亚各国相继沦陷于日军之手，南洋华侨纷纷遣送子女回国求学。1940年代初曾就读该校并受教于张兆和的李洁云女士晚年出版了自传《我的一生一世》，书中有如下一段介绍："育侨中学是抗战时期的第一所侨校，学生最多时约100人。育侨中学的教师，除了一部分是泰国三所华校的老师外，大多是出来自西南联大的师生担任。因育侨中学和西南联大两校均为抗战时期迁至昆明办学，育侨的高中毕业生，很多又考入西南联大深造，所以两校既有共同命运，又有师生缘分，而西南联大的师生，不仅专业知识精到，又喜爱侨生、热心教学，谆谆善教，故人们将这两所学校称为'兄弟校'"[7]。沈从文也不时来育侨义务教课，指导学生作文。据1979年7月20日沈氏回复钟开莱的信中说，当时"在乡下曾在县里中学和育侨中学尽义务兼点作文课，不拿一文钱"[8]。李洁云即在书中回忆了沈从文为育侨中学学生作了一场关于写作的报告。

1941年12月太平洋战争爆发。英国向蒋介石提出请中国派兵保卫缅甸，蒋答应了英方请求。翌年2月，

[7] 李洁云：《我的一生一世》，云南大学出版社，2009年，第63页。

[8] 沈从文：《19700720北京 复钟开莱》，《沈从文全集》（第25卷），北岳文艺出版社，2009年，第362页。

国民党第五军同中国十万远征军分批入缅作战。沈虎雏在《沈从文的从武朋友》中回忆：“第五军即将出国远征，需要大批懂缅语、英语和东南亚各种方言的随军翻译。育侨中学这方面人才荟萃，义不容辞，动员了许多华侨学生加入远征军。”[9]爱国的热血青年踊跃报名，共30余名学生奔赴缅印各地。重庆《大公报》1942年3月24日刊《昆明杂缀》，内云：“呈贡育侨中学，已奉教部令改为国立。该校参加政工同学将随军赴缅。”育侨中学还举行大会，全校师生送别从军同学，沈从文一家到场参加。张兆和的文章就是在这一背景下创作的。在随军青年即将启程奔赴东南亚战场之际，张兆和勉励他们坚定自己的信仰，满怀勇气与正义感，铲除法西斯恶瘤，为民族救亡和整个人类而奋斗。

据有关资料，育侨中学30余名随军同学中有10多人为国捐躯，这个比例远远超过它的“兄弟校”——西南联大。今天当我们重读张兆和的这篇集外文时，不能不向这些反法西斯的斗士们献上崇高的敬意。

[9] 沈虎雏：《沈从文的从武朋友》，《新文学史料》，2012年第1期。

后记

《沈从文研究》（第一辑）在沈从文先生去世三十周年之际正式公开出版，这是对研究对象沈从文先生的一种庄重纪念，也宣示着国内研究沈从文的一个重要学术平台的建立。我们也相信，只要精心呵护、持续坚守、初心不渝、笃定前行，《沈从文研究》必将在国内外产生自己应有的学术影响，成为对沈从文全面、深入、创新研究成果的重要发布窗口和展示园地。

《沈从文研究》得力于湖南吉首大学沈从文研究所和北京联合出版公司共同的学术文化追求，通过双方在2018年起始的真诚友好合作，推出了具有标志意义的第一辑。在这里，我们衷心感谢沈从文先生表侄、当代著名文学艺术家黄永玉先生为《沈从文研究》题写书名，衷心感谢为第一辑出版撰写“发刊词”并提供稿件的沈从文研究著名专家凌宇先生，同时感谢为本辑顺利编辑出版撰写赐稿的所有文章作者。正是有了他们对沈从文先生热爱下的真挚付出，才有了《沈从文研究》(第一辑）的面世，从而标志着沈从文研究在又一个十年重要学术观照阶段到来之际的良好开端。

正如凌宇先生在“发刊词”中所说的，《沈从文研究》的推出，“是当代学术领域值得赞许的一件大好事”。那么，要在以后的岁月里将《沈从文研究》办好、办出特色、办出影响，办成当下和今后高校与出版机构学术合作下的一个文化品牌，则又需要合作双方的继续倾注，需要国内外沈从文研究者的深度关注和热忱提供这方面的优质研究成果，也需要整个社会学术文化氛围的自由与昌明。对此，我们保持足够的信心和定力。

具体到《沈从文研究》高质量编辑出版运行轨道而

言，最核心的保障是优质、深刻、创新的研究成果（文章稿件），这已在“发刊词”中提出了明确要求和指向。因此，我们在这里热情期待国内外的沈从文研究机构、组织、专家、学人惠赐我们所看到的沈研成果大作，使之在“义理”上深掘见新、“考据”上独到出新、“辞章”上达意生新。

《沈从文研究》今后各辑学术成果稿件由湖南吉首大学沈从文研究所具体征集、收纳、审阅和编辑，对采用文章拟支付相应稿酬。作者来稿请以电子文档形式发至以下邮箱：

1.pengjiyuan8752@163.com

（收稿人彭继媛，电话：15907415152）；

2. hexiaoping817@126.com

（收稿人何小平，电话：13787435789）；

3.lycr1963@163.com

（收稿人李端生，电话：13974390363）。

《沈从文研究》编委会

2018年6月30日

图书在版编目（CIP）数据

沈从文研究．第一辑 / 吉首大学沈从文研究所编．—北京：北京联合出版公司，2018.10
ISBN 978-7-5596-2580-9

Ⅰ．①沈… Ⅱ．①吉… Ⅲ．①沈从文（1902—1988）—人物研究 ②沈从文（1902—1988）—文学研究Ⅳ．①K825.6 ②I206.6

中国版本图书馆CIP数据核字（2018）第216281号

沈从文研究

第一辑

著　　者　吉首大学沈从文研究所
责任编辑　申　妙　许佩莉
艺术指导　吕敬人
书籍设计　敬人设计工作室　吕　旻
录入排版　北京麦莫瑞文化传播有限公司

出版发行　北京联合出版有限责任公司 / 北京联合天畅发行公司
社　　址　北京市西城区德外大街83号楼9层
邮　　编　100088
电　　话　（010）64256863
印　　刷　北京旭丰源印刷技术有限公司
开　　本　889mm×1194mm　1/32
字　　数　236千字
印　　张　14.25
版　　次　2018年10月第1版
印　　次　2018年10月第1次印刷
ISBN 978-7-5596-2580-9
定　　价　68.00元

文献分社出品

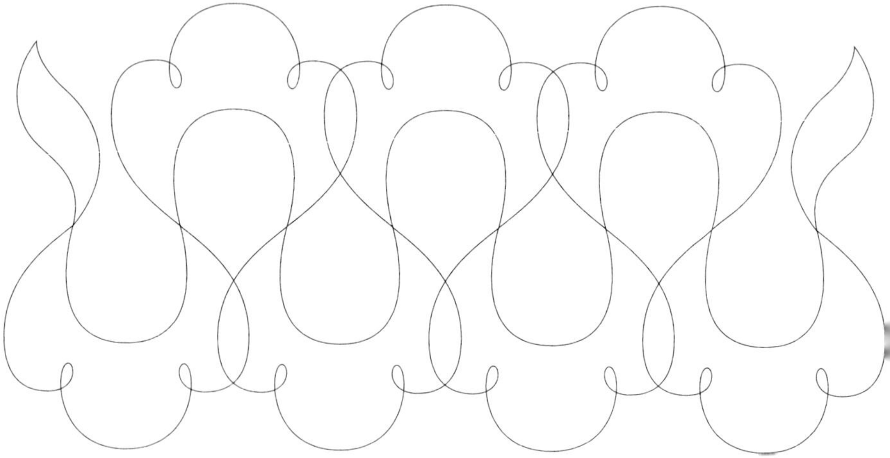

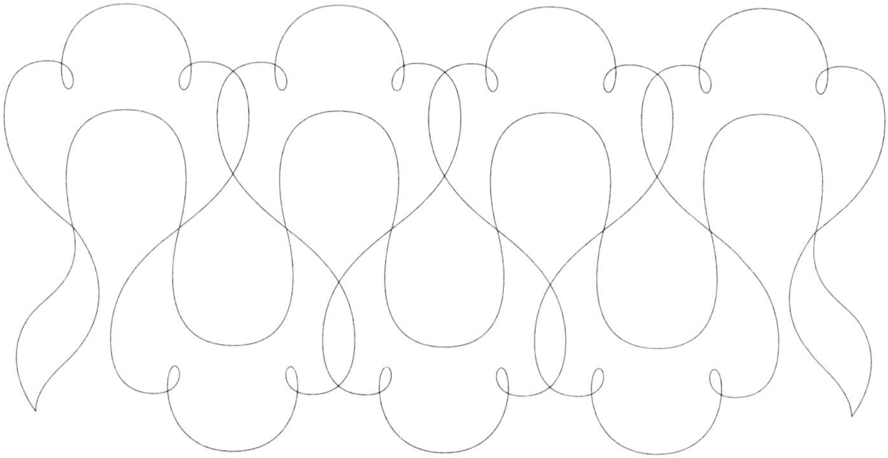